섬에 사는 거인의 꿈

섬에
사는
거인의 꿈

濟州說話

본질과현상 기획팀 편

태학사

차례

제3부 제주사람들이 살아가는 방법

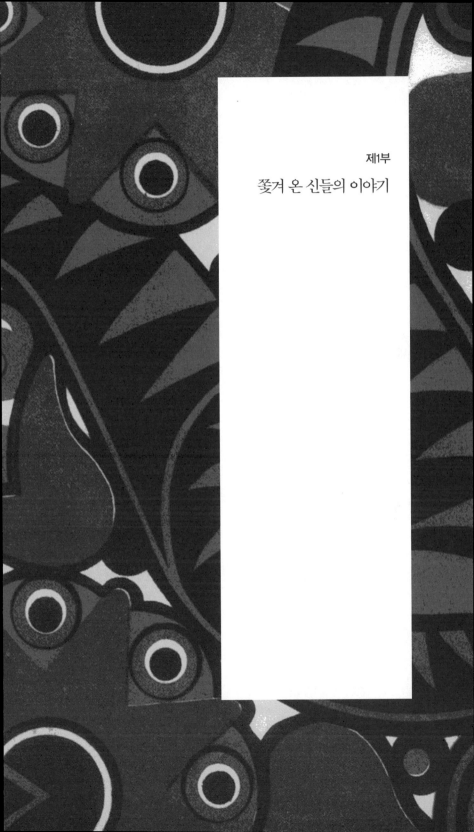

제1부

쫓겨 온 신들의 이야기

이 세상은 어떻게 만들어졌을까?

혼돈에서 질서가 이루어지면서 천지가 생겼다

처음 이 우주가 탄생하기 전에 온 세상은 혼돈 상태였다. 하늘과 땅의 구분도 없었다. 모든 것은 어둠에 휩싸여 한 덩어리로 질서도 없이 아무렇게나 혼합되어 있었다.

이러한 상황에서 우주가 생성되기 시작했다. 강력한 기운이 이 어둡고 혼잡스러운 곳에 나타났다. 처음 기운은 갑자년甲子年 첫해, 그 첫날 첫 시간에 하늘의 머리가 자방子方에서 나타나기 시작했다. 그 다음 해(乙丑年), 두 번째 날 두 번째 시간에 축방丑方으로 땅의 머리가 천천히 고개를 들더니, 드디어 하늘과 땅의 구분이 생겼다. 그것이 점점 뚜렷해지더니 땅 모양이 되었다. 거기에 산이 솟아오르고 골짜기가 패어지더니 물이 흘러가면서 강이 이루어졌다. 이렇게 해서 하늘과 땅이 분명하게 갈라지게 되었다.

이렇게 온 세상이 구분되자, 이번에는 하늘에서는 파란 이슬이 내리고 땅에서는 검은 이슬이 솟아났다. 이 두 이슬이 서로 합쳐지면서 만물이 생겨나기 시작했다. 제일 먼저 하늘에서 별들이 나타났다. 동쪽에는 견우성牽牛星, 서쪽에는 직녀성織女星, 남쪽에는 노인성老人星, 북쪽에는 북두칠성北斗七星, 그리고 중앙에는 삼태성三台星이 자리를 잡았다. 이 별들 주위로 많은 별들이 다시 생기면서 그 별들은 서로 부딪치지 않도록 질서 있게 제자리를 잡았다.

그렇지만 세상은 아직도 어둠에 묻혀 있었다. 동쪽에는 푸른 구름이, 서쪽에서는 하얀 구름이, 남쪽에는 붉은 구름이, 북쪽에는 검은 구름이, 그리고 중앙에는 누런 구름이 오락가락할 뿐 아직 빛은 나타나지 않았다. 이때에 하늘을 지키는 닭과 땅을 지키는 닭과 사람을 다스리는 닭이 한목소리로 함께 울었다. 그러자 동쪽에서부터 붉은 기운이 돌면서 동이 트기 시작했다. 이렇게 되자 하늘을 다스리는 옥황상제玉皇上帝가 해 둘과 달 둘을 내려보냈다. 그제야 하늘과 땅 온천지에 빛이 가득 차게 되었다.

그런데 아직도 천지는 완전히 질서가 잡히지 않아서 혼돈상태로 남아 있었다. 더구나 하늘에는 해도 둘, 달도 둘이 있어서 낮에는 만물과 사람들이 너무 더워 고통을 당하게 되었고, 밤에는 더욱 추워서 만물이 자랄 수 없었다. 사람들이나 짐승들도 살기가 어려웠다. 완전한 질서가 이루어지지 않았기 때문이다. 이뿐만이 아니었다. 사람과 귀신, 동물과 사람의 구별이 없게 되자 혼란은 더해졌다. 나무와 풀, 짐승과 새들도 사람과 같이 말을 했고, 귀신과 사람마저 구별이 되어있지 않았다. 같은 종류끼리 질서가 잡히지 않아서 구분할 수 없게 되면서 땅에 살고 있는 것들 간에는 질서가 없어서 혼란이 심했다.

하늘을 다스리는 천지왕은 땅의 혼란스러운 것을 보면서 걱정을 많이 했다. 처음에 이 우주를 질서 있게 하늘과 땅으로 구분하여 놓았는데도, 혼란이 여전하니 답답했다. 이 문제를 어떻게 해결할까, 걱정하고 생각을 많이 했다. 그러던 어느 날 밤에 천지왕은 꿈을 꾸었다. 하늘에는 지금 해가 둘, 달이 둘 있는데, 꿈에 해와 달이 하나가 되었다. 다른 해와 다른 해가 만나서 하나가 되어 버렸다. 달도 다른 달과 합쳐서 새로운 달이 되었다. 이렇게 되자, 하늘에는 해도 하나. 달도 하나만 남았는데도 불편하지

섬에 사는 거인의 꿈

않았다. 둘이 있다고 편한 것이 아니라는 것을 알게 되었다.

오히려 낮은 적당히 더웠고, 밤에도 적당하게 추워서 만물이 생활하는데 좋았다. 꿈을 깨고 난 천지왕은 그 꿈의 뜻을 이해할 수 있었다. 해와 달이 둘이 아니고 하나만 남기는 것이 좋다는 것을 알게 되었다. 바로 이 것이다. 이 꿈은 혼란된 세상에 새로운 질서를 마련하도록 암시해주었다고 생각했다. 둘이 합쳐서 새로운 하나가 된다. 곰곰이 생각해보니, 좋은 방법인 것 같았다. 원래도 이 우주도 하나였지 않는가? 그러면 누구를 만나서 짝을 이룰까 생각하다가 땅으로 내려가면 거기에 사는 사람과 의논해서 하나가 되는 길을 찾을 수 있을 것 같았다. 하늘과 땅은 원래 하나였다. 나눠져서 다른 세상이 되었는데, 다시 합쳐진다면, 지금보다 더 좋은 세상이 될 수 있을 것이다. 더구나 땅을 다스리는 왕은 아름다운 미인이라는 소문을 들었다.

하늘의 왕이 땅의 여신과 결혼했다

하늘을 다스리는 천지왕은 이 혼란을 없애기 위해서 땅으로 내려왔다. 땅을 다스리는 왕 총명부인을 만났다. 매우 아름다운 여인이어서 첫눈에 반했다. 천지왕이 원래 땅에 내려온 이유는 아직도 완전히 이루어지지 않은 혼란을 질서의 세계로 만드는 방법을 의논하기 위해서였다. 그런데 총명부인을 만나는 순간, 이 여인과 결혼하면 그 혼란이 없어질 것 같았다.

총명부인은 하늘에서 내려온 천지왕을 친절하게 맞았지만 너무 가난했기 때문에 별로 대접할 것이 없었다. 그래도 모처럼 온 천지왕을 소홀히 대접할 수 없었다. 저녁이라도 한 끼 마련해야 하겠는데 집안에는 저녁쌀도 없었다. 총명부인은 고민하다가 한 동네에 사는 부자 수명장자에게 쌀을 꾸기로 작정했다. 그런데 수명장자는 부자이지만 인색하고 마음이 고약했다.

"수명장자, 부탁이 있는데, 쌀 좀 꾸어주시게."

총명부인은 하늘에서 내려온 천지왕에게 식사를 한 끼 대접하려는데 쌀이 없어서 찾아왔다는 사실을 설명했다.

"그러시죠."

수명장자는 생각보다는 친절하게 쌀을 꾸어주었다. 그런데 그 쌀에는 모래가 섞여있었다. 총명부인은 그것도 모르고 그저 고마워하며 그 쌀을 받아 집으로 돌아왔다.

부인은 그 쌀을 씻고 또 씻고 정성들여 아홉 번이나 씻어서 저녁식사를 마련했다.

부인은 저녁상을 마련하여 천지왕과 마주 앉았다.

"차린 것은 없으나 맛있게 드십시오."

천지왕은 이미 땅을 다스리는 왕인데도 검소하게 살고 있는 총명부인이 마음에 들었다. 저녁 지을 쌀이 없어서 쌀을 꾸러간 사실도 알았다. 왕인데도 이처럼 청빈하게 살고 있는 총명부인에게 마음이 더욱 끌렸다.

그런데 천지왕이 첫 숟갈을 들었는데, 그만 돌을 씹고 말았다.

"이거 첫술 밥에 돌이 들었네요?"

천지왕은 의아한 눈으로 총명부인을 쳐다보았다.

"아이고, 이거 죄송합니다. 실은 제가 쌀을 씻고 또 씻어서 진지를 지었는데……."

총명부인은 쌀을 꾸어다가 아홉 번이나 씻고 밥을 지은 사정을 그대로 설명했다.

"참 못된 사람이군. 인정머리도 없고."

사정을 들은 천지왕은 수명장자가 못되었다고 생각했다. 인색한 것도 그렇지만 사람으로서 못할 일을 하였으니 화가 치밀었다.

"원래 이런 사람이요? 아니면 총명부인과 무슨 감정이 있소?"

천지왕은 수명장자라는 그 사람에 대해서 알고 싶었다.

"원래 마음씨가 독하고 인색해서 마을 사람들에게도 그렇게 대합니다."

총명부인은 그의 마음씀과 행동거지에 대해서 설명했다. 인색하기 그지없었다. 가난한 마을사람들이 흰쌀을 꾸러 가면 으레 흰 모래를 섞어주고, 좁쌀을 꾸러 가면 검은 모래를 섞어주었다. 그런 정도가 아니었다. 꾸어줄 때는 작은 말로 재어주고, 받을 때에는 큰 말로 재어 받았다. 이렇게 인색하게 마을 사람들을 대하면서 부자가 되었다.

"그 일뿐만이 아닙니다. 그 자식들도 부모를 닮아서 인색하고 고약하기 그지없습니다."

그의 딸들은 가난한 사람들을 일꾼으로 빌어 농사일을 하는데, 점심시간이 되면 자기는 맛있는 간장으로 밥을 먹고 일꾼들에게는 고린(변한) 간장으로 밥을 먹게 한다. 그뿐이 아니었다. 아들들은 말과 소를 물 먹이라고 하면, 물을 안 먹이고, 말이나 소의 발굽에 오줌을 누어 적셔놓고 물에 들어갔다 온 것처럼 보이게 하고는 물을 굶기기도 했다. 이렇게 해서 그들도 부자가 되었다.

"부자는 남을 속이고 괴롭게 해야만 되는가요? 그러고 보니, 부인이 가난한 이유를 알 만합니다."

천지왕은 땅에 사는 사람들의 처지가 한심했다. 이것은 완전히 무법천지였다. 왕도 저 지경이니 보통 사람들이야 사정은 빤하지 않는가?

"이거 그냥 둬서는 안 되겠구나. 벼락 장군을 내보내라. 우레장군을 내보내라. 불을 다스리는 장군을 내보내라!"

이렇게 명령을 내렸다.

그러자 하늘에서 우레가 치더니, 그 대궐 같은 수명장자 집에 벼락이 떨어지면서 불길이 솟아 순식간에 집이 사라져 버렸다. 그리고 인색한 딸들과 게으르고 거짓말 잘하는 아들들에게도 벌을 내렸다.

딸들은 가난한 사람들을 괴롭혔으니 그 값을 갚기 위해서 꺾어진 숟가락을 엉덩이에 꽂은 팥벌레로 환생시켜 버렸다. 마소에게 물을 굶긴 아들들은 집짐승을 목마르게 했으니 솔개로 환생시켜 비 온 뒤에 꼬부라진 주둥이로 날개의 물을 핥아먹도록 했다.

천지왕은 땅에 내려와서 총명부인의 사정을 듣고 흐트러진 질서를 바로잡기 위해서 여러 가지 법을 마련해주었다. 그리고서 함께 부부가 될 것을 약속하였다. 천지왕은 결혼 날짜를 정하여 땅에서 총명부인과 결혼을 하여 정식 부부가 되었다.

하늘의 왕과 땅의 여왕이 부부가 되어 행복한 며칠을 보내었다. 이들이 행복한 부부가 된 것처럼 하늘과 땅에도 질서가 잡히면서 평화가 유지되었다.

"이거 부인에게는 죄송한 일이지만, 하늘을 다스리는 왕으로서 땅에 내려와 너무 오랫동안 지내었소. 내게는 하늘을 다스려야 할 일이 있어서 당신과 행복하게 지낼 수 없소. 그래서 하늘로 다시 올라가야 하는데……."

천지왕은 사정을 설명하면서 헤어지자고 말했다.

"아마 당신은 아들 형제를 낳게 될 것이오. 큰아들은 이름을 대별왕으로 짓고, 둘째 아들을 낳으면 소별왕으로 지으시오."

그렇게 말하고 하늘로 올라가려고 했다.

"이렇게 가버리시면 저는 어떻게 합니까?"

총명부인은 천지왕을 붙잡고 무슨 증거물이라도 남기고 떠나라고 했다.

섬에 사는 거인의 꿈

"내가 이 박씨를 두 개 두고 갈 테니까……."

천지왕은 박씨를 주면서 아들은 낳으면 정월 첫 돼지날(亥日)에 이 씨를 심으면 나를 찾아올 방법을 알 수 있을 것이라 말하고는 하늘로 올라가 버렸다.

천지왕과 총명부인이 헤어졌다

천지왕이 떠나간 후에 총명부인은 임신이 된 사실을 알게 되었다. 사랑하는 남편을 떠나보낸 슬픔이 크지만, 하늘을 다스리는 천지왕의 자식을 낳게 된 것이 기뻤다. 자식이 있으면 천지왕을 다시 만날 수 있고, 하늘과의 관계도 유지되어 땅에서 어려운 일이 닥칠 때마다 도움을 받을 수 있을 것이라고 생각했다. 하늘을 다스리는 왕이 남편이라는 사실은 변하지 않을 것이다.

몇 달이 지나서 아들 쌍둥이를 낳았다. 부인은 너무 기뻤다. 그리고 천지왕 남편이 정해준 대로 큰아들은 대별왕, 동생은 소별왕으로 이름을 지어주었다. 그러면서 천지왕과의 약속이 지켜질 것이라는 확신을 갖게 되었다.

두 아들은 건강하게 잘 자랐다.

서당에 보낼 나이가 되었다.

생활이 어려웠지만 자식을 공부시키겠다는 마음으로 서당에 보내었다. 많고 많은 선비들과 어울려 글공부와 활쏘기를 열심히 했다. 그런데 주위 아이들은 그 형제들에게 "아비 없는 호래자식"이라고 놀렸다. 부인은 속이 상했으나 참을 수밖에 없었다.

하루는 형제가 서당에 다녀와서 총명부인에게 따지듯이 물었다.

"우리는 왜 아버지가 안 계셔요?"

총명부인은 아들들이 사리를 판단할 나이가 되었음을 알고는 사실대로 말했다.

형제는 천지왕 아버지가 두고 간 박씨를 받아 정월 첫 돼지날에 정성껏 마당가에 심었다.

박씨는 움이 트고 떡잎이 나더니 하루가 다르게 잘 자랐다. 이제는 그 넝쿨이 하늘로 솟아오를 정도가 되었다.

형제는 하늘로 뻗어 오른 박넝쿨을 보다가 아버지가 남기고 갔다는 어머니 말이 생각났다.

"이 박넝쿨을 타고 하늘로 올라가 아버지를 만날 수 있지 않을까?"

형제는 박넝쿨의 의미를 알게 되었다. 어머니도 그 말이 맞다고 했다.

총명부인은 자식을 보내는 것이 여간 섭섭하지 않았으나, 아들이 아버지를 찾아가는 것이 옳다고 생각해서 보내기로 했다.

형제는 박넝쿨을 타고 하늘로 올라갔다.

하늘에 올라가 보니, 그 박줄기는 궁궐의 용상龍床 왼쪽 뿔에 감겨져 있었는데, 왕의 자리는 비어 있었다. 형제는 하늘나라 궁궐에 도착해서 아버지 용상을 보게 되니 너무 기뻤다. 더구나 앞으로 이 용상이 바로 자기 자리가 된다는 것을 생각하고는 가슴이 벅차올랐다. 그래서 형제는 용상에 걸터앉았다. "여기 임자 없는 용상이 있구나!"

속으로는 그 임자가 여기에 와 있노라고 생각하면서 장난삼이 용상을 흔들었다. 그 바람에 용상의 왼쪽 뿔이 우직끈 꺾어지더니, 그것이 땅으로 떨어져 내렸다.

천지왕이 돌아왔다.

"아버지!"

왕은 달려드는 장성한 두 아들을 얼싸안았다. 너무나 건강하게 잘 자라서 마음이 흐뭇했다. 더구나 아들을 보면서 이들이 이 하늘과 땅을 다스릴 수 있다는 믿음을 갖게 되었다.

"이제 너희 형제가 이 우주를 잘 다스리도록 내가 권한을 주겠다."

그렇게 선언하고, 형은 땅인 이승을 다스리고, 동생은 하늘인 저승을 다스리도록 했다.

그런데 형은 아버지 말에 만족했으나, 동생이 불만이었다. 소별왕은 땅인 이승의 왕이 되고 싶었다. 동생 소별왕은 무슨 수를 써서라도 땅의 왕이 되고 싶었던 것이다. 무슨 수가 없을까 생각했다.

좋은 수가 떠올랐다. 아버지 명령대로 왕의 자리를 차지하는 것은 옳지 않다. 내기를 해서 이기는 자가 먼저 선택해야 옳다고 생각했다.

소별왕은 형인 대별왕에게 제안했다.

"우리가 형제인데, 아버지 마음대로 왕을 결정하는 것은 옳지 않아요. 내기를 해서 이기는 사람이 먼저 선택할 수 있는 권한을 갖기로 해요. 이것이 공평하지 않아요?"

형은 동생의 말이 그럴듯했다.

"그렇게 하자."

수수께끼는 형부터 먼저 내었다.

"동생아, 어떤 나무는 밤낮 일 년 내내 잎이 지지 않고 그대로 푸른데, 어떤 나무는 가을이 되면 잎이 지니?"

"예, 형님, 마디가 짧은 나무는 잎이 지지 아니하고, 속이 빈 나무는 잎이 집니다."

"그것은 모르는 소리다. 청대와 갈대는 속이 비었지만 잎이 지지 않는다."

이 말에 동생은 자기 대답이 잘못된 것을 알았다. 수수께끼는 지게 되었다.

형이 다시 물었다.

"동생아, 이 문제를 대답해 봐라. 동산에서는 풀이 잘 자라지 않는데, 낮은 땅에서는 풀이 잘 자라는 이유가 뭐냐?"

"형님, 그것은 제가 잘 압니다. 이 삼사월 샛바람(東風)에 봄비가 내리면, 언덕 위의 흙들이 낮은 쪽으로 내려가니 거기 있는 풀들은 잘 자라지 않지만, 낮은 데는 흙이 많으니 풀이 잘 자라게 됩니다."

동생은 자신 있게 대답했다.

"동생아, 잘 모르는구나. 사람 몸을 생각해 봐라. 사람 머리에 털은 길고 많은데, 발등에 털은 짧고 얼마 없지 않느냐?"

동생은 대답할 말을 잃고 말았다. 결국 동생이 지고 말았다.

그러나 이대로 물러설 수는 없었다. 다시 꾀를 생각했다.

"형님, 이번에는 서로가 꽃을 심고, 그 심은 꽃이 잘 자라 좋은 꽃을 피우는 사람이 이기는 것으로 하십시다."

형은 이미 결판이 났는데도 다시 내기를 하자는 동생의 안타까운 마음을 이해하고는 내기를 받아주었다.

동생은 불공정한 내기로 형을 이겼다

형제는 지부왕地府王에게 가서 꽃씨를 받아왔다.

서로가 은으로 된 그릇과 동으로 된 그릇에 꽃씨를 심었다.

얼마 지나자 형이 심은 꽃은 싹이 트고 잘 자라는데, 동생이 심은 꽃은 잘 자라지 못했다. 그대로 두면 동생이 지게 마련이었다.

동생은 얼른 꾀를 내었다.

"형님 피곤하지 않습니까? 우리 누가 잠을 오래 자는지 내기하기로 합

섬에 사는 거인의 꿈

시다."

마음이 넓은 형은 그 제안도 받아주었다.

형제는 잠을 자기 시작했다.

동생은 눈을 감고 자는 척했다. 형은 동생의 말을 그대로 믿고 깊은 잠에 빠졌다.

동생은 형이 잠자는 동안에 꽃을 바꾸어버렸다.

한낮이 되어서 동생은 형을 깨웠다.

"형님 어서 일어나셔서 점심을 드십시오."

형은 동생이 재촉하는 바람에 일어났다. 그런데 꽃을 심은 그릇을 보니 잠자기 전과는 달랐다. 형은 동생이 잠자는 동안에 바꿔놓은 것을 알았으나 모른 척하고 그대로 받아줬다. 그래서 소별왕은 이승을 다스리는 땅의 왕이 되었고, 대별왕은 저승을 다스리는 하늘의 왕이 되었다.

동생은 뜻대로 이승의 왕이 된 것에 만족했다.

"내가 동생에게 할 말이 있다. 잘 들어둬라. 이승은 매우 혼란스러운 땅이다. 사람들은 서로 죽이고 미워하고 시기하고, 그래서 역적도 많고 도둑들도 많다. 남자들은 열다섯 살이 되면 자기 처자를 놔두고 다른 데 마음을 주기도 하고, 여자도 열다섯이 되면 자기 남편을 놔두고 다른 남자를 생각하기도 한다. 그러니 내려가서 제대로 잘 다스려야 한다."

형인 대별왕은 진심으로 동생을 걱정해서 말했다.

"알았습니다. 형님 말씀 명심하고 훌륭한 왕이 되겠습니다."

소별왕은 하늘나라를 두고 왕 노릇을 하게 될 땅으로 내려왔다.

땅은 형의 말대로 혼란스러운 곳이었다. 질서가 무너지고 모두들 제욕심을 채우려고 덤벼들었다. 더구나 하늘에 해가 둘, 달이 둘이나 떠있어서 낮에는 너무 더워서 사람들이 견디기 어려웠고, 밤에는 너무 추워서 불편했다. 사람들만이 아니라, 초목들도 해와 달 때문에 모두 죽어가고 있었다. 또 사람과 동물은 구별이 없었다. 짐승과 새도 사람 말을 하였다. 더 심한 것은 죽은 사람인 귀신과 살아있는 사람이 구별이 없었다. 귀신이 부르면 산 사람이 대답하고, 산 사람이 부르면 죽은 사람 귀신이 대답하였다. 죽음과 살아 있음이 구별이 안 되었다. 더구나 대별왕의 말대로 남녀 모두 마음에 드는 남자와 여자를 취하여 성의 질서가 무너져 있었다.

소별왕은 이렇게 혼란스러운 세상을 바로 잡을 방법을 생각해 보았으나 별 도리가 없었다. 생각하다가 땅으로 내려올 때 형의 말이 생각났다. 이미 하늘나라에서 땅이 이렇게 혼란스러운 것을 알고 있었다면, 형은 그 혼란을 해결할 방법도 알고 있을 것이다.

소별왕은 하늘나라로 형을 찾아갔다.

"땅에서 왕 노릇 하기가 어떠냐?"

대별왕은 동생이 찾아온 까닭을 짐작했다.

"형님 말씀대로 땅이 혼란스러워 다스릴 수가 없습니다. 형님이 좀 방법을 말씀해 주십시오."

동생은 청을 하면서도 형을 속이고 땅의 왕이 된 자신이 부끄러웠다.

형은 동생을 도와주기로 작정했다.

"내가 너를 도와주마."

그래서 대별왕은 동생이 다스리는 땅으로 내려왔다.

하늘의 왕이 땅의 질서를 세워주었다

땅으로 동생을 도우려 내려온 대별왕은 천근이나 되는 활과 천근이나 되는 화살을 준비했다. 그것으로 하늘에 떠있는 두 개의 해와 달을 하나

섬에 사는 거인의 꿈

씩 쏴서 떨어뜨렸다. 앞에 오는 해는 남겨두고 뒤에 오는 해를 쏘아 동해 바다로 떨어지게 하였다. 이어서 앞에 오는 달은 남겨두고 뒤에 오는 달을 쏘아 서해 바다에 던졌다. 그래서 하늘에 해와 달이 각각 하나씩만 남게 되었다.

그 다음에 송피가루를 다섯 말을 준비해서 초목과 새와 짐승들이 말하는 입을 막아버렸다. 그들의 혀가 굳어져서 말을 하지 못했다. 말은 사람만이 할 수 있게 되었다. 다음은 죽은 사람 귀신과 살아있는 사람을 구별할 차례였다. 그것은 무게로 구분하였다. 저울로 달아서 백 근이 되면 살아있는 사람이므로 인간 세계로 보내고, 백 근이 못 되면 귀신으로 처리했다.

이렇게 되자 땅에 있는 자연에 질서가 어느 정도 잡혔다. 형은 그 이상 더 도와주지 않았다. 즉 자연의 질서와 죽음과 생명의 문제, 그리고 해와 달의 문제만을 해결해 주었다. 그래서 이 세상은 천체의 운행과 자연의 질서와 생사의 문제는 분명하게 구분되어 있다. 그러나 세상은 여전히 혼란스러워졌다. 그 혼란은 거의가 사람들이 만들어내는 것이었다.

세상의 큰 질서는 저승의 왕인 대별왕에 의해서 만들어졌다. 그러나 원래 욕심과 꾀가 많은 소별왕은 그 자신이 질서를 어겼기 때문에, 이승의 왕이 되었으면서도, 사람의 욕심과 거짓으로 이루어진 혼란을 해결할 수가 없었다. 땅은 여전히 혼란에서 벗어날 수 없었다.

천지 창세에 대한 이 본풀이는 세계 여러 지역의 창세 신화와 많은 공통점을 갖고 있다. 우선 혼돈에서 질서가 생겨서 우주만물이 생성되었다는 근원적인 문제가 그렇다. 성경 창세기의 모티브와 많은 부분이 유사하다. 그것은 우주 창세에 대한 인간의 사유가 보편성을 갖고 있기 때문이고, 이것이 신의 생각과도 통하기 때문이다. 우주의 기본 원리는 질서와 조화라는 사실을 제주 창세신화에서도 확인할 수 있다는 점에서, 그리고 땅의 혼란이 인간의 욕망에 근거한다는 사실, 이승의 통치자 소별왕 자신도 욕망을 충족하기 위해 부당한 내기를 했다는 사실 등은 땅의 혼란이 인간에 의해서 해결될 수 없는 문제임을 시사해준다.

천지개벽開闢에 대한 제주사람들의 사유는 이 천지왕본풀이를 통해서 이야기로 만들어 전해졌다. 이 신화는 큰굿의 처음 제차祭次인 초감제 때에 심방이 노래조로 읊조린다. 초감제는 굿을 하기 위해서 많은 신들을 청하는 절차이다. 심방은 제상 앞에 앉아서 장구를 치면서 이 신화를 구술하면서, 천지개벽 이후에 이루어진 삼황오제三皇五帝, 단군, 기자… 이런 식으로 인간 세계의 역사를 차례로 말한다. 이 본풀이를 통해서 제주사람들은 우주와 인간의 근원적인 문제에 대해 관심을 가졌다는 것을 놀라운 일이다. 더구나 이 본풀이 내용과 구조가 인류의 보편적인 사유를 담고 있으니, 제주사람들의 상상력의 깊이와 넓이를 짐작할 수 있다.

우주의 창세 원리를 질서와 조화, 분리와 통합의 구조로 이해하고, 땅의 혼란의 원인과 그 극복 방법을 생각했다. 하늘 왕에 의해서만 땅의 혼란을 막을 수 있다는 생각은 종교적 사유와 가깝다.

섬에 사는 거인의 꿈

생명 탄생의 신과 마마신

귀하게 얻은 자식의 운명

동해 용왕이 서해 용왕의 딸과 결혼을 했다. 그런데 나이 서른이 지나 마흔이 되어가도 자식이 없어서 걱정이 많았다.

점을 쳤다. 명산대찰에 가서 정성을 드리면 자식을 얻는다는 것이다. 남편인 동해 용왕은 관음사觀音寺에 가서 백 일 동안 정성을 다해 기도를 드렸다. 그러자 부인이 잉태하고 달나라 선녀 같은 예쁜 딸을 낳았다. 아들이 아니라서 약간 서운했으나, 절에서 치성을 드려 얻은 자식이라 사랑을 쏟아 잘 키웠다. 그런데 딸이 집안의 사랑을 독차지하고 자란 탓으로 어른에 대한 예의도 없고, 행동거지가 제멋대로 버릇이 없었다. 식구들은 차츰 걱정이 되었다.

한 살 때에는 어머니 젖가슴을 때렸고, 두 살 때에는 아비의 수염을 뽑았다. 세 살이 되어 걸어서 돌아다니게 되니, 마당에 널어놓은 곡식을 흩트려 놓았고, 네 살 적에는 부모와 어른에게 대들었으며, 다섯 살 적에는 친족들과 자주 싸우기도 했다. 여섯 살이 되자 어른에게 예의를 차리지 않고 제멋대로 행동하였다. 이렇게 자라는 것을 지켜본 아버지는 걱정이 많았다. 이대로 놔두면 큰일을 저지를 것 같아 두려웠다.

이런 딸을 그냥 두고 볼 수만은 없었다. 집안 망신에 그칠 것이 아니라, 친족이나 동네 망신을 시킬 수도 있다. 동해 용왕인 아버지는 딸을 그냥 두고 볼 수 없어 죽이기로 작정했다. 이 사실을 눈치 챈 부인은 남편 마음을 놀리려고 은근히 떠보았다.

"저 딸을 여기에 이대로 두었다가는 큰일이 날 테지만, 어찌 제 자식을 제 손으로 죽일 수야 있습니까? 그러지 말고 먼 곳으로 쫓아내버립시다."

동해 용왕은 아내의 말을 들어보니 그럴 것 같았다. 제 자식이 아무리 못되었다 하더라도 어찌 제 손으로 죽일 수 있단 말인가? 그래서 돌로 상자를 만들어 그 속에 태워 인간들이 사는 먼 세상으로 보내기로 했다.

그날부터 용왕국에서 유명한 대장장이를 불러다가 돌상자(石函)를 만들기 시작했다.

딸이 사실을 알고는 어쩔 바를 몰랐다.

지금까지 멋대로 살아온 것을 후회했으나 이미 때는 늦었다. 제 앞길을 생각하니 아득했다.

"어머님, 난 인간 세상에 가서 무엇을 하면서 살아야 합니까?"

딸은 용왕국에서 아무것도 배운 것이 없었다.

"인간 세상에는 여자가 잉태하여 자식을 낳고 키우는 일을 맡은 신(生佛王)이 없으니 너는 그 일을 하도록 해라."

"사람을 어떻게 하면 잉태케 하며 낳은 자식은 어떻게 하면 잘 자라게 할 수 있습니까?"

"아버지 몸에 흰 피 넉 달 열흘, 어머니 몸에서 검은 피 넉 달 열흘, 아홉 달이나 열 달을 채워서 해산을 시켜라." 어디로 낳게 하는가를 말하기 전에 아버지가 나타나서 못돼먹은 딸을 향해 소리를 질렀다. 딸은 아버지가 무서워서 얼른 집을 나와 바닷가에 준비해놓은 돌상자에 들어가 앉았다.

용왕은 그래도 딸을 생각해서 돌상자에 "임 박사 열어보시오"라고 써넣고서 바다로 띄워 보냈다. 돌상자는 바다 밑에서 3년, 바다 위에서 3년

섬에 사는 거인의 꿈

을 떠돌다가 어느 나라 해안가에 당도했다.

사람들이 이상한 물체를 보고서 바닷가로 몰려와 돌상자를 건져내었다. 사람들은 "임 박사 열어보시오"라는 글을 보고는 그 상자를 임 박사에게 전했다.

돌상자를 받은 임 박사가 그것을 발로 툭 차니 열렸다. 그런데 그 안에는 아리따운 처녀가 앉아 있었다.

"너는 귀신인가? 아니면 사람인가?"

임 박사가 하도 이상해서 물었다. 어떻게 이 돌로 된 상자가 바다 위에 떠오를 수 있었던가? 예사로운 일이 아니다. 그 안에 들어있는 여자가 보통 사람은 아니라는 것을 알았다.

"귀신이 어떻게 돌상자를 타고 떠돌아다닐 수가 있습니까? 저는 아방국 동해용왕의 딸로서 인간 세상에는 사람의 목숨을 책임지는 왕이 없다고 해서 그 일을 하려고 왔습니다."

임 박사는 듣고 보니 귀가 번쩍 뜨였다.

"내 아내도 결혼하고 이제 나이가 쉰이 다 되었어도 자식이 없는데, 내 부인이 아기를 갖게 해주시게."

"그럽시다."

그렇게 해서 용왕의 딸은 임 박사 집에 들어가 평안하게 지내게 되었다.

드디어 임 박사 부인이 잉태하고 열 달이 차서 해산하게 되었다. 그런데, 용왕의 딸은 해산하는 방법을 어머니로부터 듣지 못했다.

열 달이 지나도 낳지 못하고 열두 달이 되었다. 뱃속의 아기와 산모 모두 위험하게 되었다. 그러나 아기를 어떻게 낳아야 할지 몰라서 초조하기만 했다. 어떻든 아기를 해산시켜야 한다. 용왕의 딸은 은가위를 준비하여 산모의 오른쪽 겨드랑이를 끊고 아기를 꺼내려 했다. 겨드랑이를 끊고 보니 큰 일이 벌어졌다. 잘못하면 산모도 죽을 뻔 했다. 얼른 꿰매고 나서 몰래 임 박사 집을 빠져나왔다. 어찌할 바를 몰라서 그녀는 물가 수양버드나무 그늘에 앉아 울고 있었다.

임 박사는 어렵게 얻은 자식도 귀하지만 잘못하면 아내까지 잃게 되었다. 그는 생각하다가 금백산에 올라가서 칠성단七星壇을 차려놓고 요령을 흔들면서 하늘 왕께 호소하였다.

요령소리를 들은 하늘의 왕은 땅의 일을 책임 맡은 지부사천대왕地府四天大王을 불러 연유를 물었다. 하늘의 왕은 곧 인간세계에 가서 생불왕으로 일할 만한 자를 추천하도록 명을 내렸다. 얼마 후에 추천이 올라왔다.

"인간계에 명진국 따님이 솟아나 병인년丙寅年 병인월 병인시 정월 초사흘날, 부모에게 효심 많고, 일가친족 화목하고, 깊은 물에 다리 놓아 건너게 하여 덕을 쌓고, 한쪽 손에 번성꽃 한쪽 손에는 환생還生꽃을 가지고 가서 이 아기씨를 생불왕으로 세우는 것이 어떻습니까?"

"어서 그렇게 하자. 속히 명진국 따님을 데려오도록 해라."

명을 내리자 옥황상제는 곧 금부도사를 내려 보내 명진국 따님을 데려왔다.

명진국 따님이 옥황상제 앞으로 나가 엎드렸다.

"아기씨가 어찌 대청마루 큰문으로 들어오느냐?"

옥황상제는 처녀가 하는 짓이 마음에 들지 않았다.

"소녀도 아뢸 말이 있습니다. 남자와 여자를 구별하는 것은 어느 때나 있는 일인데, 어찌하여 총각머리를 한 처녀를 부르셨습니까?"

이 말을 들은 옥황상제는 여자가 똑똑하다는 것을 알았다.

"그만하면 되겠다. 인간 생불왕으로 세울 만하다."

두말하지 않고 그 자리에서 지정해주었다.

섬에 사는 거인의 꿈

"옥황상제이시여. 어리고 미욱한 소녀가 어찌 인간에게 생명을 허락해 주며 해산을 도울 수 있겠습니까?"

"아버지 몸에서 흰 피 넉 달 열흘, 어머니 몸에서 검은 피 넉 달 열흘, 이것으로 살(肉)을 만들어 넉 달, 뼈를 만들어 넉 달, 그렇게 아홉 달이나 열 달, 날을 채워서 아기 어머니의 느슨한 뼈를 빳빳하게 하고 빳빳한 뼈 늦추어 열두 궁문宮門(陰門)으로 해복解腹시켜라."

"예, 그렇게 하겠습니다."

일러주는 방법을 잘 기억하고 명진국 딸은 옥황상제 앞에서 물러나 왔다.

출산을 관장하는 왕으로 땅에 내려온 명진국 따님

명진국 딸은 옥황상제의 명으로 사람의 출산을 주관하는 왕이 되었다.

남방사주藍紡紗紬 저고리, 백방사주白紡紗紬 바지, 대홍대단大紅大緞 홑단치마, 물명주 속옷 눈부시게 차려입고 4월 파일에 세상으로 내려왔다.

세상을 돌아보기 위해서 길을 가던 명진국 딸은 한 시냇가에서 울고 있는 처녀를 만났다.

"무슨 일이 있어서 그렇게 슬피 울고 있나요? 같은 여자의 처지인데 알려줄 수 없소?"

용왕의 딸은 해산하는 방법을 몰라 어려움에 처해 있다고 설명했다.

"나도 옥황상제의 명을 받아서 생불왕이 되어 이곳에 내려왔는데……."

명진국 딸은 솔직하게 말했다. 그러자 용왕의 딸이 벌컥 화를 내었다.

"어찌 이 땅에 생불왕이 둘이나 있을 수 있나?"

그렇게 말하면서 명진국 딸의 머리채를 잡고 휘둘렀다. 둘은 한참이나 싸웠다.

"우리 이렇게 싸울 것이 아니라, 옥황상제께 가서 누가 정말 생불왕인지 판가름을 내달라고 하자."

명진국 딸이 제안했다. 용왕의 딸도 좋다고 했다.

둘은 그 길로 하늘로 올라가 옥황상제를 만나서 사정을 설명했다.

두 처녀를 가만히 쳐다보던 옥황상제는 아무리 생각해도 누가 누군지 분간하기 어려웠다.

"너희가 서로 얼굴이 비슷해서 난 잘 모르겠다. 그러니 이제 내가 꽃씨 두 방울을 줄 테니, 이것을 모래밭에 심어서 싹을 띄우고 꽃을 잘 피우는 사람으로 생불왕을 삼겠다."

그러면서 꽃씨를 나눠주었다.

두 처녀는 그 꽃씨를 모래밭에 심었다. 움이 트고 꽃대가 자라기 시작했다.

옥황상제가 두 처녀가 가꾼 꽃을 심사하기 위해서 나왔다. 용왕의 딸이 심은 꽃은 꽃대 하나가 돋아났으나 가지도 하나이고 꽃도 겨우 한 송이만 피었다. 그런데 명진국 딸이 가꾼 꽃은 꽃대는 하나인데, 가지가 4만 5천6백 가지로 번성하였고, 가지마다 예쁜 꽃들이 피어있었다.

옥황상제는 이미 결정을 했다. 용왕의 딸에게는 저승할머니(죽은 사람의 영혼을 관리하는 일)로 들어가도록 하고, 명진국 딸에게는 새로 태어나는 생명을 맡겼다.

용왕의 딸은 화가 나서 명진국 딸의 꽃가지를 꺾어버렸다.

"왜 남의 꽃을 꺾어버려?"

명진국 딸이 따지면서 화를 내었다.

섬에 사는 거인의 꿈

"네가 생명을 태어나게 해도 내가 백 일이 지나기 전에 온갖 질병에 걸리도록 해서 고생을 시키겠으니 그리 알아라."

명진국 딸은 그 말을 듣고는 걱정이 생겼다. 아기가 태어나고 백 일 지나는 동안에 온갖 몹쓸 병에 걸린다면 살아남기 어려울 것이다.

"그러지 말고, 나는 아기를 낳게 해주고, 자네는 그 아기를 튼튼하게 자라도록 해주게. 그것도 큰 보람이 되지 않겠는가? 그 대신 내가 아기를 낳으면 너를 위해 적삼이랑 아기 업는 멜빵이랑, 그리고 좋은 음식을 차려서 너를 대접하도록 하겠어."

사정하면서 설득했다. 듣고 보니, 용왕의 딸도 싫지 않았다. 아기를 낳게 하는 것도 중요하지만 낳은 생명을 건강하게 자라도록 하는 것도 소중한 일이 아닌가? 더구나, 내 존재를 알고 대접을 하겠다니, 괜찮겠다.

"그러면 약속하는 거다. 만약 내게 정성이 모자라면 나는 용서하지 않을 거야. 자네가 아기를 낳은 산모와 그 가족들에게 잘 말해서 나를 잊지 말도록 해야 하네."

그렇게 다짐을 받았다.

그리고 각각 제 갈 길로 들어갔다. 동해 용왕 딸은 저승으로 올라가 아기들의 질병을 관장하게 되었고, 명진국 딸은 인간 세상으로 내려와서 생불왕生佛王으로 취임해서 생명의 태어남을 관장하는 삼승할망이 되었다.

◢◉◣

이 이야기는 인간 생명의 태어남을 관장하는 삼승(産神)할망신과 마마를 관장하는 마마신의 내력이다. 자식을 낳게 해달라고 비는 불도맞이굿에서 그 관장신의 내력을 심방이 읊으면서 굿청에 모인 사람들에게 전

한다. 용왕의 딸을 무쇠상자에 태워 추방시키는 이 모티브는 새로운 세계로 진입하는 과정에서 당해야 하는 고난을 상징한다. 이들 여주인공도 부모에게 버림을 받고 험한 세상으로 나온다. 그러나 그들에게도 소중한 일을 맡게 되었으니 다행이다.

삼승할망과 마마신은 인간들의 생명과 평안을 관장하는 신이다. 사람들이 제일 어려워하는 것이 자식을 낳고 키우는 일이다. 집안에서 자손을 많이 낳는 것이 축복이다. 그런데 예전에는 낳아도 키우기가 힘들었다. 그런 사회 상황에서 마마신도 출생을 담당한 신보다 격이 낮은 것은 아니다. 이 작품은 처음에는 갈등의 조짐이 매우 클 것 같았는데, 결말에 오면서 화해를 이루었다는 것은 심방의 본풀이 치고는 특별하다.

무당의 조상신(巫祖神)

아기 없는 슬픔을 무엇에 비기랴

옛날에 임정국 대감과 김진국 부인이 부부가 되어 살았다. 부자여서 크고 좋은 집에서 종들을 부리면서 남부럽지 않게 편안하게 살았다. 그런데, 부부가 결혼하여 30년이 가까워왔으나 슬하에 자식이 없어 근심이 컸다.

어린아이가 없으니 집안이 너무 조용해서 마음을 더욱 아프게 했다. 사람 사는 집이라면 아이들 떠드는 소리가 시끄럽게 들려야 하는데, 이 집안에서는 하루 종일 아이들 소리가 나지 않았다. 시종들은 모두 상전 부부의 눈치를 보느라 발걸음도 조용조용히 내딛었다.

임 대감이 나들이 차비를 차리고 마당으로 나왔다. 김진국 부인은 아무 말도 하지 못하고 남편의 넓은 등을 쳐다보면서 배웅했다. 뒷모습이 더욱 쓸쓸하게 보였다. 부부 사이에 아기가 없는 것을 모두 제 탓으로만 생각했다.

다른 집 같았으면 벌써 손주를 볼 나이다. 더구나 아이가 없으면 임 대감이 손을 얻기 위해 후처를 취할 만도 한데, 전혀 그런 내색을 내지 않았다. 그럴수록 부인은 마음이 무거워졌다. 언젠가는 슬그머니 데리고 있는 시종 중에 예쁘고 행실이 조용한 계집아이가 있어서 대신 잠자리에 들게 하겠다고 했다. 그래서 다행히 아기를 얻게 되면 자기가 제 몸에서 낳은 것처럼 잘 키우겠다고 했다. 그러나 임 대감은 한마디로 거절했다.

"그것은 부인에 대한 내 도리가 아니오. 하늘이 다 계획이 있겠지."

그날 이후로 그런 말을 다시 할 수 없었다.

임 대감은 막상 집에서 나왔으나 갈 곳이 없었다. 세거리 길에 있는 팽나무 그늘에 앉아서 살아온 날을 생각하였다. 아름답고 현숙한 부인을 아내로 맞았을 때에는 천하를 얻은 것처럼 기뻤다. 조상 대대로 물려받은 재산과 전답도 많고, 주변 사람들로부터 존경도 받고 있으니 더 원할 것이 없었다. 그러나 결혼하고 1년이 지나고 3년이 지나도 아내에게서 소식이 없자 마음이 초조해졌다. 그래도 젊은 나이여서 합방할 때마다 기대를 가졌다. 아내도 정성을 다했다.

그렇게 한 달이 지나고 1년이 지나고 10년이 지나고, 이제는 30년이 가까워가고 있다. 아내는 폐경이 되었고, 자신도 여자가 별로 생각나지 않을 나이가 되었다. 이제는 후사를 얻게 될 기대를 버리기로 작정했다. 그런데 그렇게 생각할수록 아쉬움이 컸다.

초여름으로 접어드는 때라 주위 산들은 온통 연초록으로 물들었다. 논에는 모내기가 한창이고, 들에서는 갖가지 벌과 나비와 새들이 지저귀며 즐거워했다. 갑자기 머리 위에서 까옥까옥 까마귀 소리가 들렸다. 고개를 들어보니, 까마귀가 막 알을 낳고 둥지에서 나오면서 즐거워하는 소리였다. 순간 저 까마귀도 새끼를 낳으려 알을 낳고 있는데, 나는 뭔가? 자식 없는 서러움이 치밀어 올랐다. 그는 마음이 답답해서 무작정 마을로 나가서 온종일 돌아다녔다.

날이 저물어갈 무렵에 그는 이 근방에서 어려운 사람들만 사는 동네로 들어섰다. 자주 들리는 곳이 아니다. 좁은 길에 낮은 집이며, 겉에서 봐도 가난이 덕지덕지 붙어있는 집들이 다. 그런데 그 동네로 들어서자 여기저기서 웃음소리가 새어 나왔다. 오랜만에 듣는 웃음소리였다.

섬에 사는 거인의 꿈

그는 길가 낮은 사립을 열고 마당으로 들어섰다. 토방에서는 아이들 떠드는 소리가 나고, 우는 소리도 나고 싸우는 소리도 났다. 그런데 그런 시끄러운 소리 가운데 어른의 웃음소리가 크게 들렸다. 무슨 일인가 하고 거적문 구멍으로 안을 들여다보았다. 거지 부부가 떠드는 아이들을 보며 웃고 있었다. 임 대감은 그 광경이 너무 좋았다. 그래서 정신없이 한참 보고 있노라니, 거지 부부가 임 대감을 알아봤다.

"자식도 없는 대감이 어찌 우리 집안을 몰래 봅니까?"

임 대감은 그제야 정신을 차리고는 얼른 도망치듯이 밖으로 나와 버렸다.

그의 등 뒤에서 웃는 소리가 들렸다.

자식 없는 처지에 살아서 무엇하랴? 이제라도 자식을 얻을 수 있다면 집안 재산을 다 내놓고 싶었다.

정신없이 달려 집에 들어온 대감은 사랑방으로 들어와 문을 잠그고 드러누웠다.

부인이 들어와 무슨 일이냐고 물으려 해도 문을 열어주지 않았다. 계집종이 진짓상을 들고 왔으나 사랑방 문을 열지 않았다. 부인이 다시 찾아왔다.

"대감님아, 대감님아, 이 방문을 여십시오. 우리에게도 언젠가는 소리내어 웃을 일이 있을 겁니다."

부인이 간곡하게 사정하는 바람에 임 대감은 문을 열었다.

그때 부인은 웃을 묘안을 생각해 낸 것이다. 그녀는 은당병을 가져다가 실로 병 모가지를 묶었다. 그리고 온돌 장판 위에서 이리저리 병을 끌고 다녔다. 병이 대굴대굴 굴렀다. 부인은 대감이 웃을 줄 알았는데, 얼굴 색 하나 바꾸지 않았다. 부부는 마주 앉아 손을 잡고 대성통곡을 했다. 이때 마침 밖에서 부산스러운 기척이 났다.

"어떤 스님이 대감님을 뵙고자 합니다."

대감은 계집종더러 어느 절 스님인지 알아보도록 했다.

계집종은 스님에게 물었다.

"어느 절에서 오셨습니까?"

"저는 황금성 도단 땅 주지 대사님을 모시는 소승입니다. 대사님을 대신하여 왔습니다."

"무슨 일로 우리 대감님을 찾아오셨는지요?"

"절이 오래되어서 수리해야 하는데, 돈이 필요해서, 이 댁이 부자이니 좀 시주를 하시면 제가 그 돈으로 절을 수리하고 이 집에 큰 복을 내리도록 하겠나이다."

계집종은 임 대감에게 사정을 말했다.

"그럼 돈 몇 푼하고 쌀 말이나 줘서 보내라"

계집종이 주인의 말대로 돈과 쌀을 주고 보내려는데, 임 대감이 문을 열고 마루로 나왔다.

"자네는 남의 돈과 쌀을 공으로 먹으려 하느냐? 내 사주나 봐주고 가거라."

"그렇게 하십시오."

스님이 마루로 올라앉더니 시주할 품목을 차근차근 말했다.

"우리 절에 덕을 많이 쌓아서 영험이 좋은 스님이 계십니다. 그리고 우리 절에 돈과 물품이 많이 필요합니다. 고깔 만들 감이 구만 장, 가사를 지을 옷감도 구만 필, 도를 닦는 스님과 보살들도 많아서 좋은 백미 일천 석, 중 백미 일천 석, 하 백미 일천 석, 은 만 냥, 금 만 냥을 준비해서 우리 절에 와서 석 달 열흘 불공을 드리면 자식을 낳을 수 있을 것입니다."

스님의 말에 임 대감은 그렇게 하겠다고 약속했다. 자식을 얻을 수 있다면 무엇이든 못 할 것인가?

절에 시주하여 딸을 얻었다

스님과 약속을 한 임 대감은 절에 가서 불공을 드리기 위해서 준비를 하였다. 모든 곡간을 열어 제일 좋은 쌀, 보통 쌀, 질이 낮은 쌀을 구분하여 가마니에 담기 시작했다. 쌀가마니가 곡간 가득했다. 집안에 있는 금패물과 은패물을 다 모았다.

목장에 풀어놓았던 검은 소들을 다 집안으로 끌어들였다. 준비해둔 쌀가마니를 소에 지웠다. 쌀을 진 수백 마리 소들을 몰아 황금산 절로 떠났다. 며칠을 걸어서 절에 다다른 임 대감 부부는 준비해온 공양미와 금은붙이를 절에 바쳤다. 그리고 머리를 깎고 목욕재계 몸을 깨끗이 하였다. 식사는 소금을 반찬 삼아 밥을 먹었다.

불공이 시작되었다. 대사는 목탁을 치고 소사는 바랑을 치고 절의 의식에 따라 아침 낮 저녁 하루 세 번 정성껏 불공을 드렸다. 세상에 나와서 처음 드리는 불공이라 괴로웠다. 그러나 날이 가면서 마음이 평안해졌고, 자식을 얻을 수 있다는 믿음도 생겼다.

어느덧 불공을 드린 지 백 일이 흘렀다.

불공이 끝나자 주지는 임 대감이 갖고 온 보시를 점검했다. 금과 은이 백 근이 되는가 달아 보았다. 그런데 이게 웬 말인가? 한 근이 모자란 아흔아홉 근밖에 안 되었다.

"허허, 이거 참 아쉽게 되었군. 이런 실수를 하다니? 그래도 할 수 없지."

대사는 백 근이 찼으면 남자 자식을 얻을 것인데, 한 근이 모자라서 여자 아이를 얻게 될 것이라고 말했다. 부부는 대사의 말에 약간 섭섭했으나, 그래도 자식을 얻을 수 있다는 말에 마음이 놓였다.

집으로 돌아온 임 대감 부부는 날을 골라 잠자리를 같이했다. 몇 달 후에 부인에게 태기가 있었다. 열 달 후에 딸을 낳았다. 얼마나 귀여운지, 앞이마는 해님 같고, 뒤통수는 달님 같으며, 두 어깨에는 샛별이 오송송 박힌 듯하였다. 마침 아기가 태어난 때는 산줄기 줄기마다 단풍이 붉게 물들어 좋은 계절, 가을이었다. 그래서 아기 이름을 '저 산 줄이 벋고 이 산 줄이 벋어 왕대월 석금하늘 노가단풍 자지맹왕 아기씨'라고 기다랗게 지었다. 한 살, 두 살… 아이는 온 집안의 사랑을 받으면서 잘 자랐다. 자랄수록 더 예뻤고, 또 착했다.

아이가 열다섯 살이 되는 해였다. 옥황상제로부터 임 대감 부부에게 기별이 왔다. 임 대감은 하늘에 올라와서 일을 맡아보라고 했고, 김진국 부인에게도 땅 세계에서 할 일이 있으니, 어서 각각 일할 곳으로 떠나라는 분부였다. 거역할 수 없는 일이었다.

임 대감 부부는 딸을 집에 혼자 두고 떠나는 것이 걱정이 되었다. 남자 자식이면 데리고 갈 수도 있지만, 여자 아이라 그럴 수도 없었다.

한참 의논을 하다가 결국 생각해낸 방법이 있었다. 귀한 딸은 방 안에 가두어 놓고 가기로 했다. 딸의 방에 모든 것을 마련해 두고 그 방 안에서만 지내고 밖으로 나오지 못하도록 했던 것이다. 그리고 집을 돌보는 하녀에게 단단한 자물쇠로 잠그도록 했다. 그리고 그 자물쇠를 봉인하고서, 그것을 부부가 가졌다.

"무슨 일이 있어도 문을 열어서는 안 된다. 네가 저 문틈으로 난 구멍으로 식사를 들여보내고, 음식을 먹은 다음에 치우고, 용변도 요강에 보고서 내놓으면 네가 치워서 요강을 깨끗하게 닦아서 다시 들여보내라. 그리고 의복도 아기씨가 입다가 더러워져 저 구멍으로 내어놓으면 네가 잘 빨아서 다시 들여보내도록 해라. 이렇게 말한 대로 네가 잘 지켜서 아기씨를 잘 보호해주면, 우리가 돌아와서 네 종 문서를 돌려주겠다. 알았느냐?"

섬에 사는 거인의 꿈

"어느 분의 분부라고 제가 어기겠습니까? 염려 마시고 다녀오십시오."

하녀도 이 부부의 당부를 잘 지키기로 다짐했다.

"하인들도 들어라. 우리 부부가 없는 사이에 내 딸을 잘 보호하도록 해라. 언년이에게 모든 것을 다 말했으니, 너희도 언년이를 도와 우리 딸에게 어려운 일이 없도록 마음을 써야 한다."

집을 지키던 종들이 대감의 말을 가슴에 새겼다.

"염려 마시고 다녀오십시오."

하인 중 총책인 집사가 모든 하인을 대신해서 대감께 말했다. 대감 부부는 마음이 놓여 홀가분하게 집을 떠났다.

그날부터 계집종 언년이는 상전이 지시한 대로, 창틈으로 난 구멍으로 식사를 들여보내고, 그릇을 치우고, 아침마다 밖으로 내놓은 요강도 잘 처리해서 들여보내고 철따라 의복도 들여보내었다. 대감 집안에는 아무 일도 일어나지 않았다.

혼자 남은 딸

도단 지방에 도단서원이 있다. 천하 선비들이 다 모여서 글공부를 하고 있었다. 서원 안에는 늘 선비들의 글 읽는 소리가 그치지 않았다. 낮에도 깊은 밤에도 선비들은 글을 읽었다. 달이 휘영청 밝은 밤이면 선비들은 고향을 그리워하면서 글을 읽었다.

"아, 저 달은 반달이라 곱기도 곱구나. 점점 얼굴이 커지면 더 아름답겠지."

"달이 고우면 얼마나 곱겠어. 주년국 임 대감 댁 딸인 노가단풍자지맹왕 아기씨 얼굴보다 더 고우랴!"

한 선비가 한숨을 쉬면서 중얼거렸다.

그 말에 많은 선비들이 그에게 다가가서 도대체 그 아기씨가 얼마나 예쁘냐고 물었다.

"어떻게 그 아름다움을 말로 다할 수 있어. 어쨌든 세상에서 가장 아름다운 것보다 더 아름다운 여자야."

처음 말을 꺼낸 선비는 여자의 아름다움을 말하면서도 기운이 없었다.

"톡톡히 상사병이 났군."

주위 선비들이 약을 올리듯이 말했다.

"한번 보면 상사병이 안 날 수 없지."

그 말에 선비들은 긴장했다. 그 아기씨를 만나고 싶은 생각이 들었다. 그 선비의 말을 듣고 있던 선생인 대사가 선비들 틈에 끼어들었다.

"야, 너희 가운데 노가단풍자지맹왕 아기씨한테 가서 권재삼문勸齋三文을 받아 오는 자가 있으면 삼천 선비한테서 돈 서 푼씩 구천 냥을 모아주마."

무슨 생각에서인지 대사가 불쑥 기이한 내기를 걸었다. 대단한 상금이었다. 그런데 그 아기씨는 지금 방에 가두어져 있고, 그 집안 시종들이 단단히 지키고 있다는 것을 알게 되었다. 그것은 처음 그녀에 대해서 한탄조로 말한 그 선비가 말했다. 언젠가 그 집으로 달려가 그 여자의 모습을 먼발치에서나마 보려고 갔다가 그런 소문을 들었던 것이다. 그래서 낙심하고 다른 선비들에게 그녀에 대한 애틋한 마음을 전했던 것이다.

아무도 선뜻 나서지 않았다. 서로들 얼굴을 두리번거리고 있었다. 그때였다.

"제가 가겠습니다. 계약해 주십시오."

예상치 않게 주자 선생이 나섰다. 그는 스님이면서도 세상 학문에 통달한 사내였다. 선비들은 그를 바라보면서 부러워했다.

주자 선생은 스님 복장을 하고 주년국을 향해 길을 떠났다. 행색은 영락없이 수도승이었다. 그러나 그도 처음에 임정국 대감 딸 이야기를 들었을 때부터 그녀를 만나고 싶은 생각이 간절했다. 도대체 얼마나 아름답기에 보름달보다도 더 아름답다고 하는가? 평소에 여자를 멀리하고, 젊은 여자를 봐도 아무런 감정도 일어나지 않던 그였는데, 이상하게 세상에서 가장 아름답다는 임 대감 딸 이야기를 들었을 때에 온몸에 소름이 끼치면서 가슴이 두근거렸다.

그는 며칠을 걸려 임 대감 집에 이르렀다. 그리고 자신의 차림을 살펴보았다. 수도승인데 여자의 아름다움에 혹해 찾아온 사내로 보일까 걱정하면서 잠시 정신을 수습했다.

주자 선생은 잠시 집안의 동정을 살폈다. 그런데 너무 조용했다.

그는 헛기침을 하고서 대문을 두드렸다.

"지나가는 소승이오니, 시주를 부탁합니다."

주자 선생은 공손히 허리를 굽히고 사람이 나올 것을 기다렸다. 잠시 후에 계집종이 나왔다.

"어떻게 여기를 오셨습니까?"

하녀는 수도승인 것을 보고는 안심했다.

"예, 사정이 있어서 왔습니다. 대감님을 좀 뵙고 싶어서……."

주자 선생은 임 대감이 어떻게 딸을 얻게 되었는지를 알고 있었다.

"대감님 내외는 멀리 출타중이십니다."

하녀는 사실대로 말했다.

"다름이 아니로라, 임 대감님이 저희 절에서 치성을 드려 아기씨를 얻었다고 들어 알고 있습니다. 그런데 그 아기씨에게 액운이 닥칠 것을 알게되어서 너무 딱해 소승이 권재삼문을 받아다가 다시 치성을 드려서 액운을 떼도록 하기 위해서 왔습니다."

그 말에 하녀는 가슴이 쿵 내려앉았다. 아니, 아기씨에게 액운이 닥친 다니? 이런 일이 있나, 대감님이 안 계신데 일이라도 일어나면 나는 죽은 목숨이 된다.

　"잠시 기다리십시오."

　하녀가 쌀과 돈을 마련해서 나와서 주자 선생에게 드리려 했다.

　"제가 얻으려는 것은."

　주자 선생은 시주하려는 것을 받지 않았다.

　"아기씨 액운을 쫓기 위한 보시니, 아기씨가 직접 갖다 주셔야 합니다."

　주자는 임 대감 딸이 방에 갇혀있는 것을 알고 있었다.

　"그런 일은 할 수 없게 되어 있습니다."

　하녀는 아기씨가 나올 수 없는 사정을 자세히 설명했다.

　가만히 하녀의 말을 듣던 주자 선생은 잠시 생각을 정리해 보았다.

　"만일 그 방문 자물쇠가 열려진다면, 아기씨가 손수 시주 쌀을 내올 수 있겠는가?"

　"그것은 아기씨에게 여쭤 보아야 합니다. 잠시만 기다리십시오."

　하녀가 안으로 들어가서 아기씨에게 사정을 이야기했다.

　아기씨는 제게 액운이 닥친다는 것이 두려웠다. 그런데 그것을 떼어주기 위해서 스님이 찾아왔다니 다행 아닌가?

　"어서 그렇게 하도록 해라."

　아기씨는 쾌히 승낙했다.

　주자 선생은 대문 안으로 들어섰다. 집안은 대궐처럼 컸으나 조용했다. 아기씨가 있다는 별당으로 갔다. 하녀가 말한 대로 별당 문이 자물쇠로 채워져 있고, 그 잠근 자물쇠를 명주천으로 감싸 거기에 도장이 찍혀있었다. 주자 선생은 속으로 웃었다. 딸을 의심하는 대감 내외의 무지함에 놀랐다. 이렇게 한다고 딸을 보호할 수 있으리라고 생각했나? 여자는 자라면 사내를 찾아서 떠나기 마련인데, 그렇게 중얼거리면서 요령을 한 번 흔들었다. 그러자 아기씨 방의 살창이 흔들거렸다. 요령을 두 번 흔드니 단단히 잠긴 자물쇠가 요동쳤다. 세 번 흔들어대니 자물쇠를 감쌌던 명주가 스스로 풀려지더니, 자물쇠가 열렸다. 그 광경을 바라보던 하녀들이 입을 딱 벌렸다. 정말 고승이 찾아왔구나. 아기씨에게 액운을 물리칠 분이시구나. 그렇게 생각하였다.

잠시 후에 아기씨는 사람들이 볼까, 청너울을 쓰고 사뿐 걸어 대문 밖으로 나왔다.

주자 선생은 고개를 숙이고서 아기씨를 외면했다.

"내가 보시를 할 텐데."

아기씨는 하녀에게 준비한 쌀을 가져오도록 했다.

주자 선생은 한쪽 손은 장삼 소맷자락 속에 숨기고 한쪽 손으로 전대 한쪽 귀퉁이를 잡고 한쪽 귀퉁이는 입으로 물어서 전대를 벌렸다.

"높이 들어부으십시오."

시주 쌀을 받으려 하니 아기씨가 욕을 했다.

"이 중 양반 집에 못 다닐 중이로구나. 한쪽 손은 어딜 가고 전댓귀를 물었느냐? 너의 애미 귀라서 물었느냐?"

더 이상 말할 수 없도록 심한 욕을 했다.

주자 선생은 그 말에는 마음을 쓰지 않고 전대에 쌀을 붓느라 정신을 팔고 있는 동안에 장삼 소매에 숨겨놓았던 한쪽 손을 얼른 꺼내어 아기씨 머리를 세 번 쓸어댔다.

아기씨는 깜짝 놀랐다.

"이놈, 괘씸한 중이로구나! 어디 감히 내 머리에 손을 얹어?"

욕을 했다.

"아기씨, 그렇게 욕을 마시옵소서. 석 달 열흘 후에는 소승을 찾을 일이 있을 것입니다."

주자 선생은 능글맞게 대꾸하면서 시주쌀을 다 받았다. 그러자 아기씨는 얼른 방으로 돌아갔다. 그런데 생각하니, 아까 중의 말이 꼭 무슨 곡절이 있는 것 같았다. 곧 계집종을 불러 중을 붙잡고 무슨 증거물이라도 갖추어 두라고 했다.

종은 시주를 받고 떠나려는 주자 선생을 붙잡고 고깔 귀도 한쪽 끊어놓고 장삼 자락도 한쪽 끊어두고 가라고 했다. 주자 선생은 아무 말도 하지 않고 하녀가 원하는 대로 해주고 임 대감 집을 나왔다.

딸이 임신하자 쫓겨났다

주자 선생이 다녀간 후 달포가 지났다. 그런데 아기씨 몸에 이상한 증상이 나타났다. 전에 없던 일이었다. 우선 냄새에 비위가 상했다. 밥 냄새, 국 냄새, 반찬 냄새를 참을 수 없었다. 식사도 제대로 할 수 없었다. 배는 고파서 먹고 싶은데 막상 먹으려고 하면 냄새 때문에 먹을 수가 없었다.

"달콤새콤한 오미자가 먹고 싶구나."

음식상을 받은 아기씨는 엉뚱하게 오미자 타령을 했다.

하녀는 산에 가서 다래와 오미자를 따다가 바쳤다. 아기씨는 입에만 대보고는 고개를 흔들었다. 풀 냄새가 나서 못 먹겠다는 것이다. 아기씨는 아무것도 입에 넣지 못했다. 점점 몸이 기운이 없게 되었다. 날이 지나갈수록 점점 중환자가 되었다.

하녀는 임 대감에게 알렸다.

"아기씨가 사경을 헤매고 있으니, 바삐 돌아오십시오."

편지를 보냈다.

섬에 사는 거인의 꿈

편지를 받은 대감 부부는 벼슬을 그만두고 고향으로 내려왔다. 그리고 잠갔던 방문을 풀었다.

아기씨는 부모에게 인사를 드리려 아버지 방으로 먼저 갔다.

아버지가 자신의 변한 모습을 알아챌까 병풍 뒤에 숨어서 인사했다.

"왜 병풍 뒤에 숨어서 인사하느냐?"

"남자 앞이니 그렇습니다."

"네 말도 맞다. 그런데 어째 눈은 홀깃홀깃하게 되었느냐?"

"아버님이 언제면 오실까, 창구멍으로 밖을 하도 봐서 찬바람을 맞아서 그렇게 되었습니다."

"코는 어찌 둥글게 큰 코가 되었느냐?"

"아버님이 보고파서 하도 울다보니 콧물이 내려서 하도 닦아 놓으니 둥글게 말뚱코가 되었습니다."

"배는 어찌 둥그렇게 부어올랐느냐?"

"계집종이 하루 세 끼 한 홉 밥을 주지 안하고 한 되 밥을 주니 그것을 다 먹느라 뚱뚱배가 되었습니다."

"목은 어째 홍두깨처럼 되었느냐?"

"아버님이 올까 해서 작은 키에 목을 늘이면서 바라보는 것이 그만 홍두깨가 되었습니다."

"어서, 어머니께 가서 인사드려라."

엄한 아버지 인사는 쉽게 넘어갔다. 어머니에게는 걱정할 게 없다. 마음을 턱 놓고 어머니 방으로 들어섰다.

어머니가 오랜만에 딸의 모습을 보더니 놀랐다. 그렇게 예쁜 모습은 찾아볼 수 없었다.

"배는 어찌 그렇게 불었느냐?"

곡절이 이상하다. 나도 그런 적이 있다. 틀림없이 일이 생긴 것이다. 어머니는 얼른 딸의 젖가슴을 풀어 보았다. 젖꼭지가 검어졌고 젖줄이 검게 서 있지 않는가? 어머니는 펄쩍 뛰었다. 틀림없이 아기를 가졌다. 양반 집에 이런 일이 있을 수 있냐고 야단쳤다.

"사실대로 말해라."

그러나 딸은 입을 다물었다.

어머니는 곧 은대야에 물을 떠다 놓고 은젓가락 두 개를 그 위에 걸쳐 놓았다. 그리고는 딸자식을 그 위에 앉혀놓고 은대야를 들여다보도록 했다. 딸의 배 속을 비춰보는 것이다. 아니나 다를까 사내아기 셋이 딸의 배 속에 앉아 있는 것이다. 정말 큰일이로구나. 곧 대감께 사실을 알렸다.

"이게 무슨 흉한 소리냐? 형틀을 걸어라."

벽력같이 호령이 떨어졌다.

하인들이 마당에 형틀을 만들어 아기씨를 죽이려했다.

하녀가 달려 나와 엎드렸다.

"저를 대신 죽여주십시오, 모든 것이 제 불찰입니다."

하녀는 몸부림을 치면서 대신 죽여 달라고 애걸했다. 그러면 딸이 달려 들어 제 잘못이니 저를 죽여 달라고 했다. 그 광경을 바라보던 임 대감은 생각했다. 딸을 죽이면 다섯 목숨을 죽여야 한다. 할 수 없이 딸과 계집종 을 내쫓기로 했다.

아기씨와 계집종은 눈물을 흘리면서 한두 살 적부터 입던 옷을 거두 어 싸고 떠날 채비를 했다.

"아버님 평안히 계십시오. 이 불효막심한 딸을 어서 잊으십시오."

눈물로 인사를 하고 어머니께도 그렇게 인사를 드렸다. 어머니는 딸의 모습을 보니 가슴이 찢어졌다. 그러나 양반 체면에 중의 자식을 낳는 것 을 차마 용서할 수 없었다.

임 대감은 떠나는 딸에게 검은 암소를 내어주며 짐을 싣고 가라고 했다.

섬에 사는 거인의 꿈

딸과 하녀는 검은 암소에 짐을 싣고 집을 떠났다.

"검은 암소도 암컷이고, 종도 암컷이고, 아기씨도 암컷이니, 세 암컷이면 문 바깥을 나아가니 내 갈 길이 어딜까?"

하녀가 울며 탄식을 했다.

하녀가 앞에 서고 아기씨가 뒤에 서서 검은 암소를 몰며 길을 떠났다.

남해산도 넘고 북해산도 넘어갔다.

가다보니 칼선다리가 있었다. 아기씨가 그 이유를 물었다.

"상전님아, 우리를 죽이려 할 때 칼을 씌워 죽이려 하니 칼선다리가 있는 법입니다."

설명하였다. 칼선다리를 넘고 가다보니 애선다리가 있다. 아기씨가 그 이유를 물었다.

"부모가 자식을 내보낼 때에 애달픈 마음을 먹으니 애선다리가 있는 것입니다."

하녀가 설명했다.

더 가다보니 등진다리가 나왔다. 다시 아기씨가 물었다.

"부모 자식이 이별할 때 등을 지고 나오니 등진다리가 있는 것입니다."

또 가다보니 옳은다리가 나왔다. 아기씨가 사연을 물었다.

"부모 자식이 이별할 때 옳은 마음을 먹으니 옳은다리가 되는 것입니다."

아기씨와 하녀는 말을 주고받으면서 낯선 먼 길을 걸었다.

한참 가다 보니 산이 나타났다.

"우리 저 산 위에 올라 시원하게 바람이나 쐬고 머리나 거둬 올려서 가자."

아기씨의 말에 둘은 산 위에 올라갔다. 계집종은 아기씨의 땋아 늘인 머리를 거둬 올려주었다. 출가한 여자임을 표시한 것이다.

둘은 산을 내려와 다시 걸었다. 미끄러운 돌다리가 나타났다.

"상전님아, 상전님아 조심조심히 지나오십서."

하고 주의를 주었다. 그 다리를 지나자 큰 바다가 나타났다. 건널 도리가 없었다.

둘이는 마주 앉아 대성통곡을 하였다. 그렇게 울다가 보니, 너무 지쳐서 둘은 잠이 들어버렸다.

한참 잠을 자는데 아기씨는 얼굴에 선뜩선뜩했다. 벌떡 깨고 보니 어떤 하얀 강아지가 꼬리로 물을 적셔다 얼굴을 쓸고 있는 것이었다.

"너는 어떤 짐승이냐?"

"상전님아, 상전님아, 나를 모르겠습니까?"

강아지는 아기씨를 상전이라 부르며 말을 이었다. 본래 아기씨가 사랑하여 기르던 강아지인데 병이 들어 죽으니 바다에 던져버리자 용왕국에 들어가 거북사자가 되었다는 것이다. 거북사자는 용왕의 사자인데 아기씨가 집을 떠나게 된 것을 미리 알고 구하러 나왔다는 것이다.

하얀 강아지는 잠시 바다 속으로 들어가더니 잠시 후에 큰 거북이 되어 나타났다.

"아기씨 제 등에 타십시오."

아기씨와 계집종과 검은 암소까지 거북 등에 올라탔다. 거북은 단숨에 수천 리 바닷길을 넘어갔다.

바다를 건너자 새로운 땅이 나타났다. 일행은 다시 한참이나 걸었다.

절이 나타났다. 그들은 절의 문 앞에 다다랐다. 이상한 일이었다. 절문을 바라보니 한쪽 귀가 없는 고깔과 한쪽 자락이 없는 장삼이 걸려 있었다. 둘은 그것을 뚫어지게 한참을 들여다보았다. 지난번에 시주를 받으러 왔다가 아기씨의 머리를 쓸어 임신시킨 중의 고깔이요 장삼임이었다.

아기씨는 하녀를 안으로 들여보내어 스님을 만나보고 싶다고 했다.

주자 선생이 나왔다. 그때 그 스님이었다. 아기씨는 눈물이 먼저 나왔다. 주자 선생은 증거물을 내놓으라 한다. 아기씨는 고깔 귀와 장삼 자락을 내놓았다. 서로 맞대어 보니 꼭 들어맞았다. 아기씨는 날듯이 기뻤다. 주자 선생도 기뻐 맞아줄 줄 알았더니 그렇지를 아니했다. 주자 선생은 벼를 두 섬이나 가져왔다.

"나를 찾아온 인간이면 이 벼를 손톱으로 다 까서 올리시오."

그 말에 아기씨는 어이가 없었다. 그러나 말을 듣지 않을 수 없었다. 둘은 절문 밖에 앉아서 벼를 까기 시작했다. 손톱으로 까자하니 손톱이 아파 못 까고, 발톱으로 까자 하니 발톱이 아파 깔 수가 없었다. 둘이는 마주 앉아 한참을 울다보니 무정한 것이 졸음이라, 그만 잠이 들어버렸다.

얼마나 잤을까? 참새 소리가 잠결에 들려왔다. 벌떡 깨고 보니 참새가 모여들어 벼를 까먹고 있었다.

새를 쫓았더니 참새들이 파르르 날아가며 날개로 겨를 모조리 날렸다. 자세히 보니 참새들은 벼를 까먹은 것이 아니라 벼를 다 까놓고 날아간 것이다.

주자 선생은 벼를 다 깐 것을 보고서 이들을 인정해 주었다. 그런데 문제는 다시 있었다.

"중은 부부 살림을 할 수 없으니 불도 땅으로 내려가서 사시오."

주자 선생의 말을 따르지 않을 수 없었다. 아기씨는 불도 땅으로 내려갔다. 삼간 집을 지어 놓고 살림을 시작했다.

아들 삼 형제가 과거에 급제했다

9월이 되었다. 초여드레가 되니 산기가 나타나기 시작했다. 큰아들이 태어나려는 것이다. 큰아들은 어머님의 아래쪽으로 나오고 싶되 아버님도 아니 보았던 길이라 거기로 나올 수가 없어 어머님의 오른쪽 겨드랑이를 뜯어 솟아나왔다. 열여드레가 되니, 둘째 아들이 태어나게 되었다. 둘째 아들도 어머님의 아래쪽에서 태어나고 싶었으나 아버님도 아니 보았던 길이고 형님도 그곳에서 나오지 않았던 길이라, 차마 그 길로 나올 수 없어 왼쪽 겨드랑이를 뜯어 솟아나왔다. 스무여드레가 되니, 막내아들이 태어나게 되었다. 막내아들도 어머님 아래쪽으로 나오고자 하되 아버님도 아니 보았던 길이라 나올 수 없었다. 어머님 가슴인들 얼마나 답답하랴 어머님의 애달픈 가슴을 뜯어 세상에 나왔다. 초사흘이 되니, 어린 아들들을 목욕을 시키고 아기구덕을 차려 놓아 흔들면서 키웠다.

초여드레에 '웡이자랑', 열여드레 '웡이자랑', 스무여드레 '웡이자랑', 그렇게 키웠다. 아들들이 자랄수록 집안에서는 글 읽는 소리뿐이요, 밖으로 나가면 활을 쏘면서 자랐다.

이들이 건강하게 자라서 대여섯 살이 되었다. 남의 집 아이들은 좋은 옷을 입고 활기차게 놀지만 가난한 삼 형제는 옷이 남루하여 동네 아이들과 벗할 수 없었다. 더덕더덕 기운 누비바지 저고리를 입고 같이 놀려고 하면 '아비 없는 호래자식'이라 구박하는 것이었다.

삼 형제는 어머니한테 아버지를 찾아달라고 애원했다. 어머니는 좀 더 자라면 찾을 수 있다고 아들들을 달랬다.

아들들이 여덟 살이 되었다. 서당에 갈 나이다. 이웃집 아이들은 다 산천서당에 가서 공부를 하는데 삼 형제는 가난하니 서당에 갈 수가 없었다. 삼 형제는 의논 끝에 하루는 서당에 가서 선생님께 사정했다. 서당의 심부름꾼으로 써주시면 어깨 너머로나마 글공부를 하겠다는 것이다. 선생은 가상한 일이라 허락해주었다.

맏형은 선비들의 벼룻물 떠놓는 일을, 둘째는 선생 방의 청소하는 일을, 막내는 선생 방에 불 때는 일을 맡게 되었다. 삼 형제는 부지런히 맡은 일을 하며 공부하는 학생들의 어깨너머로 글을 배웠다. 종이나 붓이 없었다. 온돌 아궁이의 재를 모아놓고 손가락으로 글씨를 쓰면서 공부했다. 글공부는 일취월장하여 서당 안에서 소문이 자자했다. 선비들은 이들 삼 형제를 '잿부기 삼 형제'라고 불렀다. 재 위에 글을 쓰면서 공부했다는 것이다.

이들 삼 형제가 열다섯 살이 되었다. 서당 선비들이 서울로 과거를 보러 가게 되었다. 모두들 자신만만하여 길을 떠나는 것이었다. 삼 형제도 한번 과거나 보아 봤으면 생각했으나 입고 갈 옷도 없고 노자도 없어 갈 수 없었다. 마침 선생으로부터 선비들의 짐꾼으로 따라가라고 했다. 삼 형제는 더덕더덕 기운 옷에 선비들의 짐을 지고 집을 나섰다.

서울 길은 멀고 멀었다. 처음은 가벼울 것 같던 짐이 점점 무거웠다. 땀으로 목욕하며 온 힘을 다해서 걸었다.

"어서 걸어라, 빨리 걸어라, 왜 떨어지느냐!"

삼천 선비들이 발길질을 하면서 재촉했다. 삼 형제는 염주 같은 눈물을 흘리면서 걸었다.

서울이 거의 가까워졌다. 삼천 선비들은 이 짐꾼 삼 형제를 여기서 떨어뜨려놓고 가자고 의견을 모았다. 만일 이들을 데리고 갔다가 이놈들과 같이 과거를 보게 되면, 자기네는 낙방하고 저놈들이 급제할 우려가 있기 때문이었다.

의논 끝에 한 선비가 삼 형제에게 말했다.

"너희들 노자도 없을 것 같으니 저 배 좌수 집 과수원에 가서 배 삼천 개만 따오면 우리가 하나씩 먹고 돈 삼천 냥을 모아 줄 터이니 어떠하겠냐?"

"그렇게 하십시다."

선비들은 배 좌수 집의 과수원 배나무에 삼 형제를 엉덩이를 받쳐 올려놓았다. 삼 형제는 부지런히 배를 따서 바짓가랑이 속에 담았다. 한참 동안 따니 바짓가랑이가 가득했다. 아래를 내려다보니 기다리고 있는 줄 알았던 선비들은 한 사람도 보이지 않았다. 자기네를 떨어뜨리고 저들만 서울로 올라가버린 것이다.

바짓가랑이에 배를 가득 담은 삼 형제는 올라가지도 내려오지도 못하여 배나무에서 울고 있었다.

이때 과수원 주인인 배 좌수는 이상한 꿈을 꾸었다. 배나무 위에 청룡, 황룡이 얽혀지고 틀어져 있는 꿈이다. 배 좌수는 얼른 바깥에 나와 배나무를 살펴보았다. 머리를 풀어헤친 총각놈 셋이 나무 위에서 울고 있었다. 어둠 속에 자세히 보니 바짓가랑이에 배를 가득 따서 담아놓고 있는 것이다. 배 좌수는 무슨 곡절이 있다고 생각했다. 바짓가랑이의 배는 대님을 풀어 아래로 떨어뜨리고 어서 내려오라고 했다.

삼 형제 이제는 죽었다고 생각했다. 어머님과도 이별이로구나. 삼 형제는 무서워 떨면서 배나무에서 내려왔다. 삼 형제는 사실대로 말했다.

"이 삼 형제는 과거에 합격할 것이 틀림없다."

사정을 다 들은 배 좌수는 이렇게 믿었다.

배 좌수는 저녁밥을 잘 먹이고 삼 형제에게 돈 열 냥씩을 내어주며 격려했다.

"어서 가서 과거를 봐라. 종이전에 가면 종이를 줄 것이다. 먹을 파는 상점에 가면 먹을 줄 것이다. 그것을 갖고 가서 시험을 봐라."

삼 형제는 배 좌수의 격려를 받고는 용기를 갖고 서울로 올라갔다. 이미 시험장의 문들은 다 잠겨 있었다.

삼 형제는 시험장 안으로 들어갈 수가 없어 한참 울고 있었다. 마침 문 밖에서 팥죽 파는 할머니가 있었다. 할머니는 삼 형제의 딱한 사정을 들고는 방법을 가르쳐 주었다.

"내 딸이 지금 선비들의 벼루 물을 떠놓는 일을 하고 있는데, 글을 적어주면 딸로 하여금 상시관에게 넘기도록 해주겠다."

삼 형제는 하늘이 돕는구나 생각하고는 먹을 사고 붓을 사고 종이를 샀다. 종이를 펴놓고 발가락에 붓을 끼고서 맏형은 '천지혼합天地混合' 둘째 형은 '천지개벽天地開闢' 막내 동생은 '삼경개문三更開門'이라 써서 할머니에게 넘겼다.

팥죽 장수 할머니 딸은 선비들의 벼루에 물을 떠놓다가 어머니로부터 받은 글을 돌에 말아 상시관을 향해 던졌다. 돌은 상시관의 가슴에 맞았다. 상시관은 깜짝 놀라며 시지試紙를 펴 보고는 아무 일도 없는 듯이 살짝 방석 밑으로 넣었다. 삼천 선비들의 글이 올라왔다. 상시관이 보더니 낙방이다 해 놓고 방석 밑의 시지를 내어 놓고 '이건 누구 글이냐?' 소리쳤다. 아무도 대답이 없었다. 연추문을 열고 글 임자를 찾고 보니 잿부기 삼 형제였다. "잿부기 삼 형제 과거여!" 우레 같은 소리가 울려 퍼졌다. 삼형제는 누비바지를 벗어 던지고 관복을 갈아입고 나서니 일월을 희롱하는 듯했다.

"이만하면 우리 어머님 얼마나 반갑고 기쁘랴!"

삼 형제가 장원급제하자 삼천 선비들은 화가 치밀었다. 의논 끝에 상시관에게 탄원했다.

"중의 아들 삼 형제는 과거를 합격시켜주고 양반의 자식은 왜 낙방입니까?"

"어찌 중의 자식인 줄 너희가 알겠느냐?"

"도임상을 차려줘 보십시오. 알게 될 것입니다."

중의 자식이 과거에 합격했다면 안 될 일이다. 시험관들은 중의 자식인지 아닌지를 일 차 시험해보기로 하였다. 선비들의 말대로 음식상을 잘 차려 내주었다. 음식 먹는 행동을 보자는 것이다. 과연 삼 형제는 고기를 먹지 않았다. 제육 안주는 먹는 척해가며 밥상 밑으로 살짝살짝 숨기는 것이 아닌가.

"이들 삼 형제 과거에 낙방이다!"

상시관의 한마디에 삼 형제는 관복을 벗어 놓고 누비바지를 다시 입지 않을 수 없었다. 삼 형제는 땅을 치며 통곡했다.

상시관은 과거에 불합격한 삼천 선비들을 합격시켜줄 구실을 생각했다.

"활을 잘 쏘는 자에게 과거 급제를 주겠다."

영을 내렸다. 과녁은 연추문이었다. 삼천 선비들은 모두 죽을 힘을 내어 활을 쏘았으나 과녁을 맞히지 못했다. 울고 있던 삼 형제가 나섰다. 만형이 쏘니 연추문이 요동을 하고 둘째 형이 쏘니 연추문이 열리고 막내동생이 쏘니 연추문이 저절로 자빠졌다.

"하늘에서 내려 준 과고로다. 과거에 급제시켜라."

과거에 합격한 삼 형제는 우선 어머님을 만나서 기쁘게 해드리고 싶었다.

"어머니가 얼마나 기뻐할 것인가!"

삼 형제는 곧 어머니 집으로 걸음을 재촉했다.

과거에 떨어진 삼천 선비들은 다시 모여 흉계를 꾸몄다.

삼 형제가 격식을 갖춰 내려오는 사이에 삼천 선비들은 이미 앞질러 내려왔다. 그들은 삼 형제 어머니 집을 찾아갔다. 우선 그 집 계집종에게 사정을 말하면서 삼 형제를 낙방만 시켜 놓으면 종 문서를 돌려주겠다고 꾀었다. 종 문서를 돌려준다는 말에 솔깃해진 하녀는 곧 시키는 대로 하겠다고 약속했다.

선비들은 먼저 삼 형제 어머니를 명주전대로 목을 묶어 삼천 제석궁의

섬에 사는 거인의 꿈

깊은 궁에 가두었다. 계집종더러 시키는 대로만 하도록 했다. 계집종은 머리를 풀어 짚으로 묶어놓고 상이 난 것처럼 '아이고' 울었다.

삼 형제 행차가 집에 당도했다.

"상전님아, 상전님아, 어머님은 돌아가셔서 이제 장사지내는 일만 남았는데, 과거에 급제하면 뭣하리까?"

삼 형제는 맥이 풀렸다. 어머님이 세상을 떠났는데 과거에 급제하면 무엇할 것인가?

"모두 다 돌아가라."

삼 형제는 자기네를 호위해서 왔던 이들을 다 돌려보내고 상복으로 갈아입고 곡을 하기 시작했다. 그리고 어머니를 임시 매장한 곳을 가보았다. 아무것도 없는 헛봉분이었다.

삼 형제는 어머니를 찾기 위해 심방이 되었다

삼 형제는 선비들의 간계임을 알고 우선 어머니를 찾으려 나섰다. 어머니를 찾으려면 먼저 외할아버지를 찾아가 의논하는 것이 좋겠다고 생각했다.

외할아버지를 찾아갔더니 할아버지는 먼저 돗자리를 깔아주며 앉으라고 했다.

삼 형제는 어머니를 찾아 주십사고 애원했다. 외할아버지는 황금산 도단 땅의 주자 선생이 네 아버지가 되니 아버지를 찾아가라고 가르쳐 주었다.

삼 형제는 단숨에 황금산 도단 땅을 찾아갔다. 아버지는 그들을 반겨 맞아주며 어머니를 찾으려고 하면 무당이 되어야 한다고 했다.

"그렇게 하겠습니다."

삼 형제가 아버지 말대로 무당이 되겠다고 말했다.

"불쌍한 놈들아, 처음 날 찾아왔을 때에 제일 먼저 무엇을 보았느냐?"

아버지가 물었다.

"하늘을 보고 왔습니다."

"두 번째는 무엇을 보았느냐?"

"땅을 보고 왔습니다."

"세 번째는 무엇을 보았느냐?"

"올래문을 보았습니다."

아버지는 이 말을 듣고 동그란 놋쇠에 '천지문天地門'이라 새겨서 천문天文을 만들어주었다. 그리고는 다시 삼 형제에게 물었다.

"불쌍한 자식들, 과거를 보고 올 때 첫째는 무엇이 좋더냐?"

맏아들이 대답했다.

"도임장을 받는 것이 좋았습니다."

"그러면 큰아들은 초감제상을 받아보라."

"둘째 아들은 무엇이 좋더냐?"

"쌍가마와 육방 하인들이 호위하는 것이 좋았습니다."

"초신맞이를 받아보라 더더구나 좋아진다."

"막내아들은 무엇이 좋더냐?"

"어엿한 관복이 좋았습니다."

"시왕맞이굿을 마련하라. 더 더 좋아진다."

이렇게 하여 여러 가지 굿을 하도록 맡겨주었다. 과거에 급제하여 권력을 누리며 사는 것보다 무당이 되어 어려운 사람을 위해 굿을 하며 사는 것도 좋다는 아버지의 분부였다.

그렇게 한 후에 아버지는 어머니를 찾는 방법을 가르쳐 주었다.

"어머니는 삼천 제석궁의 깊은 곳에 갇혀 있으니 쇠가죽을 벗겨다 북을 만들고, 계속 북을 치고 있으면 찾을 수가 있다"

그 말대로 삼 형제는 깊은 산에 올라가 오동나무를 베어오고, 말가죽을 벗겨다가 북과 장고를 만들었다. 이 북과 장고를 가지고 삼천 제석궁으로 들어갔다.

"설운 어머님 깊은 궁 들었거든 얕은 궁으로 나오십시오."

삼 형제는 열나흘 동안 북을 쳤다. 삼천 천제궁에서는 이 북소리가 무엇 때문이지 조사하게 되었다.

결국 삼 형제의 어머니가 풀려나오게 되었다. 어머니를 살려내 온 삼 형제는 큰 집을 지어 어머니를 모셨다. 그리고 큰 칼을 들고 삼천 선비들에게로 갔다. 그들의 목을 단칼에 쳐서 천추의 원수를 갚았다. 이때부터 양반은 무당의 원수가 되었다.

이 이야기는 심방의 조상신 내력이다. 큰굿을 할 때에 '초공본풀이' 제차에서 심방은 이 기구한 운명을 가진 주인공의 이야기를 노래조로 전하면서 그 신을 위로한다. 좋은 가문에서 태어난 심방 조상의 기구한 운명은 모두 잘못된 세상과 인간의 욕망 탓이다. 마지막에 삼천 선비에게 복수하면서 '선비들은 영원히 심방의 원수'라는 것은, 이 세상의 모순을 시사하는 언어이다.

이들은 삼 형제가 살아가는데 겪었던 일들은 잘못된 세상에서 흔히 있을 수 있는 일이다. 음모와 거짓과 폭력으로 상대를 제압하고, 목적을 위해서는 수단과 방법을 가리지 않는 것이 인간 세상의 일이다. 더구나 이들 심방 조상 삼 형제는 당시 지배계층인 선비들의 흉계로 그 삶이 망가지게 된다. 애초부터 그들의 삶은 잘못되기 시작했다. 귀한 딸을 가두어 키우려 했던 대감이나, 이 아름다운 처녀를 탐내었던 선비들의 내기도 그렇다. 주자 스님은 뜻을 이루었으나, 자식들에 대해서는 관심을 갖지 않는다. 심방의 조상이 된 세 아들의 기구한 생애는 모두 잘못된 세상 때문이다. 그래서 이들은 결국 심방이 될 수밖에 없었다.

서천꽃밭을 관리하는 이공

기구한 부부의 운명

아주 오랜 옛날이야기이다.

김진국과 임진국이 한 마을에 살았다. 김진국은 몹시 가난했고 임진국은 큰 부자로 호사스럽게 살았다. 두 사람은 나이가 들어 마흔이 가까워도 슬하에 자식이 없어서 집안은 늘 쓸쓸했다.

어느 날 동네 사람이 들어와 자식 없는 사정을 위로하면서, 명산대찰을 찾아가서 석 달 열흘 백 일 동안 정성껏 불공을 드리면 자식을 얻을 수 있다고 말했다.

그 말을 들은 두 친구는 함께 불공을 드리러 가기로 약속했다.

그들 부부는 절로 들어가 불공을 드리기 시작했다. 정성껏 시주를 하고 아침부터 저녁까지 큰 스님의 염불소리와 작은 스님의 목탁소리에 맞춰서 아침과 낮, 저녁 하루 세 번씩 불공을 드렸다. 어느덧 백 일이 하루같이 지나갔다.

백 일 정성을 마치고 집으로 돌아온 두 친구는 좋은 날을 정하여 부부가 잠자리를 같이했다. 불공을 드린 보람이 있어 김진국은 아들을 낳았고 임진국은 딸을 낳았다. 아들은 사라도령으로 딸은 원강암이라 이름을 지었다.

두 친구는 서로 사돈을 맺자고 약속했다.

자녀들이 열다섯이 되었을 때 혼인예식을 올렸다.

둘이 스무 살이 되었을 때에 원강암은 애를 갖게 되었다. 한 달 두 달 지나가자 몸은 항아리처럼 커지면서 가누기 어려울 정도로 배가 불렀다. 이때 하늘나라에서 사라도령한테 소식이 왔다. 하늘나라 서천꽃밭을 책임 맡고 관리하는 '꽃감관'을 맡게 되었으니 어서 하늘나라로 올라오라는 명령이었다.

그러나 이제 곧 부인이 해산달이 가까웠는지라 사라도령은 헤어지기 싫었다. 그렇다고 하늘의 명령을 거절할 수도 없었다.

사라도령은 며칠 동안 고민하다가 떠나기로 작정하고는 아내에게 부탁했다.

"내가 하늘나라에 가서 꽃감관의 일을 마치고 돌아올 터이니, 내가 없는 동안에 몸을 잘 돌보고, 부모님을 잘 모시도록 하시오. 나도 당신을 두고 떠나고 싶지는 않지만, 옥황상제의 명을 거역할 수 없지 않소. 미안하오. 부디 몸 보전 잘 하시오."

사라도령은 부인을 위로하였다. 그런데 부인 원강암은 죽으나 사나 같이 따라가겠다고 했다. 사라도령은 그 모습이 너무 안쓰러웠다. 할 수 없이 사라도령은 아내와 함께 떠나기로 작정했다.

부부는 함께 하늘나라 서천꽃밭을 향해 집을 나섰다. 길은 멀고 험난했다. 연약한 여자인 원강암은 아이를 배었으니 더욱 걷기가 힘들었다. 얼마 걸으니 발이 부풀어 더 걸을 수 없었다.

둘은 그래도 걸었다. 가다가 날이 저물면 억새 포기 속에서 밤을 새고, 다시 날이 밝으면 아픈 다리를 끌고 험한 길을 걸어갔다.

며칠이나 걸었을까? 하루는 언덕 아래 큰 팽나무 등걸에 의지하여 밤을 새우게 되었다. 삼경이 넘자 닭 울음소리가 시끄럽게 났다.

"저 닭은 어디서 우는 것일까?"

사라도령은 닭이 우는 것을 보니, 이 근방에 사람이 살고 있는 것 같았다.

"아무 집이나 들어가 쉬십시다. 아마 멀리 가지 않아 마을이 있을 건데."

원강암은 눈물을 흘리며 남편에게 애원하듯 말했다.

"난 이제 더 걸을 수가 없으니 저 닭소리 나는 집을 찾아가서 나를 종으로 팔고 당신 혼자서 가세요."

원강암은 도저히 더 걸을 수 없으니 다른 방법이 없었다.

"아니, 그게 무슨 말이요. 나는 그럴 수 없소."

"그러면 어찌하겠소. 나는 이제 도저히 더 걸을 수가 없어요."

사라도령은 기가 막혔다. 부부는 서로 부여안고 한참 동안 울었다. 그렇다고 별 다른 도리가 없었다. 결국 부인을 종으로 팔고 가기로 결정을 내렸다.

그렇다면 얼마나 받아야 할까? 애 엄마와 그 배 속에 아기까지 있으니, 아기 값도 받아야 할 것 아닌가? 서로가 의논했다.

부인은 삼백 냥, 부인 배 속 아이는 백 냥만 받기로 했다.

부부는 눈물을 거두고 마을을 찾아갔다. 외모가 번듯한 기와집 대문 앞에 이르렀다.

"종을 사십시오."

사라도령이 큰 소리로 외쳤다.

이 집은 마을에서 제일 부자이다. 집 주인인 제인장재는 마침 집안에 일할 종이 필요했던 참이었다. 제인장재는 딸들을 불렀다.

"큰딸아, 문밖에 나가 봐라. 종을 사라는데, 괜찮을지 확인해봐라."

큰딸이 대문 밖으로 나갔다가 들어와서는

"그 종 사지 마십시오. 집안 망합네다."

아주 단호하게 말하는 것이었다.

"둘째 딸아, 나가 봐라 괜찮을 것 같으냐?"

둘째 딸도 대문 밖으로 나갔다 들어오더니,

"사지 맙소. 집안 망합네다."

역시 큰딸처럼 말했다.

"작은딸아 나가 봐라."

작은딸이 나갔다 들어왔다.

"아버지, 그 종 사십시오. 우리 집안을 이롭게 할 종인지 해롭게 할 종인지 아직은 모르니까, 그 종 사두십쇼."

아버지 생각에는 작은딸 말이 그렇듯 했다. 망하게 할지 흥하게 할지는 지금은 알 수 없다.

"그렇게 하자."

제인장재는 작은딸 말대로 그 종을 사기로 하고 흥정했다. 사라도령 생각대로 부인은 삼백 냥, 배 속의 아이는 백 냥을 받겠다고 했다.

집 주인은 사라도령을 사랑방으로 불러들여 밥상을 차려 대접하였으나, 그 부인 원강암은 부엌에서 식은 밥에 물을 말아 먹게 했다. 사라도령은 수저를 들고 식사를 하려는데 눈물이 나왔다. 아무래도 아내를 대하는 집안이 이상했다. 그래서 제인장재에게 물었다.

"이 마을 풍습은 어떻게 하는지 모르겠습니다만 우리 마을 풍습으로는 부부가 서로 이별할 땐 맞상을 차려 줍니다."

그제야 제인장재는 맞상을 차려 대접하도록 했다.

부부는 밥상을 받아 마주 앉았다. 원강암은 우선 배 속에 있는 아이의 이름이라도 지어주고 가라고 했다. 사라도령은,

"만일 아들을 낳으면 '할락궁이'라 이름을 짓고, 딸을 낳거든 '할락댁이'라 지으시오."

그렇게 말하고, 가지고 있던 빗을 반으로 꺾어 한쪽을 부인에게 증거물

로 주었다.

"나중에 다시 만날 때에는 이 빗 반쪽을 갖고 와요. 그러면 부디 몸조심하고, 다시 만나게 될 거요."

둘은 식사를 끝내고 서로 헤어지게 되었다. 사라도령은 아내의 손을 잡고 슬픔을 달래주었다. 다시 만날 날을 굳게 기약했다.

사라도령은 아내와 헤어져 서천꽃밭으로 떠났다.

종살이에 지친 원강암의 시련

원강암은 남편과 헤어진 뒷날부터 종살이를 하기 시작했다.

한밤중 이경二更인데 누가 원강암의 방문을 두들겼다.

"누구시죠?"

"이 문 열라, 이 문 열라."

집 주인인 제인장재였다.

"이 고을 풍습은 어찌하나 모르되 우리 마을 풍습은 아이 밴 여자는 남자에게 몸을 허락하지 않습니다."

그 말에 제인장재는 더 할 말이 없었다.

"그렇게 하자."

주인은 순순히 돌아갔다.

몇 달이 지나자 아기가 태어났다. 아들이었다.

남편이 지어준 대로 원감암은 아들 이름을 '할락궁이'로 지었다.

그런데 주인은 기다렸다는 듯이 그날 밤부터 다시 찾아와 방문을 두들겼다.

"이 고을 풍습은 어찌하나 모르되 우리 마을 풍습은 낳은 아기가 백일이 넘어야 몸을 허락을 하는 법입니다."

원감암은 다시 핑계를 대어 사내를 물리쳤다.

"그렇게 하자."

아기가 백일이 넘었다. 제인장재가 한밤중에 다시 문을 두들겼다.

"이 고을 풍습은 모르되 우리 마을 풍습은 낳은 아이가 걸음마를 해야 몸을 허락하는 법입니다."

주인은 더 말하지 않고 되돌아갔다.

할랑궁이는 자라서 이제는 막대기로 말타기를 하며 마당에서 놀았다.

어느 날 밤이 깊은데 주인이 와서 원감암의 방문을 두들겼다.

"이 고을 풍습은 어쩌나 모르되 우리 마을 풍습은 낳은 아기가 열다섯은 되어야 몸을 허락하는 법입니다."

이번에도 제인장재는 순순히 돌아갔다. 선선이 돌아가는 것을 보면 무슨 일이 일어날 것만 같았다.

뒷날부터 주인은 이들 모자에게 일을 시키기 시작했다. 그런데 그 일을 감당하기가 벅찼다.

할락궁이에게는 낮에 소 쉰 마리를 몰고 깊은 산중에 들어가 나무 쉰 바리를 해 오고, 밤에는 새끼를 50동이를 꼬게 하였다. 그리고 원강암에게는 낮에는 명주 다섯 필을 짜고, 밤에는 명주 세 필을 짜도록 했다.

매일매일 계속되는 이 일은 너무나 힘에 겨웠다. 모녀는 너무 슬퍼서 눈물로 세수하듯이 흘리면서 하루하루를 지냈다.

그래도 세월은 흘러갔다. 할락궁이도 열다섯 살이 되었다. 그는 집안의 형편을 알게 되었다.

어느 날 그는 어머니에게 사정을 물었다.

"우리 아버지는 어디 있습니까?"

"어디 있다니, 제인장재가 너희 아버지 아니냐."

그렇게 아들을 달래었으나, 아들은 아무리 생각해도 믿기지 않았다.

며칠이 지났다. 그날은 가랑비가 촉촉이 내렸다. 할락궁이는 어머니에게 콩을 한 되만 볶아 달라고 졸랐다.

"콩이 어디 있어서 볶겠느냐?"

"장막을 털면 콩 한 되는 나오고도 남을 것입니다."

할락궁이는 집 뒷간에 있는 장막을 털어서 콩 한 되를 마련하여 가져와서는 볶아 달라고 졸랐다.

어머니는 아들이 가져온 콩을 볶기 시작했다.

한참 볶는데,

"어머니 저 문밖에 누가 와서 어머니를 부르니 어서 나가 보십서."

할락궁이가 들어와서 재촉하는 것이었다.

어머니는 얼른 나가 보았다. 아무도 없었다. 이상하다. 꼭 무슨 일이 일어날 것만 같았다.

아들은 어머니가 나간 틈에 콩을 휘젓던 주걱을 부엌방석 밑으로 얼른 감추고 어머니를 불렀다.

"어머님, 콩이 모두 타고 있으니 어서 들어와 저으십시오."

어머니는 들어와서 주걱을 찾았다. 콩을 젓지 않으니 타들어갔다.

"아이고. 어머님 콩이 모두 타고 있습니다. 손으로라도 어서 저으십시오."

어머니는 아들이 하도 급히 서두르는 바람에 그만 생각지도 않고 손으로 콩을 저으려고 했다. 그때 할락궁이가 어머니 손을 꼭 눌렀다.

"어머님, 이래도 바른 말 못 하겠습니까? 아버지 간 데를 말해 주십시오."

"이 손 놓아라 말해 주마."

어머니는 결국 사실을 다 말했다. 이제는 아들이 알 만한 때가 되었다고 생각하고는 남편이 주고 간 얼레빗 한쪽을 아들에게 넘겨주었다.

할락궁이는 아버지를 찾아 떠나겠다고 했다.

"어떻게 그렇게 먼 길을 갈 수 있겠느냐?"

"걱정 마십시오. 메밀 범벅 세 덩이만 해주십시오."

할락궁이는 한밤중에 아버지가 두고 간 얼레빗 한쪽과 메밀 범벅 세 덩이를 가지고 어머니와 작별했다.

아버지를 찾아서

할락궁이가 집은 나섰는데, 이 집 개 천리둥이가 짖으면서 쫓아왔다. 천 리를 달리는 날쌘 개였다. 할락궁이는 얼른 메밀 범벅 한 덩이를 개에게 던졌다. 그것을 먹는 사이에 천 리를 뛰어갔다. 뒤따라 개가 쫓아왔다. 다시 범벅 한 덩이를 내던졌다. 개가 그것을 먹는 사이에 할락궁이는 만 리를 뛰어갔다. 다시 개가 뒤쫓아 왔다. 나머지 한 덩이를 내던졌다. 개가 그것을 먹는 사이에 할락궁이는 수만 리를 달려갔다.

한참 가다 보니 작은 시내가 앞을 가로막았다. 냇물로 들어서니, 물이 무릎에 찼다. 그래도 쉽게 건넜다. 그리고 다시 한참을 갔는데, 이번에 큰 강이 앞을 가로막았다. 건너려고 들어섰더니 물이 허리에까지 찼다. 그래도 건넜다. 강을 건너 한참 가는데, 이번에는 더 큰 강이 나타났다. 건너려 들어섰더니 물이 가슴께까지 차올랐다. 그래도 강을 건너갔다. 한참 가는데 다시 더 큰 강이 나타났다. 강물에 들어서니 물이 목까지 찼다. 그래도 그 강을 무사히 건넜다.

그때 멀리서 서천꽃밭이 보였다.

할락궁이는 가까이 다가가서 서천꽃밭의 동정을 살폈다. 서천꽃밭 입구에는 커다란 수양버들이 늘어져 있고, 그 밑에는 맑은 연못이 있었다. 할랑궁이는 수양버드나무 맨 윗가지에 올라가서 서천꽃밭을 바라보고 있었다. 주위가 조용했다.

잠시 후에 꽃밭에선 궁녀들 몇이 물동이를 이고 연못으로 걸어왔다. 꽃밭에 줄 물을 뜨려고 오는 것이었다. 할락궁이는 얼른 손가락을 깨물어 붉은 피를 두세 방울 연못에 떨어뜨렸다. 연못은 붉은 피가 번져서 더러워졌다. 궁녀들이 다가와서 물을 뜨려는데 갑자기 연못물이 말라버렸다.

궁녀들은 물을 뜨지 못하고 되돌아가서 사정을 말했다.

"수양버드나무 윗가지에 어떤 총각이 앉아서 연못물이 말라버리도록 술수를 부리고 있습니다."

궁녀들은 할락궁이가 하는 짓을 모두 알고 있었다.

꽃감관이 그 말을 듣고 밖으로 나왔다.

"너는 귀신이냐 사람이냐?"

꽃감관은 버드나무 가지에 앉아 있는 할락궁이에게 물었다.

"귀신이 어찌 여기 올 수 있습니까? 저는 사람입니다. 제 이름은 할락궁이라 합니다."

꽃감관이 깜짝 놀랐다. 아내에게 알려준 이름이었다.

"네가 할락궁이라는 것은 믿을 증거가 있느냐?"

"예, 있습니다."

할락궁이는 얼른 나무에서 내려와 갖고 온 빗 반쪽을 내밀었다.

꽃감관은 평소에 꼭 지니고 다니는 그 반쪽 빗과 맞추어 보았다. 꼭 맞았다.

"내 자식이 분명하구나. 여기까지 오는 동안 건너야 할 강물들이 없었더냐?"

"있었습니다."

할락궁이는 냇물과 깊은 강물을 건넌 이야기를 했다.

"그 물들은 네 어머니가 주인에게 모진 학대를 당해 흘린 눈물이 모여 된 것이다. 물이 차츰 깊어질수록 네 어머니는 더 모진 고통을 주인으로부터 받았던 것이다. 어머니는 결국……. "

아버지 꽃감관은 말을 맺지 못했다.

할락궁이가 말을 듣는 동안에 어머니는 이미 제인장재에게 매를 맞고 돌아가신 것이다. 아버지는 사천꽃밭에 있으면서도 모든 일을 다 알고 있었다.

난생 처음 만난 부자 상봉이었지만 이야기를 오래 나눌 수 없었다.

복수

아버지는 아들을 데리고 꽃밭으로 들어갔다. 널찍한 꽃밭엔 이름 모를 꽃들이 아름답게 피어 있었다. 사람을 죽여 멸망시키려는 멸망악심꽃, 죽은 사람을 다시 살려 내는 환생꽃, 웃지 않으면 못 견디게 하는 웃음꽃, 서로 싸우게 하는 싸움꽃……. 아버지는 아들에게 꽃을 하나하나 설명하면서 그 꽃들을 하나씩 따 주었다.

"어서 이 꽃을 가지고 내려가서 어머니의 원수를 갚으라! 이제 네가 내려가면 제인장재는 너를 죽이려고 할 게 빤하니, 그때엔 일가친족을 다 모아 놓으면 할 말이 있다 하여 일가친족 앞에 웃음꽃을 먼저 뿌려라. 그러면 모두들 즐거워 한바탕 웃을 것이다. 그 다음에는 싸움꽃을 뿌려 친족 간에 패싸움을 하도록 해라. 그 다음에는 멸망악심꽃을 뿌려 원수를 갚도록 해라."

아버지는 아들에게 차근차근 꽃을 사용하는 방법을 말해주었다.

"그리고 제인 장재의 막내딸만 살려 두었다가 어머니 죽은 데를 찾아 환생꽃을 뿌려 어머니를 살려내어라."

꽃감관 아버지는 모든 것을 아들에게 말해주었다.

할락궁이는 아버지가 마련해준 꽃들을 가지고 집을 향해 떠났다. 아버지와 지낼 틈도 없어서 섭섭했으나 어머니 원수를 갚는 일이 급했다.

제인장재 집에 도착했다. 집 주인은 오랜만에 나타난 할락궁이를 보자마자 놀라면서 종들을 풀어놓아 잡아 묶고 죽이려고 했다.

"저는 아버지도 만났으니, 이제는 죽어도 한이 없습니다. 단 하나 소원이 있으니, 죽기 전에 그동안 나를 돌봐줬던 이 집 친척 어른들을 모아주십시오. 마지막 인사나 드리고 가렵니다."

제인장재는 죽을 사람 마지막 소원이라니 들어주었다.

집안 일가친척들이 많이 모였다.

할락궁이는 웃음꽃을 뿌렸다. 일가친족들의 웃음판이 벌어졌다.

그렇게 즐겁게 웃는데 이번에는 싸움꽃을 뿌렸다. 갑자기 친척들 간에 싸움판이 벌어졌다. 서로 치고 받고 야단이었다.

이번에는 멸망악심꽃을 뿌렸다. 그렇게 싸우던 사람들이 하나둘 죽어갔다. 온 집안 식구가 다 죽었다. 그때 막내딸이 할락궁이에게 달려와 '살려 달라'고 애원했다.

"그렇다면 너는 살려줄 터이니 우리 어머님 있는 곳을 알려 달라."

"예 그렇게 하겠습니다. 머리는 끊어 청대밭에 던져버렸고, 잔등이는 끊어 흑대밭에 던져 버렸고, 무릎은 끊어 푸른 띠밭에 던져 놓았습니다."

할락궁이는 막내딸을 데리고 그곳으로 갔다. 어머니 시신은 뼈만 남아 있었다. 할락궁이는 어머니 뼈를 차례차례 모아 놓고 환생꽃을 뿌렸다.

"아이고 봄잠을 너무 오래도 잤구나."

어머니가 머리를 긁으며 살아났다.

할락궁이는 막내딸까지 죽이려 하다가 살려주었다.

어머니를 모시고 서천꽃밭으로 들어갔다.

아버지를 만났다. 할락궁이는 아버지로부터 꽃감관 자리를 물려받았다.

큰굿이나 불도맞이 굿판에서 심방은 이공신의 내력담인 이 이야기로 신을 청한다. 사람들이 사랑하여 결혼하고 가정을 이루어 살아가는 동안에 피치 못할 사정으로 서로 헤어져야 하는 경우가 있다. 이러한 인생살이에서 나타나는 비극적인 일들을 이 이야기에서 들을 수 있다. 그런데 세상은 그러한 처지에 있는 사람들을 배려하기는커녕 오히려 그들을 억압하고 착취하려고 한다. 이 이야기에서는 이러한 비정한 인간의 모습을 잘 드러내고 있다. 그런데 결국은 꽃을 통해서 헤어졌던 가족들이 다시 만나 잃어버렸던 행복을 되찾게 된다.

이런 꽃에는 웃음꽃과 싸움꽃과 환생꽃이 있다. 인간의 생사화복이 이 꽃을 통해 이루어진다. 꽃은 아름답기 때문에 싸움꽃이나 멸망꽃은 필요하지 않겠지만, 악의 세력과 싸워 평화를 이루기 위해서는 이런 꽃도 필요하다. 이 이야기를 통해 가족의 붕괴와 회복의 과정을 알게 될 것이다. 그리고 인생살이가 아무리 고통스럽더라도 그것을 이겨내는 방법이 있음을 생각하게 한다.

섬에 사는 거인의 꿈

자청비의 사랑과 시련

백일기도로 얻은 딸

　김진국 대감은 부부 금슬이 좋고 재산도 많아서 아쉬울 것이 없이 살았다. 그런데 쉰 살이 되었어도 슬하에 자식이 없었다.

　이따금 마을을 산책하면서 길가에서 놀고 있는 어린아이들을 보면 그렇게 귀엽고 사랑스러울 수 없었다. 집집에서 아기 우는 소리가 들릴 때면, 그 울음소리가 마치 아름다운 새소리처럼 들렸다.

　어느 날 스님이 시주를 받으러 대문 안으로 들어섰다.

　"소승입니다. 부처님이 내려주시는 복을 받으십시오."

　집안 살림을 맡은 하녀가 나와서 스님이 내민 전대에 쌀을 채웠다.

　"먼 길 오셨으니, 넉넉히 시주해라."

　예전에 없이 김 대감이 하녀에게 시주를 많이 하라고 말했다. 하녀는 다시 들어가 쌀독에서 하얀 백미 한 말을 갖고 나왔다.

　댓돌 아래서 시주쌀을 받던 스님이 안방을 기웃거렸다.

　그때 방문이 열렸다.

　"혹시 사주를 볼 줄 아시나?"

　"무슨 사연이옵니까?"

　"우리 부부가 나이 오십이 되었는데도 아직도 자식이 없으니 사주나 봐주게. 혹시 자식이 있겠는지…."

　화주승은 김 대감의 사주를 받고서 사주 책을 보다가 공손히 아뢰었다.

"대감께서는 걱정을 마십시오. 우리 절에 보시를 하시고 백일기도를 드리시면 자식을 얻을 수 있습니다."

그 말을 들은 김 대감은 귀한 명주 1백 필과 좋은 백미 1백 석을 준비하여 두고, 절로 들어가 백일기도를 시작했다.

기도를 시작해서 백 일이 되는 날 대사는 부처님께 바칠 시주를 가져오도록 했다. 이미 준비해둔 것을 싣고 왔다. 그런데 이상했다. 틀림없이 1백 필을 준비했던 명주가 99필밖에 되지 않았고, 백미도 99석밖에 되지 않았다.

"이거 참 안타깝구먼. 명주도 1필이 모자라고, 백미도 1섬이 모자라니, 남자가 태어나기는 틀렸는데, 그래도 딸을 얻게 될 것이니 그리 아시오."

김 대감은 조금 아쉽지는 했지만, 그래도 이 나이에 자식을 얻는다는 말에 너무 기뻤다.

집으로 돌아온 부부는 날을 받고 잠자리를 같이하였다.

그 달부터 김 대감 부인에게 태기가 있더니 열 달 후에 예쁜 계집애를 낳았다. 이름을 자청비라 지었다.

자청비가 열다섯 살이 되었다.

어느 날 그녀는 윗다락에서 비단을 짜는 정 하녀의 손이 너무 예쁜 것이 눈에 띄었다.

"넌 어째서 손이 그렇게 예쁘냐?"

"원, 상전님도. 하나는 알고 둘은 모르시는구나! 주천강 연못에 가서 항상 빨래를 하니 손이 이렇게 하얗습니다."

"그럼 나도 빨래할 때 같이 가자."

정 하녀는 그렇게 하겠다고 대답했다.

우물가에서 맺은 인연

뒷날 자청비는 한두 살 때 입던 옷부터 대바구니에 주워 담아서 빨래터로 갔다.

깨끗한 샘물에 빨래를 하자 빨랫감이 모두 새하얗게 고왔다.

이때, 하늘나라 문국성의 아들 문 도령이 공부하러 내려오다가 목이 말라서, 샘물을 얻어 마시려고 샘가로 들렀다. 거기서 자청비를 보더니 한눈에 반해버렸다.

그대로 발길을 돌릴 수 없었다.

"아기씨, 실례합니다. 길 가는 사람인데, 목이 마르니 물 좀 얻어 마실 수 없을까요?"

자청비는 부끄러워하며 바가지에 물을 떠서 버드나무 잎을 훑어놓고 내밀었다.

물을 받아 마시려던 문 도령은 물에 떠있는 버들잎을 보더니,

"아기씨는 얼굴과 마음이 그리 다르십니까? 맑은 물에 티를 섞다니…."

불만스럽게 말했다.

"도령님아, 하나는 알고 둘을 모르시는구려. 목이 마르다고 급히 물을 마시다가는 목이 막힐지도 몰라 일부러 천천히 마시도록 나뭇잎을 띄운 것입니다."

그 말에 문 도령이 감탄하였다. 이렇게 예쁘고 지혜로운 여자를 그냥 두고 발길이 옮겨지지 않았다.

"그런데. 도령님은 어딜 가시는 길입니까?"

자청비도 문 도령에게 마음이 끌렸다.

"예, 저는 거무 선생께 글공부하러 가는 길입니다."

"우리 오라비 동생도 마침 거무 선생께 글공부 가려는 참인데 같이 벗

하여 갔으면 합니다."

"그거 좋지요. 저도 심심하던 참인데 동행이 있었으면 하던 참이었습니다."

자청비는 조금만 기다리라고 하고서, 급히 빨래를 거두어 담고 집으로 달려갔다.

자청비는 아버지 김 대감에게 글공부를 하러 떠나겠다고 졸랐다.

"아버님, 저도 세상 선비들과 같이 글공부하러 가겠습니다."

그러나 아버지는 허락하지 않았다.

"아버님, 내일이라도 아버님이 세상을 떠나시면 기일 제사 때 축, 지방은 누가 쓸 겁니까? 제가 공부하여 쓰렵니다."

듣고 보니 그렇다. 아무리 딸이라 해도 글공부하면 아들만 못하지 않을 것이다. 그래서 허락해주었다. 자청비는 어머님에게도 허락을 받았다.

자청비는 여자 복장을 벗고 남자 복장으로 갈아입고, 집에 있는 책과 지필묵을 준비하고 부모님께 작별인사를 하고 나섰다.

샘가에 문 도령이 기다리고 있었다.

"처음 뵙습니다. 제 누님이…. "

자청비의 남동생인 체하였다. 서로가 인사를 나누었다.

"나는 하늘나라 문왕성의 아들 문 도령입니다."

"예, 저는 주년국 자청도래입니다. 누님께 말씀 잘 들었습니다."

문 도령은 좀 전에 만났던 그 아기씨와 얼굴이 너무 닮아서 오히려 즐거웠다.

둘은 마치 형제처럼 거무 선생 댁에 도착해서 글을 읽기 시작했다.

그날부터 둘은 한솥밥을 먹고 한방에서 같이 잠을 자고 서당에도 나란히 앉아 글을 읽었다. 모두들 형제이거니 생각했다.

사랑은 깊어가고

둘은 열심히 공부했다. 두어 해가 빨리 지나갔다. 남녀가 한방에서 생활했는데도 문 도령은 자청비를 알아보지 못했다. 그런데 날이 갈수록 문 도령도 의심 가는 일이 한둘이 아니었다. 자청비도 문 도령의 심사를 알고서 무슨 대책을 세워야 하겠다는 생각했다. 그래서 한 가지 꾀를 생각해 내었다.

"형은 잠버릇이 안 좋은데, 오늘 밤부터 이 안으로 들어와서는 안 돼요."

자청비는 문 도령에게 보라는 듯이 은대야에 물을 가득 떠다 놓고 그 위에 은수저를 올려놓고서 자청비와 문 도령의 이부자리 사이에 놓았다. 문 도령은 그대로 따르겠다고 약속하고 얌전히 잠자려고 마음을 썼다.

자청비는 오히려 편하게 잠을 잤다. 옷을 홀랑 벗고서 마음대로 잠을 잤다. 그러나 문 도령은 은대야를 건드릴까 마음을 쓰니 제대로 잠을 잘 수 없었다. 낮에 공부를 하는데도 자청비는 더 능률이 올랐으나 문 도령은 하루 종일 졸음을 내쫓느라 제대로 공부가 되지 않았다. 자청비는 선비들 가운데 성적이 점점 올라갔다. 문 도령은 글공부가 점점 떨어졌다. 부화가 치밀었다. 문 도령은 자청비를 무엇으로라도 이기고 싶었다.

그날도 문 도령은 자청도래를 밖으로 불러내었다.

"자청도래야, 네가 글재주는 좋지만 딴 재주는 날 당하지 못하겠지."

"무슨 재준데?"

"우리 오줌 갈기기 내기를 할까?"

"그래 좋아."

자청비는 대답은 했으나 걱정이 되었다.

둘은 밖으로 나갔다.

문 도령은 먼저 오줌을 갈겼다. 여섯 발 반이나 나갔다. 이만하면 어떠냐고 문 도령은 의기양양했다. 자청비는 내기를 이기기 위해 준비해 두었던 막대기를 잘라다가 바짓가랑이에 넣고 힘을 써 오줌을 갈겼다. 열두 발 반이나 나갔다.

문 도령은 그 재주마저 지고 보니 면목이 없었다.

며칠이 지났다. 문 도령은 아침 일찍 일어나 마당에서 세수를 하고 있었다. 그때에 하늘나라에서 날아온 새가 머리 위에 편지 한 장을 떨어뜨리고 갔다.

아버님에게서 온 편지였다.

"문 도령아, 연 삼 년 글공부 했으니 그만하고 돌아와서 이제는 장가를 가도록 해라."

문 도령은 그 편지를 자청도래에게 알렸다.

"난 이제 글공부 그만두고 집으로 돌아가야 하겠다."

"나도 글공부 그만두고 집으로 돌아가야 하겠으니 같이 가십시다."

둘은 집으로 돌아갈 차비를 차렸다.

문 도령과 자청비는 집으로 향했다. 자청비는 마음이 착잡했다.

어느덧 자청비 고향집에서 처음 만났던 그 샘가에 이르렀다.

둘은 이대로 헤어지기가 안타까웠다.

"문 도령아, 우리 삼 년이나 같은 방에서 자면서 글공부를 했는데 이대로 헤어질 수 있겠니? 이 샘에서 목욕이나 같이 하고 가자."

샘은 위아래 둘이 있었다. 자청비는 윗샘으로 들어가고 문 도령은 아랫샘으로 들어갔다. 자청비는 저고리만 벗고 물소리만 첨벙첨벙 내면서 문 도령의 거동을 살폈다. 문 도령은 아래위로 활딱 벗고 샘에 들어가 요란스럽게 목욕을 했다.

자청비는 가만히 엿보다가 버드나무 잎을 뜯었다. 마지막으로 속마음이나 알리고 헤어지고 싶었다.

"눈치 없는 문 도령아, 멍청한 문 도령아. 삼 년 한방에서 잠을 자도 남녀 구별 눈치 없는 문 도령아."

자청비는 버드나무 잎에 글을 써서 아랫샘으로 띄워 두고는 얼른 나와 옷을 입고 집으로 달려갔다.

버드나무 잎은 천천히 흘러서 문 도령의 눈에 띄었다.

"이게 무슨 나뭇잎인가?"

문 도령은 그 나뭇잎에 쓰인 내용을 보고는 윗샘을 쳐다보았다. 자청비가 없었다. 얼른 옷을 입고 마을로 달려 자청비 집 앞에 이르렀다. 자청비는 부끄러운 듯이 문간에서 기다리고 있었다.

"문 도령님아, 여자 몸으로 오늘까지 속여 온 것을 용서하십시오. 제가 아버님, 어머님께 인사드리고 나올 터이니, 그동안 별채 제 방에서 아픈 다리나 쉬고 있으시죠."

문 도령은 고개를 끄덕였다.

자청비는 아버님 어머님께 인사를 드렸다.

부모는 자청비가 무사히 돌아온 것이 기뻤다.

"그동안 저와 함께 삼 년 동안 글공부하던 선비가 저기 같이 왔사온데 해가 저물어 갈 수 없으니 오늘 밤 우리 집에 유숙하도록 하고 내일 보내는 것이 어떻습니까?"

"그래. 네 마음이 그렇다면 하루 밤 유숙하도록 하지."

부모가 허락을 했다.

자청비는 정성들여 저녁상을 마련하여 문 도령을 대접하고, 밤이 새도록 이야기를 나누었다.

날이 새자 문 도령은 떠나야 했다.

서로 눈물을 흘리면서 헤어지기를 아쉬워하였다.

"내가 이것을 징표로 주겠다."

문 도령은 박씨와 얼레빗 반쪽을 주었다.

"이 박씨를 심어 자라서 박을 따게 될 때까지 내가 아니 돌아오거든 죽은 줄 알라."

문 도령은 다시 만날 것을 굳게 약속하고 하늘을 올라갔다.

자청비는 제 방 창문 앞에 박씨를 심었다.

박씨가 싹 트고, 자라서 박이 열려 익었으나 문 도령은 돌아오지 않았다.

기다리는 세월

자청비는 문 도령을 기다리며 세월을 보내었다.

겨울은 가고 봄이 돌아왔다.

어느 날, 자청비는 다락에 올라가 남쪽 창문을 열고 먼 길을 바라보면서 문 도령을 기다리고 있었다.

문 도령은 안 보이고, 남의 집 종들이 땔감을 싣고 오는 마소의 행렬만이 보였다. 그 짐에는 울긋불긋 진달래가 꽂혀 있었다. 짐을 실은 소달구지가 움직일 때마다 꽃들이 일제히 춤을 추며 걸어오는 것 같았다.

"저 꽃이라도 있으면 차라리 시름을 잊을 것인데… 저 꽃이라도 하나 얻을까."

자청비는 꽃이나 얻어 보려고 밖으로 나왔다.

집에서 부리는 사내 종놈이 양지 바른 데 앉아 바지허리를 뒤집어 놓고 이를 잡고 있었다.

"정수남아, 보기가 좋지 않구나. 먹기만 하고 일이 없어서 이 사냥을 하는 거냐? 다른 집 종들은 땔감을 해오는데, 저기 봐라. 쇠머리에 진달래꽃 꽂아 놓고 오는 게 오죽 보기 좋으냐."

자청비는 야단을 쳤다.

"상전님아, 그리 나무라지 마시고, 소와 말 각각 아홉 마리씩 준비해 주시면 저도 내일 땔감을 하러 가겠습니다."

자청비는 그렇게 해 주겠다고 약속했다.

뒷날 정수남은 소 아홉 마리, 말 아홉 마리에 길마를 지워 놓고 점심을 준비하고 집을 나섰다.

소와 말을 몰아 굴미굴산에 올라가니 다리도 아프고 허리도 아팠다. 쉬고 나서 일을 시작하려고 나무에 소 아홉, 말 아홉 마리를 매어놓고 비스듬히 누웠다.

그런데 그만 잠이 깊이 들어버렸다. 몇날 며칠 잠만 잤다.

그동안에 마소들은 먹지도 못하고 목도 말라서 모두 죽어 갔다.

정수남은 생각하다가 이왕 죽은 것을 어떻게 하랴? 그는 나무 삭정이를 산더미처럼 쌓아 놓고 불을 붙였다. 그리고는 주걱 같은 손톱으로 쇠가죽을 벗겨 가며 고기를 구워 먹기 시작했다. 한 점 한 점 먹다보니 소 아홉, 말 아홉 마리를 다 먹어버렸다. 남은 것은 쇠가죽 아홉 장에 말가죽 아홉 장뿐이었다. 정수남은 이것들을 짊어지고 집으로 향했다.

오다 보니 어떤 샘물에 오리 한 마리가 두둥실 떠 있었다. 새파란 물 위에 떠 있는 모습이 더없이 고와 보였다.

"우리 집 아기씨는 고운 것만 보면 좋아하니, 저 오리나 잡아다 상전님을 달래고 저녁밥이나 얻어먹자."

정수남은 오리를 겨냥하여 어깨에 메었던 도끼를 집어던졌다. 맞을 줄 알았던 오리는 푸두둑 날아가고 도끼는 물속으로 들어가고 말았다. 이쯤 되면 어찌하랴. 도끼를 찾아내는 수밖에 없었다. 정수남이는 등에 졌던

가죽은 길가에 놓고 잠방이를 벗어 나뭇가지에 걸어놓고 물속으로 들어갔다. 풍덩풍덩 물속을 아무리 뒤져 봐도 도끼는 찾을 수가 없었다. 정수남은 단념할 수밖에 없었다. 도끼마저 잃어버려서 안 되었지만 할 수 없었다.

바깥에 나와 보니, 가죽과 옷도 다 없어졌다. 도둑놈이 기다리다가 가죽과 옷을 모조리 갖고 도망가 버린 것이다.

"이대로 어떻게 집으로 들어갈까?"

걱정하며 사방을 둘러보니 누리장나무 이파리가 바람결에 번들번들거리고 있었다. 정수남이는 이 잎을 뜯어다가 줄줄이 벋은 덩굴로 엮어 앞가림을 했다. 이만하면 되었다. 한길로 갈까 하니 남이 보아 웃을 듯하고 소로로 들어서서 걸음을 재촉했다.

집 앞에 이르렀다. 대문으로 들어가기엔 상전이 무서웠다. 정수남은 뒷문으로 살짝 들어가 장독 뚜껑을 쓰고 장독대에 숨어 있었다. 이때, 정하님이 저녁밥을 지으며 간장을 뜨러 장독대로 나왔다. 그런데 장독 하나가 아래위로 불쑥불쑥 움직이지 않는가. 정수남이가 숨 쉴 적마다 머리에 쓴 장독 뚜껑이 불쑥거리는 것을 정하님이 알 리가 없었다.

"아이고 아기씨 상전님아, 장독대에 변이 났습니다!"

하녀는 자청비에게 이 사실을 알렸다.

"무슨 노망을 하느냐? 그게 무슨 말이냐?"

자청비가 창문을 열어 보니 과연 장독 하나가 불룩불룩하고 있는 것이다. 괴변인 게 틀림없었다. 곧 기침을 크게 하고,

"귀신이냐, 사람이냐? 귀신이면 하늘로 오르고 사람이면 내게 보이라."

자청비의 야단을 쳤다. 그 소리에,

"귀신이 어찌 날 수 있겠습니까? 정수남입니다."

벌거벗은 정수남이가 장독 뚜껑을 벗고 일어섰다.

"아이고 더러운 놈아, 이게 무슨 꼬락서니냐!"

자청비가 모질게 욕을 하자 정수남이는 꾀를 내어 대답했다.

"상전님아 그리 욕만 하지 마옵소서. 굴미굴산 올라가 보니 하늘 옥황 문 도령님이 궁녀 시녀 데리고 내려와 놀고 있기에 정신없이 구경하다 보니 소 아홉, 말 아홉 마리는 간 곳 없어지고, 내려오다 보니, 물가에 오리가 떠 있기에 그것을 잡으려다 옷을 도둑맞아 이 모양이 되었습니다."

'문 도령'이라는 말에 자청비는 정신이 바짝 나고 말소리를 낮췄다.

"이게 무슨 말이냐? 정말 문 도령이 왔더냐? 언제 또 오겠다고나 하더냐?"

"예 모레 사 오시에 또 오시겠다고 합디다."

"그럼 나도 가서 만날 수 있겠느냐?"

"만나고 말구요. 좋아할 겁니다."

자청비는 그 말이 너무 기뻤다.

소 아홉도 아깝지 않았다. 말 아홉도 아깝지 않았다.

자청비는 궤 문을 열어 무명 전필을 내어놓아 정수남에게 옷을 만들어 입히고 문 도령을 만날 것을 준비했다.

"얘야, 정수남이야, 점심은 어떻게 하면 좋겠느냐?"

"상전님 점심일랑 메밀가루 닷 되에 소금일랑 다섯 줌만 집어넣고 나 먹을 점심일랑 메밀가루 찌꺼기 닷 말에 소금일랑 넣는 듯 마는 듯만 하옵소서."

"오냐, 알았다. 말 꼴이나 잘 줘라. 모레 타고 가게."

정수남은 꼴 한 묶음을 말에게 던져주며,

"이 말아, 저 말아, 이 꼴 잘 먹고 모레는 상전님 태워 가자. 굴미굴산 들어가서 촛대 같은 상전님 허리나 안아 보자."

자청비가 이 말을 얼른 듣고,

"네 아까 무슨 말 했느냐?"

"아무 말도 아니했습니다. 이 말아, 저 말아, 이 꼴 잘 먹고 모레는 상전님 태워 굴미굴산 올라가자. 문 도령과 상전님이 촛대 같은 허리 안아 만당정화 이르는 거 구경하자, 이렇게 말했습니다."

자청비는 그 말에 그만 소리 없이 웃었다.

사랑을 훼방하는 음모

떠날 날이 되었다. 자청비는 정수남의 말대로 요란스럽게 점심을 차리고 몸단장을 서두르며 말을 준비하라고 재촉했다. 정수남은 말에 안장을 얹을 때 소라껍질을 하나 안장 밑에 놓았다.

자청비가 말을 타려고 하는데 말이 거칠게 뛰었다.

"이게 어쩐 일이냐?"

정수남은 딴청을 부렸다.

"상전님이 오늘 문 도령님 만나 즐거움을 누릴 줄 알고서 말이 시샘을 하는 것 같습니다."

"그러면 어찌하면 좋겠느냐?"

"어서 바삐 제물을 잘 차려놓고 고사를 지내야 할 듯합니다."

정수남은 거짓말을 둘러대었다.

"어서 그렇게 준비하자."

급히 음식을 마련하여 고사를 지내었다. 정수남은 고사 지내는 법대로 제물을 각각 조금씩 떼어서 자청비 몰래 말의 왼쪽 귀에 부었다. 말은 귀 속에 물이 들어가니 머리를 설레설레 흔들었다.

"상전님아, 이거 보십시오. 말도 배부르게 많이 먹었다고 머리를 설레설레 흔듭니다. 이 음식은 아무도 아니 먹고 마부만 먹습니다."

"어서 너 다 먹어라."

정수남은 혼자서 그 많은 제물을 다 먹어치웠다. 그만하니 배가 찼다.

오랜만에 배가 부른 정수남은 또 상전을 골탕 먹이기로 작정했다.

"상전님아, 할 수 없습니다. 이 점심을 미안하지만 지고 가십시오. 제가 말버릇을 고쳐놓겠습니다."

자청비는 어쩔 수 없이 무거운 점심을 지고 갈 수밖에 없었다. 정수남은 말에 안장을 잘 지우는 척하면서 안장 밑에 두었던 소라껍질을 빼 던져버렸다. 그리고서 말을 타더니 얼음에 미끄러지듯이 센 바람에 구름이 흘러가듯이 달려 나갔다. 자청비는 발이 부르트고 열두 폭 홑단치마도 가시나무에 다 찢어졌다. 그래도 어쩔 수 없었다. 산길은 험하고 거칠었다.

겨우겨우 그 무거운 점심을 지고 걸어서 굴미굴산에 올라갔다. 먼저 올라온 정수남은 말을 나무에 매어놓고 나무 그늘에서 코를 골며 자고 있었다.

"이놈아, 인정머리 없는 놈아. 너만 말 타고 와서 잠만 자는구나."

"상전님아, 말 마십시오. 말을 겨우 여기까지 돌려놓았는데, 다시 아래로 돌리려다가 말이 심술을 부릴까 봐서 기다리는 중입니다."

자청비는 기가 막혔다. 말해 봐야 소용이 없었다.

"정수남아, 시장하여 더 걸을 수가 없구나. 점심이나 먹고 가자."

점심을 부려 놓았다. 정수남은 제 점심을 들고 딴 곳으로 가서 먹으려 했다.

"이놈아, 어째서 너만 가서 먹자고 하느냐?"

자청비가 화를 내었다.

"세상일은 모르는 상전님아, 아는 사람은 보면 종과 상전이라 하겠지만, 모른 사람은 보면 부부라고도 합니다."

능청을 떨었다.

"그 말도 옳구나. 어서 너만 가서 먹어라."

정수남은 저만치 달아나 버렸다. 자청비는 메밀 범벅을 꺼내어 한 술을 뜨니 목이 칼칼하게 짜서 먹을 수가 없었다. 가루 닷 되에 소금을 다섯 줌이나 넣었으니 짜지 않을 수 없었다. 자청비는 정수남을 불렀다.

"정수남아, 네 점심이나 이리 가져 와 바라. 좀 먹어 보자."

"아이고, 상전님아, 그게 무슨 말입니까? 상전이 먹다 남은 건 종이 먹고 종이 먹다 남은 건 개가 먹는 법입니다."

자청비는 더 사정할 수도 없고 그렇다고 짠 범벅을 먹을 수도 없었다.

"어서 이 점심까지 가져다 먹어라."

정수남은 자청비 점심을 받아다가 반찬으로 섞어 가며 병든 병아리만 큼씩 뚝뚝 끊어서 말짱 먹어버렸다. 자청비는 짠 범벅을 좀 먹었더니 목이 몹시 말랐다.

"정수남아, 목이 몹시 마르다. 어디 물이나 찾아보아라."

"이편으로 가다 보면 물이 있습니다."

정수남이 가르쳐 주는 대로 가 보니 물이 보였다. 자청비는 하도 목이 말라서 얼른 두 손으로 받아먹으려 하였다. 그때 정수남이 손을 내저으며 막았다.

"상전님아, 그 물 먹지 마십서. 하늘 옥황 문 도령님이 궁녀 시녀 데리고 와서 놀다가 발 씻고 손 씻은 물입니다."

그 말을 듣고 보니 마실 생각이 나지 않았다.

"그럼, 또 물이 없겠느냐?"

"저기 저 쪽에 좋은 물이 있습니다."

그 말대로 가다 보니 과연 맑은 물이 있었다.

섬에 사는 거인의 꿈

"상전님아, 저 물은 마셔도 좋습니다. 그러나 저 물은 총각 죽은 물입니다. 상전님이 먹으려면 옷을 위아래로 벌거벗고 엉덩이를 물에 보이면서 먹어야 합니다."

"그러면서 어찌 물을 먹을 수 있겠느냐? 또 물이 없느냐?"

"다른 데는 물이 없습니다. 제가 마시는 것처럼 이렇게 마시면 됩니다."

정수남은 아래위로 활딱 벗고 길쭉한 놈을 늘어뜨린 채 엎드려서 소물 먹듯 마셨다. 자청비는 할 수 없다고 생각했다. 목이 마르니 체면 차릴 겨를이 없다. 얼른 물가로 갔다. 아래위로 옷을 홀랑 벗고 엉덩이를 치켜들어 엎드리고 물을 마시려 했다. 이때 정수남은 자청비의 열두 폭 홑단 치마를 들어 머리 위로 빙빙 돌리며,

"상전님아, 물 마시지 말고 그 물 아래 보십시오. 그림자가 곱지 아니합니까? 그게 하늘 옥황 문 도령님이 궁녀 시녀 거느리고 놀음놀이하는 그림자입니다."

큰소리로 말했다. 자청비는 가슴이 철렁했다.

'아이고, 내 일이야! 저놈한테 속았구나.'

중얼거리면서 벌떡 일어났다. 잘못하다간 이 산중에서 꼭 저놈한테 당할 것 같았다. 잠시 생각해 보았다. 아무래도 꾀로 저놈을 달래는 수밖에 없었다.

자청비는 부드러운 소리로 달랬다.

"정수남아, 왜 이러느냐? 네 소원을 한 번 말해 봐라. 내 뭣이든지 들어줄 테니."

"상전님 이리 오시지요. 그 은결 같은 손이나 한 번 만져 봅시다."

자청비가 예상했던 대로였다. 마음을 가라앉히며 차분차분 말했다.

"정수남아 여기서 내 손 만지는 것보다 집에 가서 내 토시 한 짝을 껴봐라. 그게 더욱 좋다."

"그러면 일어나 입이나 한 번 맞추어 봅시다."

"내 입 맞추는 것보다는 내 방에 꿀단지를 핥아보아라. 더욱 달콤해진다."

"그러면 그 촛대 같은 허리나 한 번 안아 봅시다."

"내 허리를 안는 것보다는 내 베개를 안아 봐라. 더 좋단다."

말끝마다 자청비가 재치 있게 대답하는 바람에 정수남은 말을 더 할 수가 없었다.

정수남은 화가 치밀었다.

자청비는 부드러운 소리로 달래기 시작했다.

"정수남아, 그렇게 화만 내지 말아라. 해가 지고 있으니, 오늘밤 밤을 새워야 할 텐데, 움막이나 짓자."

그 말에 정수남은 입이 헤벌어졌다. 달려들어 이리저리 뻗어있는 나뭇가지를 한곳으로 젖혀 지붕으로 삼고 돌을 모아다 둥글게 쌓아 놓았다. 제법 바람막이가 되었는데 돌담 구멍이 베롱베롱 했다.

"얘야 정수남아 집이 제법 되었는데 돌담 구멍으로 찬바람이 들겠다. 내 안에서 불을 피우거든 너는 바깥에서 불빛 비추는 구멍마다 풀을 베어다 막는 게 어떠하냐?"

그 말에 솔깃해서 정수남은 이리저리 뛰어다니며 불 비치는 구멍마다 부지런히 막았다. 자청비는 안에 앉아서 다섯 구멍을 막으면 두 구멍을 빼고 열 구멍을 막으면 다섯 구멍을 빼곤 했다. 아무리 돌구멍을 막아도 한이 없었다. 먼동이 트기 시작했다. 그제야 정수남은 속은 줄을 알았다.

자청비는 다시 정수남을 달랬다.

"정수남아 화만 내지 말고 이리 와서 내 무릎이나 베고 누워라. 머리에 이나 잡아 주마." 그 말에 정수남은 가슴이 뛰었다. 예쁜 상전의 무릎을 베고 눕다니! 그렇게 눕자, 자청비는 그의 큰 머리를 헤쳐 보았다. 마치 모래밭에 앉았던 개 꽁무니 같았다. 이가 엄청나게 많았다. 큰 이는 살려 두고 작은 이는 군졸로 놓아두고 중간 놈으로만 죽이는 듯 마는 듯 해가니 잠을 못 잔 정수남이는 소록이 그만 잠이 들어 버렸다.

"이놈을 살려 두었다가는 내가 죽게 마련이니 이제 죽여야 한다."

자청비는 잠든 정수남의 얼굴을 내려다보다가 결심을 했다. 옆에는 마침 청미래덩굴이 뻗어 있었다. 자청비는 그 덩굴을 꺾어 정수남이의 왼쪽 귀로 오른쪽 귀에 찔러댔다. 구름 산에 얼음 녹듯 정수남이 죽는 것이었다.

문 도령을 찾아서

자청비는 말을 타고 채찍질을 했다. 아랫마을로 향해 달리다 보니 언덕 위에 세 신선이 앉아 바둑을 두고 있었다.

"저리 가는 저 처녀 바람 밑으로 지나가거라. 부정이 만만하다."

바둑을 두던 신선이 못마땅하다는 듯이 말하는 것이었다.

"어찌 처녀가 지나는데 조롱을 하십니까?"

자청비는 말에서 내려 따졌다.

"제 죄 제가 모른다 하더니 네 말 고삐 앞을 보아라. 더벅머리 총각이 청미래덩굴이 귀에 찔린 채 피를 흘리면서 서 있는 것을 모르느냐?"

야단치는 것이었다. 자청비는 이 일을 어떻게 처리해야 할지 막막했다. 우선 집으로 가서 부모님께 사정을 말해야 한다고 생각했다.

자청비는 집에 당도해서 부모 앞에 섰다.

"어머님 아버님, 물어볼 말이 있습니다. 종이 아깝습니까? 자식이 아깝습니까?"

자청비는 은근히 물어보았다.

"그것도 말이라고 하느냐? 아무리 종이 아까운들 자식보다 더 아까울 리가 있겠느냐?"

"그럼 아버님 어머님, 정수남이 하는 행실이 고약하길래 저 산중에서 죽여 두고 왔습니다."

죽인 사연을 자세히 설명할 사이도 없이 야단하는 것이다.

"이년아, 계집년이 사람을 죽이다니? 네년은 시집가 버리면 그만이지만, 그 종은 살려 두면 우리 두 늙은이 걱정 없이 먹여 살려준다."

"부모님, 그러면 제가 그 종 하는 일을 다 하오리다."

자청비 부모는 정말 그런가 일을 시켜 보았다. 넓은 밭에 좁씨를 닷 말 닷 되 뿌려놓고 그 좁씨를 하나도 남김없이 주워 오라고 했다. 자청비는 너무 슬퍼서 눈물로 다리를 놓으며 그 좁씨를 모조리 주웠는데, 한 알이 어디 갔는지 찾을 수가 없었다. 이 구석 저 구석 찾다가 체념하고 밖에 나왔다. 그때 개미 한 마리가 그 좁씨 한 알을 물고 기어 나오고 있었다. "말 모르는 벌레야, 너도 내 애간장을 태우느냐!"

자청비는 좁씨를 빼앗으며 개미허리를 발로 밟아 주었다. 그래서 개미 허리가 홀쭉하게 가늘게 되었다.

자청비는 좁씨를 부모님께 갖다 바치고 집을 떠나기로 작정했다. 정수남을 죽여 둔 채 이 부모 밑에서 살기는 어렵겠다고 생각되었다.

방으로 들어가 여자 의복을 벗어 던지고 남자 의복으로 갈아입고 말을 타고 길을 떠났다. 아랫마을에 거의 들어설 무렵이었다. 어린아이 셋이서 부엉이를 하나 잡고 서로 다투고 있었다.

"얘들아, 왜 너희들은 그렇게 다투느냐?"

"이 부엉이를 내가 먼저 잡았는데 저 애가 먼저 잡았다고 해서 다툽니다."

아이들은 다 자기가 먼저 잡았노라고 우겨대는 것이었다.

"얘들아, 그리 말고 이 부엉일 나를 주는 게 어떠냐? 내 돈 서 푼을 줄 터이니 너희들 이 한 푼씩 나눠 가지면 좋지 않겠냐?"

아이들은 좋다고 했다.

자청비는 부엉이를 사고 서천꽃밭으로 말을 달렸다.

서천꽃밭 울타리 너머로 부엉이를 던져놓고, 서천꽃밭 먼 문 앞으로 말을 몰았다. 서천꽃밭 꽃감관이 나와서 길을 막았다.

"어데서 온 도령님이십니까?"

"지나가는 사람인데 마침 부엉이가 나는 것을 보고 화살 한 대를 쏘았더니, 맞아서 꽃밭으로 떨어졌는데, 화살이나 찾아가려고 들렀습니다."

"예? 그게 무슨 말입니까? 우리 집에 밤중만 되면 부엉이가 와 울어대어 이 꽃밭을 망가뜨려놓습니다. 그 부엉이를 잡아 주기만 한다면 우리 집의 사위를 삼겠습니다."

이상한 제안을 하는 것이었다.

"그리 하지요."

자청비는 말에서 내려 걸어 들어가면서 말총을 하나 뽑아 말 혀를 묶어놓고 들어갔다.

사천꽃밭 머슴들은 죽을 쑤어 나무 함지박에 가득 담아 말에게 주었다. 말은 혀를 묶어 놓았으니 먹기는커녕 머리를 떨며 앞발로 땅만 찍어대는 것이었다. 자청비는 천천히 걸어 나와 우선 말 뺨을 한 번 탁 쳤다.

"이놈아, 나들이를 오면 거기 풍속을 따르는 거다. 집에선 은동이에 쌀 죽을 먹었지만 집을 나왔으면 아무 음식이라도 먹어야 할 게 아니냐!"

꾸중을 하면서 살짝 혀를 풀어놓으니 말은 그제야 죽을 맛있게 먹었다. 사람들은 정말 그럴듯한 집안의 도령이로구나 생각하고 고개를 끄덕였다.

자청비는 귀빈으로 대우를 받게 되었다.

한밤중에 자청비는 몰래 물가로 나갔다. 아래 위 옷을 홀랑 벗어 던지고 노둣돌 위에 자빠져 누워서 정수남의 혼령을 불렀다.

"정수남아, 정수남아. 혼령이 있거든 부엉이 몸으로 환생하여 내 가슴 위에 올라 앉아 보아라."

조금 있더니 과연 부엉이 한 마리가 울면서 날아와 자청비 젖가슴 위에 앉았다. 자청비는 부엉이 두 다리를 꼭 잡고 화살 한 대를 찔러 밭으로 던졌다. 그리고는 방으로 들어와 누웠다.

날이 밝자 야단 소리가 터져 나왔다.

"저 방에 든 손님 얼른 내쫓아라!"

"왜 그러시는가요?"

자청비가 벌떡 일어나며 태연하게 물었다.

"간밤에 부엉이 소리가 났는데 어찌 말만 해놓고 쏘지 않았소?"

"그게 무슨 말입니까? 저도 부엉이 소리를 들었소이다마는 몸이 하도 고단해서 일어나기 싫어서 누운 채로 화살 한 대를 놓았습니다. 맞았는지 어쨌는지 한번 찾아보시지요?"

찾아보니 과연 화살에 맞은 부엉이가 떨어져 있다.

황세곤간은 크게 기뻐하고 자청비를 막내딸의 사위로 삼았다.

신혼살림이 시작되었다. 석 달 열흘 백일이 흘렀다. 어느 날 막내딸은 부모님을 찾아 하소연을 털어 놓았다.

"아버님아, 어머님아. 어째서 저렇게 위세 높은 사위가 다 있습니까? 석 달 열흘 백 일이 되어도 부부간 잠자리를 한번 아니하니 이럴 수가 있습니까?"

딸은 울면서 하소연했다.

"이게 어쩐 일이냐?"

황세곤간은 곧 사위를 불러 사정을 물었다.

"장인어른, 어찌 그럴 수 있습니까? 실은 모레 서울로 과거를 보러 가자고 해서 몸 정성으로 그리한 것이니 염려하지 마십시오."

"그러면 그렇지."

자청비는 떠나기 전에 부인과 같이 서천꽃밭 꽃구경을 갔다.

"요것은 살이 살아 오르는 꽃입니다. 요것은 피가 살아 오르는 꽃입니다. 저것은 부리기만 하면 죽은 사람이 살아나는 환생꽃입니다."

부인은 하나하나 꽃을 설명하며 꽃밭을 안내하였다. 자청비는 따라가며 설명하는 꽃을 하나하나 따서 주머니에 넣었다.

자청비는 과거 보러 간다는 구실을 붙여 처부모님께 인사하고 부인과 작별하여 말을 몰았다. 정수남이 죽은 곳으로 가는 것이다.

그가 죽었던 자리엔 잡초만 무성해 있었다. 은장도를 꺼내 잡초를 베고 뼈를 모아놓았다. 뼈 살아나는 꽃, 살 살아나는 꽃, 환생꽃을 그 위에 뿌려 놓고 막대기로 세 번을 후려쳤다. 정수남이 더벅머리를 긁으며 일어났다.

"아이고 봄이 되니 잠이 몰려와 오래도 잤습니다. 상전님 어서 말을 타시고 집으로 가십시다."

정수남이 말고삐를 잡고 집으로 내려왔다. 자청비는 부모님께 죽은 줄만 알고 있었던 종을 바쳤다.

"자식보다 더 아까운 종 살려 왔습니다."

부모는 깜짝 놀라면서 야단부터 치는 것이었다.

"아니, 계집년이 사람을 죽이고 살리고 한다니 이게 무슨 말이냐! 이런 년을 집에 두었다간 어떤 일이 닥칠지 모른다. 어서 나가거라."

자청비는 눈물이 앞섰다. 다시 집을 나왔다. 정처 없이 발길 가는 대로 걸었다.

한참 가다보니 어느새 해가 서산에 기울더니 곧 어둔 밤이 찾아들었다. 자청비는 더 갈 수가 없어 길가에 앉아 한참이나 울었다. 그런데 어디선가 베틀 소리가 들려왔다. 그것은 주모할머니가 비단을 짜는 베틀 소리였다. 자청비는 그 소리 나는 곳으로 찾아가 주모할머니를 만났다.

"길 가는 처지인데 밤이 어두워 들렸으니 하룻밤 자고 갈 수 없겠습니까?"

"어찌 이렇게 예쁜 아기씨가 밤길을 다니는고? 어서 들어와요."

할머니는 반갑게 그녀를 대해주면서 저녁을 차려 주려고 부엌으로 들어갔다. 자청비는 혼자 가만히 앉아 있기가 심심하여 할머니가 짜던 베틀에 올라앉아 비단을 짜기 시작했다. 그 솜씨는 할머니 솜씨보다도 훨씬 좋았다. 할머니가 저녁상을 들고 와 보고는 몇 번이고 칭찬하였다.

"내 딸이 되어 함께 사는 것이 어때?"

자청비도 좋았다. 이제 갈 곳이 없었다. 그렇게 주모할머니의 수양딸이 되어 얼마간은 편안하게 지냈다. 비단을 짜는 일 외에 별일이 없었다.

어느 날 자청비는 무엇에 쓸 비단을 이렇게 짜느냐고 물었다.

"하늘 옥황 문왕성 문 도령이 서수왕 따님에게 장가를 드는 데에 폐백으로 쓸 비단이야." 그 말에 자청비는 설움이 복받쳤다. 지금까지 문 도령 때문에 이렇게 모진 고생을 하였던 것을 생각하니 울음이 나왔다.

비단을 짜던 자청비는 주르르 눈물이 흘렀다. 양어머니는 그 사연을 알 길이 없었다.

얼마 지나지 않아 비단이 거의 완성되었다. 자청비는 비단 끄트머리에 '가련하다 자청비. 가련하다 자청비' 이렇게 글자무늬를 짜 넣었다. 그리고는 양어머니께 부탁을 했다.

"이 비단을 가지고 하늘에 올라가 바칠 때 '누가 짰느냐'고 묻거든, '주년국 땅 자청비가 짰다'고만 말해주십쇼."

신신당부했다.

양어머니가 비단을 가지고 하늘나라에 올라갔다.

문 도령이 비단을 보더니,

"이 비단 누가 짰는가요?"

묻는 것이었다. 양어머니는 자청비가 부탁한 대로 말했다. 그리고 자청비 처지를 자세히 말했다.

말을 들은 문 도령이,

"내일 사오 시쯤 꼭 자청비를 만나러 내려갈 테니 어떻게 상면하도록 해주십시오."

양어머니에게 부탁했다.

양어머니로서는 이렇게 반가운 일이 없었다.

하늘나라에서 돌아온 양어머니는 뒷날 새벽부터 큰 돼지를 잡아 놓고 문 도령을 맞이할 준비를 했다.

도착할 시간이 가까워 왔다. 자청비가 베틀에 앉아 비단을 짜다 보니 창문에 어둑어둑 사람 그림자가 어리었다.

"거기 누구 오셨습니까?"

"하늘 옥황 문 도령이노라. 이 문 열어라."

자청비는 하도 반갑고 기쁜 김에 갑자기 장난을 치고 싶었다.

"창구멍으로 손가락을 들여놓아 보십시오. 제가 문 도령인가 알 도리가 있습니다."

문 도령이 손가락을 내어 놓으니 자청비는 웃으면서 바늘로 손가락을 콕 찔렀다.

"사람 다닐 곳 아니로다. 부정이 가득 찼다."

문 도령은 화를 내며 획 돌아서 하늘로 올라가 버리는 것이었다.

양어머니는 음식상을 정성껏 차려서 방에 들어와 보니 자청비는 혼자서 화난 얼굴로 앉아 있는 것이었다.

"우리 어머님은 노망을 하는구나. 상 하나에 수저는 왜 둘씩이나 놓습니까?"

자초지종을 듣더니 자청비에게 야단을 쳤다.

"저렇게 처신하니 부모 눈에도 거슬린 거지. 보기도 싫으니 어서 나가거라."

양어머니는 문 도령 같은 사위를 맞으려니 좋아했는데, 화가 났다.

자청비는 그 양어머니 집을 나왔다. 그런데 갈 곳이 없었다.

마침 사월 초파일 즈음이었다. 그녀는 머리를 깎고 승복을 입어 목탁을 치면서 거리거리 가가호호를 누비며 시주를 받으러 다니기 시작했다.

한 마을에 들어서다 보니 하늘 옥황 궁녀들이 앉아서 처량하게 울고 있었다.

"너희들은 어째서 거기 앉아 그렇게 우느냐?"

자청비가 물었다.

"저희들은 하늘 옥황 궁녀이온데 문 도령이 인간 세상에 내려와서 주년국 땅 자청비와 글공부 갔다 오다가 같이 목욕을 했던가 봅니다. 문 도령이 그 물을 떠오면 물맛이나 보겠다하여 내려왔으나 그 물이 어디 있는지 몰라 이렇게 웁니다."

그 말을 들은 자청비는 너무 감격했다. 문 도령의 사랑을 알았던 것이다.

"내가 자청비다. 그 물을 떠주긴 하겠는데 너희가 나를 같이 데리고 하늘로 올라가 줄 수는 없겠느냐?"

"어서 그렇게 하십시오."

자청비는 목욕했던 물을 떠주고 궁녀들과 같이 줄을 타고 하늘로 올라갔다. 하늘 옥황에는 날이 저물고 있었다. 문 도령네 집 먼 문간에 이르렀을 때는 벌써 둥그런 보름달이 언덕 위로 올라왔다. 자청비는 문간 밖에 있는 큰 팽나무에 올라 문 도령네 집을 내려다보았다. 집 안은 조용했다.

"저 달이 곱지마는 계수나무가 박혔구나. 하늘나라 문 도령 얼굴보다 더 고우랴."

자청비는 팽나무 위에서 노래를 한 가락 불렀다. 이때 문 도령은 뜰에 나와 달구경을 하다가 노랫소리를 듣고 그 목소리의 주인공을 곧 알았다. 그는 얼른 나와 자청비를 맞으려고 하였다. 그때 자청비는 서로 갈릴 때에 나눠가졌던 얼레빗 한 조각을 내놓았다. 그것을 맞추어 보니 꼭 들어맞았다.

문 도령은 제 방으로 자청비를 데리고 들어와 오래오래 쌓아두었던 많은 이야기를 나누면서 오랜만에 사랑을 풀었다. 그런데 내놓고 자청비를 내세울 수는 없는 문 도령의 처지였다.

문 도령은 자청비를 병풍 뒤에 숨겨두고 며칠을 보내었다. 눈치를 처음 챈 것은 하녀였다. 이제까지 밥상을 받고서는 몇 술을 겨우 뜨던 문 도령이 요즈음에는 밥그릇을 다 비우는 것이었다. 자청비는 하녀의 눈치가 이상함을 알았다.

자청비는 문 도령에게 부모님께 허락을 맡도록 졸라댔다. 문 도령은 자청비 말대로 자신의 부모님께 가 사정을 다 말했다.

"저는 서수왕 따님에게 장가들지 않겠습니다."

문 도령은 자기 뜻을 숨기지 않고 부모님께 전했다.

"이게 무슨 말이냐? 내 며느리 될 사람은 쉰 자 구덩이를 파놓고 숯 쉰 섬을 묻어 불을 피워 놓고 불 위에 작도를 걸어 칼날 위를 타 나가고 타 들어와야 된다."

부모는 문 도령이 딴 마음을 갖지 못하도록 감당할 수 없는 수수께끼를 냈다. 그리고는 준비를 하도록 지시했다. 그 말을 들은 자청비는 어쩔 도리가 없었다. 준비가 되었다.

자청비는 죽기를 각오하고 작도 위에 오르려 하면 문 도령이 잡아당기고 문 도령이 오르려 하면 자청비가 잡아당기고, 둘이 앉아 대성통곡을 하다가 문 도령이 입을 열었다.

"자청비야, 오늘 죽더라도 이 문씨 집의 귀신이 될 것이니 섭섭하게 생각 말아라."

자청비는 눈물로 세수하며 백릉버선을 벗고 박씨 같은 발로 작도 위에 올라섰다. 앞으로 한 자국 뒤로 두 자국, 아슬아슬하게 칼날 위로 걸어 나갔다. 말할 필요도 없이 몇 발 못 가 숯불에 타 죽으리라 생각했는데 끝까지 무난히 걸어 나갔다. 작도 끄트머리에 가서 내리려고 한 발을 땅에 내려디디는 순간이었다. 긴장이 조금 풀려서 그런지 작도를 디디고 있던 발꿈치가 슬쩍 끊어졌다. 피가 났다. 자청비는 속치마자락으로 얼른 싹 쓸었더니 속치마가 더러워졌다. 땅에 내려서자마자 문 도령의 부모가 달려들어 얼싸안는 것이었다.

"아이고, 이런 아기씨가 어디 있으랴. 내 며느리 감이 분명하다. 그런데 어쩐 일로 속치마는 더러워졌느냐?"

"어머님아 아버님아, 저도 이 세상에 태어난 보람을 하나 남기겠습니다."

여자 아이 열다섯 살이 넘어가면 다달이 몸엣것이 오는 법이라고 설명했다.

문 도령은 파혼을 했다.

파혼당한 서수왕 따님은 병이 들어 방에서 나오지 않았다. 방문을 열어 보니 그녀는 새로 환생되어 있었다.

자청비와 문 도령은 백년가례를 올렸다. 하늘 옥황에서는 자청비가 착하다는 소리가 동서로 번져 나갔다.

어느 날 자청비는 서천꽃밭의 막내딸 생각이 났다. 과거 보러 간다고 나왔으니 지금도 남편이 돌아올 때를 기다리고 있을 게 분명했다.

"한 여자를 억울하게 만들 수는 없다."

자청비는 문 도령에게 사실을 다 말했다.

"당신이 내 대신 거기 가서 보름을 살고, 나한테 와서 보름을 살면 안되나요?"

문 도령은 생각다가 사랑하는 아내의 청이라 들어주기로 하고 서천꽃밭을 찾아갔다.

서천꽃밭 막내딸은 문 도령을 반갑게 맞았다. 그런데 모습이 예전 같지 않아서 이상했다. 그 사연을 물어보았다. 문 도령은 자청비가 시킨 대로 말했다.

"과거를 보느라고 긴장이 타서 전 같지 못하다"

그 말을 곧이들었다.

문 도령에게 서천꽃밭 막내딸과의 살림은 너무나 달콤했다. 보름만 살고 오겠다고 약속했는데, 한 달이 다 되어도 가고 싶지 않았다.

자청비는 남편을 기다렸다. 한 달이 되어도 두 달이 되어도 남편은 돌아오지 않았다. 기다리다 지친 자청비는 편지 한 장을 써서 까마귀 날개에 끼워 남편에게 보냈다.

아침 세수하러 나온 문 도령 앞에 까마귀가 편지를 떨어뜨리고 날아갔다.

문 도령은 그제야 정신이 번쩍 들었다.

급히 떠날 채비를 서둘렀다. 서천꽃밭 막내딸에게는 구실을 만들었다. 너무 급하게 서두르다 말안장을 지운다 하는 것이 거꾸로 지워 놓았다. 관을 쓰는 게 행전을 둘러쓰고 두루마기는 한 어깨에만 걸친 채 입고는 말을 타고 달렸다.

문 도령이 집 앞에 다다랐을 때, 자청비는 마침 머리를 풀어 손질하고 있었다. 말방울 소리가 문 앞에서 들리자 자청비는 풀어 헤친 머리를 짚으로 얼른 묶고 문간으로 마중을 나갔다.

문 도령의 옷차림을 보니 자기에 대한 마음을 알 수 있었다. 마치 부모가 돌아가서 경황없이 상복을 반만 입는 것처럼 차림을 한 것으로 그 마음을 알 것 같았다.

두 사람은 행복한 나날을 보내었다.

사랑의 시련

세월이 흘렀다.

자청비네 살림이 하도 행복하니 하늘나라에서도 시기하는 사람들이 나타났다.

하루는 이들이 궁 안에서 문 도령을 죽이고 자청비를 푸대쌈을 하기로 모의를 하였다. 자청비가 이 사실을 알았다. 그녀는 문 도령 가슴에 솜을 한 뭉치 넣어두고 궁녀들이 술을 권하거든 먹는 체하면서 가슴으로 술을 붓도록 당부하였다.

궁중 연회가 열렸다. 궁녀들이 모두 문 도령에게만 술을 권하였다. 문 도령은 마시는 척하면서 턱 밑으로 술을 부었다. 아무리 마셔도 정신이 말짱했다. 궁에서는 이만하면 틀림없이 죽었으리라 생각하고 문 도령을 내보냈다. 뒤를 좇아가 보니 문 도령은 까딱 않고 바로 서서 걸어가는 것이었다.

궁에서는 다시 외눈박이할머니를 내보냈다. 외눈박이할머니는 배고파 달달 떠는 시늉을 하며 문 도령 앞에 다가섰다.

섬에 사는 거인의 꿈

"문 도령님아, 이 술 한 잔 드옵소서. 술값 한 푼만 동정하여 주시면 저녁준비나 하오리다."

문 도령은 가련한 생각이 들었다. 말 위에서 술값 한 푼을 던져주고 술 한 잔을 받아먹었더니 그만 정신이 아찔하여 말에서 떨어졌다. 그 술은 독약이었다.

자청비는 남편의 시체를 방에 눕혀놓고 앞일을 생각했다. 무슨 대책을 세워놓지 않으면 안 되었다.

자청비는 매미와 등에를 많이 잡아왔다. 이놈들을 주렁주렁 실로 묶고 옷걸이 못마다 걸어 놓았다. 이튿날 낮이 되자 궁궐에서는 자청비를 푸대쌈하려고 사람들이 와르르 몰려들었다. 자청비는 태연히 베틀에 앉은 채로 말했다.

"당신네들이 나를 푸대쌈하러 온 것 같은데 그럴 것 없이 낭군 먹는 음식이나 먹으면 내 가 자청하여 가지요."

그녀는 함지박에다 무쇠 수제비를 한 그릇 떠다 놓았다. 한 놈이 수제비를 떠먹으려고 하니 먹을 수 없었다.

"그러면 우리 낭군 깔고 앉던 방석이나 깔고 앉아 보시지요."

자청비는 선반 위를 가리켰다. 한 놈이 가서 내리려고 하니 어떻게나 무거운지 내릴 수가 없었다. 무쇠 방석이었다. 이렇게 한참 판씨름을 할 때 한 놈은 문 도령 방의 동정을 보려고 방 안을 기웃거렸다. 문 도령이 죽은 줄 알고 있었는데 죽기는커녕 콧소리를 하며 자고 있는 것이 아닌가. 매미와 등에가 일제히 울어대니 코 고는 소리로 들렸던 것이다. 이놈이 새파랗게 질려서 도망가니, 푸대쌈하려고 왔던 사람들이 겁을 먹고 도망쳐 버렸다. 푸대쌈은 일단 모면하였다. 이젠 죽은 남편을 살려야 했다.

자청비는 곧 서천꽃밭에 들어가 갖가지 꽃을 얻어다가 환생꽃을 남편의 시체 위에 뿌려서 남편을 살려냈다. 이때 마침 하늘 옥황에는 큰 사변이 일어났다.

'이 난을 평정하는 자에겐 내 땅을 나누어 주겠다.'

방이 여기저기 나붙었다. 자청비는 서천꽃밭에서 얻어 온 멸망꽃을 가지고 천자 앞에 나아갔다.

"미련한 소녀이오나 제가 난을 막겠습니다."

멸망꽃을 가지고 싸움판에 나갔다. 삼만 명 군사가 칼로 치고 활을 쏘며 큰 싸움이 벌어지고 있었다. 자청비는 멸망꽃을 동서로 뿌려댔다. 삼만 군사가 다 쓰러졌다. 전쟁은 수습이 되었다.

천자는 크게 기뻐하여 자청비를 부르고 땅을 나누어 주었다. 자청비는 이 후한 하사를 사양했다.

"저에겐 땅이 너무 과하십니다. 주실 것이 있으면 오곡 씨앗이나 내려 주시옵소서."

"그것으로 무엇을 하겠느냐?"

천자가 사연을 듣고 싶어했다.

"예, 그 오곡 씨앗을 갖고 먹을 것이 없어 배고파 하는 사람들에게 농사를 짓도록 하겠습니다."

"그거 참 생각이 훌륭하구나. 그렇게 하도록 해라."

자청비는 천자로부터 오곡 씨앗을 받고 문 도령과 함께 칠월 보름달 인간 세상으로 내려왔다.

세상에 내려서고 보니 마치 새끼 낳고 못 먹은 개처럼 배고파 휘청휘청 걸어가는 사람이 보였다. 정수남이었다.

"아이고, 상전님아, 이게 어쩐 일입니까? 큰 상전님은 죽어 저 세상 돌아가시고 나는 갈 데가 없어 이 모양이 되었습니다. 시장기가 한이 없으니 점심 요기나 시켜 주십시오."

정수남은 우선 밥부터 먹게 해달라고 졸랐다.

"그러면 저 밭을 보아라. 머슴 아홉에 소 아홉을 거느리고 밭을 가는 데가 있지 않느냐? 거기 가서 점심이나 얻어먹고 오너라."

정수남이 그 밭에 가서 사정을 했더니 점심은커녕 욕만 하는 것이었다. 정수남이 와서 자청비에게 그대로 말했다. 자청비는 고약하다 생각하여 그 밭에 대흉년이 들게 했다. 그리고 정수남에게 다른 밭을 가리켰다.

"저 밭을 보아라. 두 늙은이가 쟁기도 없이 호미로 긁어 농사를 하고 있지 않느냐? 거기 가서 얻어먹고 오너라."

정수남이 그 밭에 가 말을 했더니 늙은이가 밥을 정성껏 내어 대접했다. 자청비는 그 마음씨가 곱다하여 호미농사를 지어도 대풍년이 되게 해주었다. 자청비는 오곡 씨를 가져다가 뿌리려 하니 씨앗 중에 한 가지가 없어진 것을 알았다. 다시 하늘 옥황에 올라가서 받아 오고 보니 여름 파종 때가 이미 늦었다. 그래도 그 씨앗을 뿌리니 다른 곡식과 같이 가을에 거둬들이게 되었다. 이것이 바로 메밀이었다.

이렇게 해서 문 도령과 저청비는 농사일을 책임지는 세경신이 되었고, 정수남은 가축을 관장하는 신이 되어 많은 목자를 거느려 마소를 치며 칠월에 마불림제를 받아먹게 되었다. 그래서 문 도령을 상세경, 자청비를 중세경, 정수남을 하세경이라 부르게 되었다.

이 이야기는 큰굿을 할 때에 '세경본풀이'라는 제차에서, 그리고 농사신을 위하는 굿판에서 심방이 읊는다. 세경은 인간의 농사를 관장하는 신이다. 그 신은 삼 세경이 있는데 문 도령이 상세경이고, 중세경은 자청비, 하세경은 정수남이다. 원래 이들은 신분으로나 출생으로나 모두 달랐으나. 결국 인간을 위해서 농사일을 한다는 점에서 뜻을 같이하는 신이 되었다.

자청비의 일생은 드라마틱하다. 그녀는 사람들이 세상살이에서 당할 수 있는 사건들이 다 겪었다. 그의 생애는 위기와 극복, 얻음과 잃음, 음모와 복수, 이러한 역정의 연속이었다. 그래도 그는 굴하지 않고 끈질기게 자기 앞으로 닥친 어려움을 이겨나간다. 그래서 결국 하늘과 땅의 남녀 사이에 사랑을 성취하게 된다. 이 일로 인간의 생활을 풍요롭게 하는 농사법을 관장하는 신이 된다. 더구나 자청비를 고통스럽게 하는 데 앞장섰던 신분이 다른 정수남까지 나중에 같은 농사신이 되었다는 점에서, 자청비 이야기는 서로 다른 것이 결합하여 새로운 창조를 이루었다는 점에서 인류가 지향하는 화해와 평화를 상징한다고 생각할 수 있다.

남 선비의 기구한 일생

어리석은 남 선비

옛날 옛적 남선 고을에 남 선비와 여산 부인 부부가 살았다. 집안은 무척 가난하였으나 자식 복은 많아서 아들을 일곱 형제나 두었다.

하루는 여산 부인이 가난한 집안을 일으킬 궁리를 남편에게 말했다.

"우리가 재산은 없는데 자식들은 많아 먹고 살 길이 아득하니 쌀장사나 하면 어떻겠어요?"

남편도 듣고 보니 그럴 듯했다.

"그렇게 합시다."

부인의 뜻을 받아들인 남편은 그날부터 배를 한 척 마련했고 쌀을 살 밑천도 동네 사람들에게서 꾸었다.

남 선비는 식구들과 작별하여 쌀장사를 하기 위해 남선 고을을 떠났다.

배가 오동 나라 오동 고을에 닿았다. 그곳에는 노일제대 귀일의 딸이 살고 있었다. 간악하여 한번 마음을 먹으면 수단과 방법을 가리지 않고 그 일을 해내는 여인이었다. 그녀는 남 선비가 쌀장사로 왔다는 소식을 듣고 그가 묵고 있는 객주집을 찾았다. 쌀장사라면 돈이 많을 것이라고 생각했던 것이다.

귀일의 딸은 남 선비를 만나자 아양을 떨면서 사내의 마음을 사려고 했다.

"남 선비님아, 객지에 와서 심심하지 않소, 우리 장기나 한판 두어봅시다."

남 선비는 예쁜 여자의 청을 물리칠 수 없었다. 심심하던 차에 잘 되었다고 생각했다.

"그럽시다."

아양 떠는 여자가 싫지 않았다.

둘은 장기를 두기 시작했다. 남 선비가 한번 이기면, 다음에는 귀일의 딸이 이겼다. 서로 이기기를 주고받으면서 장기를 두는 동안 둘은 아주 친해졌다.

이번에는 돈을 걸고 장기를 두기 시작했다. 그래도 한번 이기면 한 졌다. 그런데 며칠을 지나면서 장기판 판세가 달라졌다. 남 선비는 여자에게 도저히 당해 낼 수가 없었다.

쌀을 사려고 갖고 간 돈을 모두 잃고 말았다.

판은 점점 커졌다. 생각다 못해서 이번에는 배를 팔았다. 결국 그 돈도 다 잃고 말았다.

남 선비는 이제 집으로 돌아갈 수도 없는 가련한 신세가 되었다.

"고향으로 돌아가지 말고 나하고 살면 어때? 내가 밥은 먹여줄 테니까."

귀일의 딸이 은근히 말했다.

남 선비는 귀가 번쩍 했다. 젊고 예쁜 여자와 같이 산다니, 돈은 잃었지만, 새로운 인생을 시작하게 되었다고 생각했다. 잠시 고향에 있는 아내와 자식들 생각을 했으나, 그럴 여유가 없었다.

남 선비는 귀일의 딸을 아내로 맞았다. 그의 입장에서는 둘째 부인이니까 첩이었다. 그런데 귀일의 딸은 딴 마음을 갖고 있었다.

새 살림이 시작되었다. 며칠은 남편 대접을 해 주었는데, 날이 갈수록 종놈 부리듯 했다.

"공짜 밥을 먹으면 사람 도리가 아니지."

처음에는 아내의 말이 정겹게 들렸다. 이왕 부부지간이니 아내를 도와 집안일을 해주는 것도 괜찮다고 생각했다.

날이 갈수록 여자는 표독스러웠다. 집안에 힘든 일을 모두 남편에게 시켰다. 낮에 다하지 못하면 밤에도 일을 시켰다.

그러더니 결국 한집에서 같이 살지 말고 따로 나가 살라고 했다. 그러면서 집 뒤에 작은 움막을 지어서 내쫓았다. 거기에 살면서 집에 와서 일을 하라는 것이었다. 이제는 완전히 종으로 취급했다. 생나무를 배어다 겨우 얼개만 만들고 띠로 벽을 엮고 지붕도 겨우 별만 안 보이게 움막을 만들었다. 그리고 식사 때마다 겨죽을 한 그릇 갖고 와서 먹으라고 했다. 반찬은커녕 어떤 때는 소금도 주지 않았다.

남 선비 생활이 말이 아니었다. 이것은 보통 집 종보다도 더한 생활이었다. 개 취급도 해주지 않았다.

날이 갈수록 먹는 것은 더욱 부실했고 일이 점점 많아졌다. 몸이 아파도 쉴 수 없었다. 부인이 눈을 부라리며 호통을 치면 남 선비는 겁이 나서 오금부터 저렸다. 그는 부인이 무서워졌다. 전혀 딴 사람이 되었다.

남편을 찾아서

남 선비의 여산 부인은 고향에서 남편이 돈 벌어 돌아올 날만을 기다렸다. 한 해 두 해가 가고 삼 년이 지났다. 그래도 소식이 없자, 아들들을 불렀다.

"너희 아버지가 쌀장사를 떠났는데 여태까지 소식이 없으니 무슨 사연이 있는 것 같다. 내가 아버지를 찾아 나설 테니 배를 한 척 만들어 달라."

여산 부인은 직접 남편을 찾아 나설 뜻을 밝히자, 아들들은 자기네가 아버지를 찾아 나서겠다고 했다. 그러나 부인이 말렸다.

"아무래도 세상 물정에 밝은 내가 너희보다는 낫다."

아들들도 어머니 고집을 막을 도리가 없었다.

그날부터 칠형제는 산에 올라가서 좋은 나무를 베어다가 배를 만들기 시작했다. 며칠이 지나 배 한척이 완성되었다.

여산 부인은 아들들과 작별하고 남선 고을을 떠났다.

배는 바람 부는 대로 물결 이는 대로 흘러가서 오동 고을에 닿았다.

이 고을은 쌀이 많이 생산되는 곳이라서, 남편이 틀림없이 이 고을에 왔을 것이라고 추측했다. 그런데 마을을 다 뒤져도 남편을 찾지 못했다. 그래도 남편 찾는 일을 그만두지 않았다.

그날도 남편을 찾아 온 마을을 돌아다니는데, 벼가 잘 익은 논에서 새를 쫓는 아이를 만났다.

"새들아, 너희는 너무 약은 체 말아라. 남 선비도 귀일의 딸에 홀려 지금은 움막에서 거적때기를 덮고 겨죽을 먹으면서 사는 신세가 되었다."

여산 부인은 그 노래 소리에서 '남 선비'란 말을 듣고 정신이 번쩍 들었다. 바람결에 잘 안 들렸으나 남 선비 소리만은 분명했다.

"애야, 아까 무슨 말을 했지? 또 한 번 말해 봐라. 누가 어떻게 되었다는 거냐?"

사내아이는 여산 부인을 힐끗 쳐다보더니 고개를 획 돌려버렸다.

"난 아무 말도 하지 않았는데."

"그러지 말고 한 번 더 말해 보렴."

"나 아무 말도 안했어요."

섬에 사는 거인의 꿈

"아니, 아까 남 선비가 어떻다고 하지 않았어? 그 말을 해달란 말이다."

"아, 난 또 무슨 말이라고. 새들아 너무 약은 체 하지 말라. 약은 체하던 남 선비가 여자에 홀려 신세가 말이 아니라고 했어요."

"착한 아기야, 남 선비가 어디 사느냐? 남 선비 사는 델 가르쳐다오."

여산 부인은 사정했다.

"요 재 넘으면 대궐 같은 큰 기와집 뒤에 거적문을 단 움막이 있어요."

여산 부인은 아이가 말한 곳으로 달려갔다.

대궐 같은 큰 집 뒤에 돌쩌귀에 거적문을 한 움막이 있었다.

"지나가는 손인데 날이 저물어 부탁이니 하루 저녁 재워 주십시오."

여산 부인은 움막 안으로 들어가서 쭈그리고 앉아 있는 귀신 같은 사내에게 사정했다.

"아이고, 부인님아, 우리 집은 보시다시피 집이 너무 좁아 손님을 재울 수 없습니다."

한쪽에서 겨죽 단지를 끼고 앉아 대답하는 주인은 분명 남편 남 선비였다. 그런데 눈이 어두운 남편은 부인을 알아보지 못했다.

"이슬만 피하면 됩니다. 날이 저물어 머물 곳이 없으니, 부엌이라도 좋으니 하룻밤만 머물다 가게 해주십시오."

부인이 자꾸 부탁하는 바람에 남 선비는 마지못해 허락했다.

여산 부인은 부엌에 들어가 솥을 열어 보았다. 겨죽이 바닥에 바짝 눌어붙어 있었다. 기가 막혔다. 우선 밥부터 해드려야겠다고 생각했다. 한 번 두 번 솥을 깨끗이 닦아놓고, 나가서 쌀과 반찬거리를 사다가 저녁밥을 지었다. 상을 차려 남 선비에게 들여가니 남 선비는 첫 술을 뜨고 눈물을 주르륵 흘리는 것이다.

"부인님아 이게 어떤 일입니까? 나도 옛날에는 이런 밥을 먹어 보았습니다마는 이제는 이 꼴이 되었습니다. 나는 본래 이런 사람이 아닙니다.

남선 고을 남 선비라고 합니다. 쌀장사를 왔다가 여자의 홀림에 빠져 이 지경이 되었으니 죽지도 못하고, 그렇다고 고향으로 돌아갈 형편도 못되어 이렇게 짐승만도 못하게 살고 있습니다."

오랜만에 말상대를 만나자 남 선비는 속사정을 다 털어놓았다.

"아이고 딱한 남 선비여, 나를 모르겠습니까? 여산 부인입니다."

그 말에 남 선비는 깜짝 놀라며 부인의 팔목을 덥석 잡았다.

둘은 그동안 살아온 사정을 말하느라 밤을 꼬박 밝혔다.

날이 밝자, 귀일의 딸이 겨 한 되를 치맛자락에 얻어들고 들어왔다.

"이 죽일 놈아. 나는 어디 가서 애를 써서 겨 한 되라도 얻어다가 죽을 쑤어 배부르게 먹으려고 했는데, 그새 지나가는 년을 불러들였구나!"

귀일의 딸이 여산 부인을 보더니 화를 내면서 악다구니를 퍼부었다.

"여봐요. 내 말을 들어봐요. 그렇게 욕을 하지 말아요. 여산 고을 큰 부인이 나를 찾아왔소."

그 말에 귀일의 딸은 정색했다.

"아이고 형님이로구나. 이 무더운 더위에 우리를 찾아오시려고 얼마나 고생을 하셨습니까? 우선 시원히 목욕이나 하고 와서 저녁밥이나 해먹고 쉬십시오."

귀일의 부인은 반가워하면서 여산 부인에게 깍듯하게 큰 부인 대접을 하였다. 여산 부인은 순진하게 그 말을 곧이들었다.

여산 부인은 귀일의 딸과 같이 주천강으로 목욕을 나갔다.

"형님아 어서 옷을 벗으세요. 제가 먼저 등을 밀어드리리다."

여산 부인은 귀일의 딸의 다정한 말에 속아 적삼을 벗어 엎드렸다. 귀일의 딸은 뒤에서 등목을 해주는 척하다가 여산 부인을 와락 밀어버렸다.

여산 부인은 주천강에서 헤어 나오지 못했다.

더 큰 시련

귀일의 딸은 여산 부인의 옷을 벗겨 입고 큰 부인인 체하며 남 선비에게 돌아갔다.

"낭군님아, 귀일의 딸 행실이 괘씸하길래 주천강 연못에 내가 밀어 넣어 죽게 해두고 왔습니다."

자랑스럽게 말했다.

"하하 그년 잘 죽었다. 내 원수 갚아주었구나. 자, 이젠 우리 고향으로 돌아가자."

눈먼 남 선비는 사정도 모르고 귀일의 딸의 음모에 속아 장단을 맞췄다.

남 선비와 귀일의 딸은 바다에 배를 띄워 남선 고을로 향했다. 배가 물마루를 넘어서니 남 선비 아들 일곱 형제는 부모님을 마중하러 선창가로 나왔다. 배가 선창에 닿았다. 아들들은 부모를 맞는 정성으로 다리를 놓아갔다. 큰아들은 망건을 벗어 다리를 놓고, 둘째는 두루마기를 벗어 다리를 놓고, 셋째는 적삼을 벗어 다리를 놓고, 넷째는 고의를 벗어 다리를 놓고, 다섯째 아들은 행전을 벗어 다리를 놓고, 여섯째 아들은 버선을 벗어 다리를 놓았다. 그런데 영리한 막내아들은 칼날을 위로 세워 다리를 놓는 것이 아닌가.

"어째서 부모님이 오시는데 칼날을 세워 다리를 놓느냐?"

이상히 생각한 큰형이 물었다.

"형님, 아버님은 우리 아버지가 틀림없습니다마는 어머님은 우리 어머님 같지가 않습니다."

"그게 무슨 말이냐? 어떻게 알겠느냐?"

"저 여자가 우리 어머님인지 아닌지 알려면, 배에서 내려 집을 찾아가는 것을 보면 알게 되겠지요. 또 집에 가서 우리 밥상을 차려놓는 걸 보면 알 수 있을 것입니다."

형들은 동생의 생각이 그럴 듯해서 그 말대로 하기로 했다.

부모님이 선창가에 내리자 서로가 그동안에 밀린 정을 푸노라 한동안 법석을 떨었다.

"아버님, 어머님, 어서 집으로 가십시다."

아들들은 부모를 앞세웠다. 눈이 어두운 남 선비는 길을 알 리가 없었다. 귀일의 딸이 앞장을 서서 길을 찾아가는데 집을 모르니 제대로 갈 리가 없다. 가다가 골목이 막히면 이 골목으로도 쑥 들어가고 다시 나왔다가 저 골목으로도 쑥 들어가는 것이었다.

"어머님은 어째서 벌써 길도 잊었습니까?"

큰아들이 눈치를 채었다.

"얘들아 말도 말아라. 너희들의 아버지 찾아오느라고 하도 고생을 많이 해서 정신이 어찔어찔하단다. 그러니 너희가 앞장을 서라."

아들들은 어머니 말이 석연치 않았다. 어머니가 아닐 수도 있다. 그런데 말 그대로 오랫동안 집을 떠나 있었으니, 집을 찾지 못할 수도 있을 거라고 생각했다.

겨우 집을 찾았다.

그런데 저녁을 지어 식구들 밥상을 보아 내었는데, 밥상이 제대로 되어 있지 않았다. 남 선비 밥상은 아들들에게, 아들들 밥상은 남 선비에게 서로 바뀌어졌다.

"어머님은 어째서 밥상도 벌써 잊었습니까?"

둘째 아들이 이상히 생각하고 물었다.

"아이고 얘들아, 말도 말아라. 너희들 아버지 찾느라고 너무 고생해서 정신이 없단다."

형제들 의심이 점점 더해갔다.

우리 어머님은 어디에 계신가?

그날부터 일곱 형제는 어머님을 그리워하며 눈물로 세월을 보내었다.

귀일의 딸도 아들들의 눈치를 알아차렸다. 걱정이 되었다. 이 아들들에게 무슨 변을 당할지 모른다. 어떻든 이 자식들은 없애 버려야 한다. 귀일의 딸은 그 계략을 짜기 시작했다.

어느 날 귀일의 딸이 '배가 아프다'면서 고통을 호소했다.

부인을 사랑하는 남 선비는 부인의 비명을 듣자 당황했다.

"어찌하면 되지?"

남 선비가 당황하여 아내에게 물었다.

"우리 남편아. 나를 살릴 마음이 있으시면 이렇게 하십시오. 이 길로 가다 보면, 대로변에 먹서리를 쓰고 앉은 점쟁이가 있을 테니 거기 가서 점을 쳐 주십시오."

남 선비는 죽어가는 아내를 살리려고 그 점쟁이를 찾아 나섰다. 앞을 못 보는 처지에 더듬더듬 찾아가는 동안에 귀일의 딸은 얼른 울타리를 뛰어 넘어 지름길로 점쟁이를 찾아갔다. 대로변에 먹서리로 얼굴을 가린 웬 사람이 점쟁이인 체하며 앉아 있었다. 부인은 얼른 그를 내몰고는 그 자리에 먹서리를 쓰고 점쟁이인 척 앉았다.

얼마 지나지 않아 남 선비가 앞 못 보는 처지에 허둥지둥 달려왔다.

"점이나 쳐 주십시오."

"무슨 점입니까?"

"우리 부인이 갑자기 병이 나서 사경에 이르고 있습니다. 어느 신령에게 죄지은 때문이 아닌지 보아 주십시오."

귀일의 딸은 손가락을 폈다 오므렸다 하며 짚어 보는 척하다가,

"남 선비님아, 아들 일곱 형제가 있습니까?"

하고 물었다. 너무나 잘 맞춰서 남 선비는 이상하다 생각했다.

"예 있습니다."

"이 일을 어찌 할꼬? 일곱 형제의 간을 빼어 먹어야 낫는다고 나왔는데……."

"할 수 없지. 지 애미를 위해서 자식이 간을 내놓는 것은 당연하지."

그렇게 중얼거리면서 집으로 들어왔다. 그러나 걱정은 많았다. 한 놈도 아니고, 일곱 아들 간을 빼먹는다? 그러나 사랑하는 아내를 위해서는 어쩔 도리가 없었다.

집에 들어왔는데, 이미 귀일의 딸이 먼저 와서는 배가 아프다고 소리를 지르고 있었다. 그러다가 남 선비가 들어서자 대뜸 물었다.

"점을 치니 무엇이라 합니까?"

"아들 일곱 형제의 간을 빼어 먹어야 신병이 낫겠다 하는데…."

남 선비는 차마 입이 열려지지 않았으나 들은 대로 말했다.

"아이고 내 낭군아! 이게 무슨 말입니까? 어찌 그럴 수 있습니까? 그럴 수는 없습니다. 다른 데 가서 점을 쳐 보십시오."

"어디를 간단 말이요?"

"저기 가다 보면, 이번에는 바구니를 둘러쓰고 앉은 점쟁이가 있을 것입니다. 거기 가서 다시 물어보십시오. 아이고 배야, 아이고 배야!"

남 선비가 그 말을 듣고는 얼른 밖으로 나갔다. 귀일의 딸은 다시 울타리를 뛰어 넘어 지름길로 달려가 바구니를 쓰고 앉아 있었다. 남 선비가 달려와서,

"점을 쳐 주십시오."

하고 사연을 말했다.

"우리 부인이 신병이 나 사경을 헤매고 있습니다."

사정을 듣던 점쟁이는 손가락을 오므렸다 폈다 하다가,

"아들 일곱 형제의 간을 내어 먹어야 병이 낫겠소."

저번 점괘와 같은 말을 하였다.

남 선비가 나가자 귀일의 딸은 다시 지름길로 달려와 더욱 죽어 가는 체하고 있었다.

남 선비가 들어왔다.

"아이고 배야, 아이고 배야! 점쟁이가 뭐라고 합디까?"

귀일의 딸이 시치미를 떼고 물었다.

"일곱 형제의 간을 내어 먹어야 좋겠다고 하더라."

"아이고 할 수 없구나. 설운 낭군님아, 그러거든 아들 일곱 형제의 간을 내어 주십시오. 내 살아나서 한꺼번에 세쌍둥이씩 세 번만 낳으면 형제가 더 불어 아홉 형제가 될 게 아닙니까?"

남 선비는 부인의 말이 그럴듯해서 은장도를 꺼내어 슬근슬근 갈기 시작했다.

그때 뒷집의 마구할머니가 불을 빌러 들어왔다.

"남 선비야, 무슨 일로 칼을 가는가?"

할머니가 전에 없는 일이라 물었다.

"우리 집 부인이 갑자기 병이 나서 사경을 헤매고 있는데, 몇 곳 점쟁이를 찾아가서 점을 치니……"

사정을 그대로 말했다.

"거 무슨 말이라?"

마구할머니는 겁이 나서 밖으로 내달았다. 네거리에 가 보니 남 선비 아들 일곱 형제가 있었다.

"애들아, 너희 집에 가보니 네 아버지가 너희 일곱 형제의 간을 빼내려고 칼을 갈고 있더라."

그 말을 들은 일곱 형제는 대성통곡을 시작했다. 울다가 막내가 의견을 내놓았다.

"형님들, 울지만 말고 여기 서 있으면 제가 어떻게 하든 아버님이 가는 칼을 뺏어 오겠어요."

막내는 형들을 네거리에서 기다리게 하고 집으로 달려갔다. 아버지는 칼을 갈고 있었다. "아버님, 왜 칼을 가십니까?"

"내 딱한 사정을 들어라. 너희 어머님이 병이 나 사경에 이르고 있는데, 점을 쳤더니 너희 형제의 간을 내어 먹어야 낫겠다 하길래, 내가 너희 간을 빼려고 이렇게 칼을 간다."

"아버님아, 그거 좋은 일입니다. 어머님 신병을 고쳐야 합니다. 그런데 아버님아 아버님 손으로 우리 일곱 형제의 간을 빼내면 송장 일곱을 묻어야 할 게 아닙니까? 흙 한 삼태기씩만 덮으려 해도 일곱 삼태기가 아닙니까? 그 칼을 이리 주십시오. 제가 형님들을 저 깊은 산 깊은 골짜기에 데리고 가서 여섯 형님네 간을 빼내어 오겠습니다. 어머님이 먹어 봐서 효과가 있거든 저 하나는 아버님 손으로 간을 빼내십시오."

남 선비는 듣고 보니 그럴 듯했다. 그렇지 않아도 제 손으로 자식들을 죽여 간을 빼낼 생각을 하니 눈앞이 캄캄하던 차였다.

"그렇게 해라."

남 선비는 막내아들에게 칼을 내어 주었다.

막내는 여섯 형들을 데리고 굴미굴산 깊은 골짜기로 향하였다. 가다가 다 지치고 배도 고파서 잠깐 길가에 앉아 쉬는데 그만 잠이 들어버렸다. 꿈을 꾸었다.

저승으로 향해 가던 어머님이 나타났다.

"아들들아, 어서 빨리 눈을 떠라. 산중에서 노루 한 마리가 내려온다. 그 노루를 잡으면 너희가 큰 비밀을 알게 될 것이다."

일곱 형제가 모두 눈을 번쩍 떴다. 과연 노루 한 마리가 산에서 뛰어 내

섬에 사는 거인의 꿈

려오고 있었다. 일곱 형제는 와르르 몰려들어 그 노루를 잡았다. 금방 죽이려고 했다.

"불쌍한 도련님들아, 나를 죽이지 말고 내 뒤에 보면 산돼지 일곱 마리가 내려오고 있으리니, 그걸 잡아 암돼지는 한 마리는 남겨 두고 새끼 여섯 마리를 잡아 간을 빼내어 가면 될 게 아닙니까?"

노루가 차근차근하게 이야기하는 것이었다.

형제들은 꿈에 만난 어머니 말이 생각났다.

잠시 후에 노루가 말한 대로 산돼지 일곱 마리가 내려오는 것이었다. 일곱 형제가 달려들어 산돼지를 붙잡았다. 노루 말대로 어미 암돼지는 남겨두고 새끼 여섯 마리를 잡아 간을 빼내었다. 일곱 형제는 산돼지 간을 가지고 마을로 돌아왔다.

"형님들은 사방으로 흩어져서 서 계십시오. 기다리다가 내가 큰소리를 치거든 모두 집안으로 들어오십시오."

막내 동생은 형들에게 말하고는 집안으로 들어갔다.

귀일의 딸은 소리 내어 울부짖고 있었다.

"아이고 배야, 아이고 배야!"

귀일의 딸은 아들들이 들어오는 것을 알고는 더욱 크게 소리를 질렀다.

"어머님아, 이걸 잡수어 보십시오. 여섯 형님들 간을 빼내어 왔습니다."

막내는 산돼지 간을 내밀었다.

"아이고, 막내 네가 효자로구나. 중병 환자 약 먹는 거를 보는 법이 아니다. 너는 저기 나가 있거라."

귀일의 딸이 막내를 밖으로 내쫓았다. 막내는 밖으로 나오면서 손가락에 침을 발라 창호지 창구멍을 하나 뚫어두었다.

잠시 후에 막내는 창구멍으로 방 안을 살폈다. 귀일의 딸은 간 여섯 개를 먹는 체하며 자리 밑으로 살금살금 묻어놓고 피만 입술에 바르는 척

했다. 그때였다. 막내가 얼른 방문을 박차고 들어갔다.

"어머님, 약 다 드셨습니까?"

"그래, 잘 먹었다."

"어머님, 약 드시니 병이 어떻습니까?"

"조금 낫는 것 같다만, 이제 하나만 더 먹으면 아주 활짝 나아질 듯하다."

"어머님 그러면 제 간을 빼어드리기 전에 마지막으로 어머님 머리에 이나 잡아 드리겠습니다."

"그 효심 고맙다마는 중병 든 사람의 이를 잡는 법이 아니다."

막내의 청을 물리치는 것이었다.

"그러면 방 안이나 치워 드리리다."

귀일의 딸을 화를 버럭 내었다.

"이거 무슨 말이냐? 중병 든 데에 방 안을 치우는 법이 아니다."

그때에 막내는 여자에게 달려들어 긴 머리를 휘어잡고 좌우로 펑펑 감아 한 쪽으로 잡아챘다. 그리고는 자리 밑에 숨겨 놓은 간 여섯 개를 한 손에 세 개씩 들고 지붕 용마루 높은 곳에 올라갔다.

"요 동네 어른들아! 저 동네 어른들아! 의붓자식 있는 사람들아! 이거 보고 조심하십시오! 형님들이여 달려드십시오!"

큰소리로 외쳤다. 형들이 우르르 달려들었다. 집안이 뒤집혔다.

"이게 무슨 일인가?"

남 선비는 달아나다가 길을 잃어 겁결에 올레로 내닫다가 거기에 걸려 있는 정낭에 목이 걸리어 죽었다. 그래서 주목지신이 되었다. 귀일의 딸은 아들들이 달려드는 바람에 바깥으로 내달을 수도 없어 벽을 뜯어 구멍을 뚫고 변소로 도망쳐 쉰 대 자 머리털로 목을 매어 죽었다. 변소의 신인 측도부일이 된 것이다.

섬에 사는 거인의 꿈

일곱 형제는 귀일의 딸에게 복수하여 분풀이를 하고서 서천꽃밭으로 올라갔다. 이 꽃밭은 뼈살꽃, 살살꽃, 환생꽃 등 가지가지 꽃들이 피어있었다. 이 꽃밭 관리인을 만나 사정을 설명하고 환생꽃을 몇 송이 얻었다. 일곱 형제는 그 길로 오동 나라 오동 고을의 주천강 연못으로 달려갔다.

연못은 아무 일도 없었다는 듯이 물이 넘실거리고 있었다.

"하느님이여, 주천당 연못이나 마르게 해주소서. 어머님 신체나 찾으리다."

일곱 형제가 간절히 기도를 드렸더니, 연못의 물이 마르기 시작했다.

연못 바닥에 어머님의 뼈가 그대로 남아 있었다. 뼈들을 다 모아 놓고 환생꽃을 위에 놓으니 뼈들이 살이 붙으면서 어머님의 몸이 그대로 회복되었다.

"아이고 봄잠이라, 너무 늦게도 잤구나."

어머니가 머리를 긁으며 살아났다.

일곱 형제는 다시 살아난 어머님과 같이 집으로 돌아왔다.

"어머님아 춘하추동 사시절을 물속에서만 살았으니 몸인들 안 추웠겠나이까? 어머님일랑 하루 세 번 더운 불을 쬐면서 조왕할망으로 앉아 얻어먹기만 하십시오."

어머니는 조왕할망신이 되었고, 일곱 형제는 각각 제 직분을 차지하여 신들이 되었다.

⊿ⓐ

이 이야기에 등장하는 인물들은 죽어서 집안 여러 곳을 관장하는 신이 되었다. 그런데 이들은 신이 되기 전에는 고달프게 세상을 살아왔다. 그렇게 살아갈 수밖에 없었던 것은 탐욕 때문이었다. 귀일의 딸의 탐욕은 인간의 탐욕을 대신한다. 그는 진실을 조작해서 사람들의 판단을 흐리게 하였다. 이러한 음모와 조작은 오늘날도 세상을 혼란스럽게 만들고 있다. 남 선비 집안의 비극에서 그 사실을 확인할 수 있다. 결국 이들은 죽어서 집안의 여러 공간에 살면서 사람들의 공양을 받는 가련한 신들이 된다. 이들의 비극적인 삶이 가정의 한 전형을 보여주기 때문이다.

남 선비 집안의 비극은 자신이 저지른 일의 값이 아니라, 귀일의 딸의 탐욕 때문이었다. 한 사람의 탐욕이 결국 많은 사람들을 고통스럽게 만든다. 남 선비 이야기에서 우리는 집안의 여러 신들의 내력을 재미있게 읽을 수 있는데, 그 신들은 이 땅에 살고 있는 많은 유형의 인물들의 모습이기도 하다.

세상의 저주를 받은 뱀신(蛇神)

불공을 드려 얻은 딸

아주 오랜 옛날 옛적에 장나라 장설룡과 송나라 송설룡이 부부가 되어 살았다. 집안이 천하에 부자였는데도, 쉰 살이 되도록 슬하에 자식 하나 없어 걱정이었다.

부부는 절에 가서 기원하면 자식을 얻을 수 있다는 말을 듣고, 온갖 제물을 준비하고 관음사를 찾아가 백일 동안 정성 다해 불공을 드렸다.

예쁘고 건강한 딸을 얻었다.

아기는 잘 자랐다.

딸이 일곱 살 되는 해였다. 아버지 장설룡은 천하공사, 어머니 송설룡은 지하공사 벼슬살이를 가게 되었다. 부모는 딸자식이 걱정되었다. 아들이면 데리고 가서 벼룻물이나 떠놓도록 하지만 딸자식이어서 그럴 수도 없었다. 어쩔 수 없이 문을 단단히 잠그고 그 속에 가두어 놓아 바깥 출입을 하지 못하도록 해야겠다고 생각했다.

부부는 귀여운 딸을 방에 가둬놓고 사방 문을 단단히 잠가 출입을 못하도록 했다. 그리고는 집안일을 돌보는 정하님을 불러 구멍으로 밥을 주고 구멍으로 옷을 주며 잘 키우고 있으면 벼슬살이 끝마치고 와서 종 문서를 돌려주겠다고 당부했다.

부부는 하녀에게 모든 일을 맡기고 벼슬살이를 떠났다.

정하님은 주인이 시키는 대로 했다. 하루, 이틀… 이레째 되는 날이었다. 정하님이 구멍으로 밥을 주려고 방 안을 들여다보니 아기씨가 온데간데없이 사라져 버린 것이다. 정하님은 걱정이 이만저만이 아니었다. 상전이 이 사실을 알게 되면 살아남지 못할 것이다.

정하님은 그날부터 사라진 아기씨를 찾으러 온 세상을 찾아 헤매었다. 그러나 아기씨는 찾을 수 없었고, 소문조차 들을 수 없었다. 하는 수 없이 상전에게 편지를 띄웠다.

"아기씨가 사라졌으니 어서 바삐 돌아오십시오."

딸은 부모가 너무 그리워 견딜 수 없었다. 생각하다가 문이 제대로 닫혀 지지 않은 것을 알고는 방을 빠져나와 부모님이 갔다는 그 나라를 찾아 산길을 달리고 있었다.

모진 운명

길은 끝이 없는데 해가 저물었다. 질펀한 풀밭에서 오도 가도 못하여 주저앉아 울기 시작했다.

두 이레 열나흘을 울다 보니 아기씨는 죽을 지경이 되었다. 이때 마침 스님 셋이 아기씨 곁을 지나갔다. 그러나 스님들은 아기씨에게 전혀 관심을 두지 않았다. 배고프고 피곤해서 거의 죽을 지경에 이른 아기씨가 힘을 내어 불렀다.

"앞에 가는 대사님아, 나를 살려 주옵소서."

그런데 첫 번째 스님은 눈도 거들떠보지 않고 지나갔다. 두 번째 스님도 그대로 지나갔다. "대사님아, 소녀를 살려 주옵소서."

세 번째 스님이 가던 길을 멈추고 뒤돌아봤다.

"너는 누구냐?"

세 번째 스님이 아기씨 곁으로 다가왔다.

"소녀는 장나라 장설룡의 딸이 됩니다."

"허허, 우리 절에 와서 불공을 드려 낳은 그 아기씨로구나."

스님은 반가워하면서 아기씨를 장나라로 데려왔다.

이럴 즈음 장설룡 대감 부부는 벼슬을 그만두고 집으로 돌아왔다. 하인의 편지처럼 딸이 집을 나가 행방이 묘연했다. 부부는 귀한 딸을 찾으러 온 세상을 돌아다녔다. 그러나 찾지 못하였다. 집으로 돌아온 부부는 근심이 태산 같았다.

그때 웬 스님이 대문 안으로 들어섰다.

"소승 뵙겠습니다."

그는 아기씨를 데리고 다니면서 할 짓 못할 짓 다 하다가 문 밖에 숨겨놓고 들어왔다.

"아니, 아는 얼굴이군. 자네 법당에 가서 불공 들여 얻은 내 딸을 잃어버렸으니 당신이 찾아주시오."

장설룡 대감은 먼저 점부터 쳐 보라고 채근했다.

"점을 쳐보니, 아기씨는 이 집과 아주 가까운 데 있습니다.

"이놈, 네가 다 알면서 시치미를 떼느냐? 저 중놈을 잡아 들여라."

호통을 치며 종들을 불러들였다. 중은 사정이 급박하자 얼른 술수를 써서 도망쳐 버렸다.

장설룡은 중의 말을 믿지 않을 수 없어서 집 주위를 샅샅이 찾다가 아기씨를 만났다. 병색이 뚜렷하였다. 얼굴에 검은 기미가 끼고 배가 불룩하니, 심상치 않았다.

부모는 딸을 앞에 앉혀놓고 사정을 물었다. 중의 아이를 밴 것이었다.

"양반 집에 이거 무슨 창피한 일이냐? 가문의 수치로다. 중놈의 자식을 배다니?"

아기씨 부모는 자식 걱정은 하지 않고, 집안 망신을 당하게 되었다고 걱정하는 것이었다.

장설룡 대감 부부는 이 딸을 어떻게 처리할까 고민을 하였다. 양갓집 딸이 바람을 피워 중의 아기를 가졌다면 마땅히 죽여야 한다. 그러나 귀하게 얻은 딸을 죽일 수는 없었다.

"할 수 없다. 네 팔자가 그렇다. 우리 집안에 둘 수 없다."

딸을 무쇠상자에 넣어 바다에 던져버리기로 했다. 그래도 고기밥은 안 될 것이니, 제 명이 남아 있으면 살아날 수 있을 것이라고 생각했다.

장 대감은 딸을 무쇠상자에 넣고 동해바다에 띄워버렸다.

상자는 조류를 따라 흘러가고 흘러오다가 제주바다 산지포구 가까이 들어왔다.

무쇠상자가 산지포구로 들어오려는데, 거기에는 이미 자리 잡은 바다 당신이 있었다. 그 옆 마을 화북 포구로 들어오려니, 거기에도 이미 자리 잡은 당신이 있었다. 무쇠상자는 동쪽으로 넘어와서 이 마을 저 마을 포구로 들어오려 했으나, 이미 포구마다 자리 잡은 신들이 있어서 들어올 수 없었다.

"이 신세도 처량하구나. 부모님에게 쫓겨나서 섬사람들에게 밥이나 얻어먹으며 연명하려고 하는데, 이미 포구마다 나와 같은 신들이 자리 잡고 있어서 나를 안 받아주니, 이 신세 너무 불쌍하구나!"

아기씨는 무쇠상자 안에서 자신을 한탄했다.

그러다가 눈에 띄는 곳이 있었다. 포구는 아니나 들어가 머물면 살 만한 곳이었다. 마을이 크지 않아서 벌써 누가 자리 잡지 않은 것 같았다. 함덕 마을 동쪽 갯가로 들어갔다.

어느 날 일곱 잠수는 물질할 도구를 메고, 바다에 들려고 '썩은개'에 왔다가 이상한 무쇠상자를 발견했다.

"내가 먼저 주운 것이다."

"내가 먼저 본 것이다."

일곱 해녀는 모두 제가 먼저 찾았다고 다투었다. 이때 함덕 마을 송 첨지 영감이 한 뼘 못 되는 볼락 낚싯대에다 작은 바구니를 어깨에 걸치고 낚시질을 하려고 오다가 보니, 왁자지껄 여자들이 떠드는 소리가 들려왔다.

'옳지! 멸치가 들어왔나 보다!'

이렇게 생각하며 갯가로 내려와 보니, 일곱 잠수가 서로 머리채를 잡고 싸움을 하고 있었다.

"이년들아 웬일로 이렇게 싸움질을 하는 거냐?"

송 첨지는 싸움을 말렸다.

"송 첨지 영감아, 그런 게 아니라, 저 무쇠상자를 내가 먼저 주웠는데 저년이 먼저 주웠노라고 이럽니다."

한 여자가 사정을 설명했다.

"너희들 그리 말고 그 속에 은이 들었거나 금이 들었거나 일곱이 똑같이 나누어 가지고 무쇠상자는 나를 주면 담배 갑으로나 쓰겠다."

그렇게 말하자 모두들 좋다고 했다.

송 영감은 무쇠상자를 세 번을 메어쳤더니 뚜껑이 열렸다. 해녀들이 모여들어 그 안을 들여다보니, 뱀 여덟 마리가 누워있었다.

장설룡 딸이 뱀 일곱 마리를 낳고 뱀으로 환생한 것이다.

"아따 추잡하고 재수 없구나. 별일이 다 있군."

송 첨지는 기대가 무너지자 낚싯대로 뱀들을 이리저리 헤쳤다. 해녀들도 비창으로 여기저기 건드려 보다가 말았다.

그런데 이상한 일이 벌어졌다. 그날부터 해녀 일곱 명과 송 첨지 영감이 시름시름 아프기 시작했다. 그러다가 자리에 눕더니 사경을 헤매게 되었다.

환자들은 하도 답답하여 마지막으로 점이나 쳐보기로 했다.

이름난 점쟁이는 이상한 점괘가 나왔다고 말했다.

"남의 나라에서 들어온 신을 박대한 죄가 크니, 그 신을 청해서 굿을 하라"

해녀들과 송 첨지 영감이 심방을 불러다가 큰굿을 했더니 병이 씻은 듯이 나았다. 그뿐만이 아니다. 재물이 많아지면서 큰 부자가 되었다.

이렇게 되자 그 해녀들과 송 첨지 영감은 그 마을에 칠성당을 만들고 이 신을 계속 위했다. 이렇게 되자 마을 사람들도 너도나도 모여들어 그 신을 위하니 마을이 부촌이 되었다.

제주 섬에 터 잡은 칠성신

무쇠상자 속에서 오랫동안 바다에서 떠돌던 뱀들은 마을 사람들에게 제사를 받고 위함을 받으니 너무 좋았다. 그런데 이 마을은 그렇게 오래 머물 곳이 못 되었다. 아무래도 사람들이 많이 사는 제주성 안으로 들어가는 게 훨씬 낫겠다고 생각했다.

칠성 뱀들은 마을을 떠나 제주성 안으로 향했다. 큰 길로 가려고 하니 개와 짐승들이 무서웠다. 그래서 낮에는 사람이 잘 안 다니는 좁은 길로, 밤에는 큰길로 해서 지내던 마을을 떠나 제주성 안 가까이 있는 화북에 이르렀다.

긴 여행이었다. 온 몸에 땀이 나고 옷도 더러워졌다. 일곱 아기(뱀)들은 낡은 옷을 벗어 가시나무에 걸쳐 두고 냇가로 들어갔다. 냇물이 맑고 깨끗했다. 일곱 아기 뱀은 거기에서 목욕을 했더니 몸이 한결 시원했다.

뱀들은 새 옷으로 갈아입고 제주성 동문 밖의 동산에 올랐다. 높은 언덕길이라 막힌 숨이 트였다. 거기서 잠시 쉬고서 가락천까지 왔다. 샘에는 물길이 내려가는 구멍이 뚫려 있었다. 이 구멍으로 살살 기어 성 안으로 들어서고 산지 금산물가에 와서 한숨 쉬고 있었다. 이때 그 주변에 살던 어떤 집안 부인이 아침 물을 길러 왔다.

뱀들이 누워 있는 것을 발견했다.

"이게 웬일인가?"

이상하게 생각하며 치마를 벗어 입구에 놓고 물을 길었다.

물을 긷고 나와 보니 벗어 둔 치맛자락에 뱀들이 들어가 누워 있었다.

"이거 내게 내려주신 조상님이거든 어서 우리 집으로 가십시다."

그 부인은 뱀을 치맛자락에 싸서 집으로 와서 고팡(광)에 갖다 두었다. 그로부터 그 집은 부자가 되었다. 칠성(뱀)이 제주성 안에 들어와 맨 처음에 그 집에 좌정했었기 때문에 그 골목을 '칠성골'이라 불렀다.

하루는 이 칠성들이 배부른 동산에 가서 누워 있었다. 때마침 어떤 관원이 지나가다가 보고는,

"에이 더럽다"

하며 침을 퉤퉤 뱉었다. 그날부터 이 관원은 입 안이 헐어 터지고 온몸이 아파 꼭 죽게 되었다. 결국 심방을 찾아가서 점을 쳤다

"외국에서 들어온 신을 보고 입으로 쓸데없는 소리를 지껄였으니 굿을 해야겠습니다."

이렇게 말하는 것이었다.

관원은 그날 바로 제물을 차리고 굿을 시작하여 칠성을 잘 위했다.

칠성들은 잘 얻어먹어 배가 부르니 즐거웠다. 그래서 사람들은 그 곳을

'배부른 동산'이라 불렀다.

칠성들은 여기저기서 돌아다니면서 얻어먹고 얼마 동안을 잘 지내었다. 그러나 언제까지나 이렇게 다니며 얻어먹을 수도 없었다.

하루는 어머니가 일곱 아기를 불러놓고 말했다.

"우리가 이렇게 한가히 다니면서 언제까지나 얻어먹을 수도 없는 노릇이니 너희들이 각기 갈 곳을 찾아 가거라."

딸 뱀들은 각기 제가 가고 싶은 곳으로 가서 터를 잡고 신이 되었다.

이렇게 큰딸은 추수할머니로, 둘째 딸은 이방과 형방 차지로, 셋째 딸은 옥지기로, 넷째 딸은 과원할머니로, 다섯째 딸은 창고지기로, 여섯째 딸은 관청할머니로 각각 들여보냈다. 그리고는 일곱째 막내딸을 불러 물었다.

"일곱째야, 너는 어디로 가겠느냐?"

"어머님아, 저는 집 후원 귤나무 밑에 낫가리를 덮고 그 밑에 청기와 흑기와 속으로 들어가서 구시월이 되면 귤을 진상받겠습니다. 어머님, 우리 일곱 형제를 낳아 기르려고 하니 가슴인들 얼마나 답답했겠습니까? 시원한 귤을 받아 올리거든 답답한 어머님 가슴이나 시원하게 가라앉히십시오."

"설운 아기, 부모에게 효심이 크구나."

일곱째 딸은 집 뒤 칠성으로 들어서면서 생각하니, 어머니가 머물 곳이 궁금했다.

"어머님은 어디로 가시겠습니까?"

"나는 고팡(광)으로 들어가 큰 항아리 작은 항아리, 큰 뒤주 작은 뒤주 아래로, 곡식을 섬으로 지키는 이, 말로 지키는 이, 되로 지키는 이, 다 거느려서 안칠성으로 들어서서 얻어먹겠노라."

이리하여 어머니는 광의 안칠성으로 들어서서 모든 곡식을 거두어 주

섬에 사는 거인의 꿈

는 신이 되었다.

제주 뱀 신앙의 근원을 설명하는 이야기이다. 뱀은 풍요의 상징물이면서 반인간적인 속성을 지니고 있다. 성경은 인간 원죄의 모티브를 뱀을 통해 설명하고 있다. 본풀이에서 뱀은 세상으로부터 배척을 받은 존재로 나타난다. 배척을 받았기에, 인간에 대한 복수심을 갖고 있으면서도 한편 그 관계를 개선하려고 한다. 그래서 위해주는 자에게는 풍요를, 배척하는 자에게는 저주를 준다. 이렇게 뱀은 세상으로부터 배척을 받아서 결국 방황하다가 제주에 와서 좌정하게 된다.

뱀신이 된 대감집 외동딸인 예쁜 아기씨는 부모로부터 배척을 당했고, 자기를 점지해준 중으로부터 배척을 당한다. 낳은 부모도 그녀의 기구한 처지를 이해해 주지 않았고, 세속을 초월하여 살아가는 중들도 이 여자를 욕망을 채우는 대상으로 여겼을 뿐이다. 세상에 대한 한을 품은 딸이 낳은 일곱 딸들이 모두 뱀이 된다. 중의 불륜의 씨가 뱀이 되었다는 이 역설은 인간에 대한 배신과 불신을 가장 적절하게 설명하고 있다. 그들은 제주까지 왔으나 어엿한 당신堂神으로 좌정할 곳을 얻지 못한다. 그래서 결국 집안 여러 곳의 신으로 좌정할 수밖에 없었다. 이처럼 뱀신은 쫓겨온 제주 당신들 중에도 가장 한이 많고 인간으로부터 배척당한 외로운 신이다.

송당마을 당신

제주 남자 소천국은 강남에서 온 처녀와 결혼했다

소천국은 제주도 아래 송당松堂 마을 고우니마루에서 태어났고, 그의 부인 백주또 여인은 강남천자국의 백모래밭에서 태어났다.

백주또가 사람으로 태어나서 열다섯 살이 되었을 때에 가만히 천기(天氣)를 보니 배필이 될 남자는 조선 제주도 송당 마을 사람이었다.

백주또는 신랑될 사람을 찾아 제주도로 들어와 송당리로 가서 소천국과 결혼을 하였다. 부부는 아들 5형제를 낳았고, 여섯째는 임신 중이었다. 백주또는 늘 많은 식구를 먹여 살릴 것이 걱정이 되었다. 남편인 소천국은 사냥이나 하면서 살기 때문에 식량이 늘 부족했다.

"소천국님아, 아기는 이렇게 많은데 그렇게 사냥만 하고서는 어떻게 집안 살림을 할 수 있겠습니까? 그러니 농사를 지으십시다."

소천국은 부인의 말이 옳다고 생각했다. 피 아홉 섬지기나 되는 넓은 밭도 있다. 농사를 지으면 살림이 좀 나아질 것 같았다. 소천국은 아내의 말대로 농사를 짓기로 작정했다.

그날 소천국은 소에 쟁기를 지워놓고 밭으로 갔다. 백주또는 오랜만에 일하러 나가는 남편을 위해서 점심을 정성껏 차렸다. 국을 아홉 동이, 밥도 아홉 동이, 열여덟 동이를 차려서 남편을 따라 밭으로 갔다.

"점심을 소길마 아래 두고 가니, 점심때가 되면 드시오."

섬에 사는 거인의 꿈

벡주또는 집으로 돌아왔고, 소천국은 계속 밭을 갈았다.

얼마 후에 태산절 중이 지나다가 소천국에게 말을 걸어왔다.

"내가 지금 하도 배가 고파서 그러니 밭가는 분, 미안하지만, 잡술 점심이나 있거든 조금 나눠 먹읍시다."

소천국은 아침에 아내가 점심을 많이 차려서 온 것을 알고 있었다. 그래서 스님이 먹은들 얼마나 먹으랴 하고는,

"저 소길마를 들어 봐요. 거기에 내 점심이 있으니, 요기나 하시오."

중은 소천국의 말에 소길마 아래에 있는 맛있는 점심을 꺼냈다. 배고픈 김에 먹다보니, 국 아홉 동이, 밥 아홉 동이를 모조리 먹어버렸다. "덕분에 잘 먹고 갑니다."

중은 인사를 하고 가버렸다.

점심때가 되자, 소천국은 배가 고팠다. 점심을 먹으려 소길마를 걷어보니 이게 웬일인가? 밥은 한 술도 없었다. 배는 더욱 고팠다. 할 수 없이 밭 갈던 소를 때려잡아 각을 뜨고 가죽을 벗겨서 찔레나무로 고기를 구워 먹었다. 먹다보니, 소 한 마리를 다 먹어 버렸다.

그래도 배가 부르지 않았다. 다시 어디 먹을 것이 없나 해서 주위를 돌아보니, 저편에 검은 암소 한 마리가 풀을 뜯고 있었다. 소천국은 이놈도 잡아먹었다. 그제야 다소 배가 찼다.

소머리도 두 개, 쇠가죽도 두 개를 담장에 걸쳐 두고 소천국은 배때기로 밭을 갈았다. 그때 벡주또가 점심 그릇을 가지러 왔다.

"소천국님아, 어째서 배때기로 밭을 갑니까?"

"그런 게 아니라 태산절 중이 지나다가 국 아홉 동이, 밥 아홉 동이를 다 먹고 도망가 버리니 할 수 없이 밭 갈던 소를 잡아먹고 남의 소까지 잡아먹었소."

소천국은 아내에게 사정을 다 말했다.

"당신 소 잡아먹은 건 좋지만, 남의 소까지 잡아먹었으니 소도둑놈이 아니오. 내가 도둑놈하고 살 수는 없으니 따로 삽시다."

벡주또는 화를 내고 가버렸다.

그날부터 그들 부부는 각각 달리 거처를 마련했다. 부인은 한라산 쪽으로 올라가 당오름에 좌정하였고, 소천국은 좀 내려와서 송당 마을 아래 고부니마을에 거처를 마련했다.

소천국은 할 수 있는 일이란 것이 사냥밖에 없다. 벡주또와 헤어지자 좀 홀가분했다. 잔소리할 여자가 없으니 마음대로 사냥을 할 수 있었다. 하루 종일 총을 메고 한라산 기슭을 돌아다니면서 노루, 사슴, 산돼지를 잡아먹었다. 그러던 차에 해낭곳굴왓이란 데서 한 여자를 만나 첩을 삼고 새 살림을 꾸렸다.

한편, 벡주또는 이혼을 했는데 이미 아기를 배고 있었다. 낳고 보니 아들이었다. 아들이 세 살이 되자 제 애비나 찾아 주려고, 아기를 업고 소천국을 찾아갔다. 해낭곳굴왓에 움막이 있는데, 연기가 모락모락 피어오르고 있었다. 그곳을 찾아가 보니 소천국이 있었다.

업고 온 아기를 부려놓았다. 아기는 제 아버지를 곧 알아보고 소천국에게 기어가더니 어리광을 부리느라고 아버지 무릎에 앉았다. 그러더니 아버지 삼각수염을 뽑고 가슴팍을 쳤다. 소천국은 화가 났다.

"이 자식 가진 때에도 일이 잘못되어서 이혼을 하게 되더니 세상에 태어나서도 이런 불효막심하구나. 죽어야 마땅할 것이로되 그럴 수는 없고 동해바다로 띄워 버려라."

소천국은 화를 내면서 사람들에게 명령을 내렸다. 벡주또도 할 수 없었다. 모처럼 애비를 만나게 해주었는데, 이렇게 불경스럽게 굴었으니, 어쩔 도리가 없다.

무쇠상자에 세 살 된 아들을 담아 자물쇠로 잠그고 동해바다에 띄워 버렸다.

불효막심한 아들의 여정

아기가 들어있는 무쇠상자는 물결 따라 흘러가다가 용왕국에 들어가 산호초 가지에 걸렸다.

그날부터 용왕국에는 이상한 일들이 벌어졌다. 왕이 큰딸을 불러 사연을 알아보도록 했다.

"큰딸 아기야, 밖에 나가 보아라 무슨 변이 일어난 거 아니냐?"

큰딸이 나갔다 들어 왔다.

"아무 일도 없습니다."

"둘째 딸아 나가 보아라. 무슨 일이 일어난 것 같지 않느냐?"

둘째 딸도 나갔다 들어왔다.

"아무것도 없습니다."

"이제 작은딸아 나가 봐라. 틀림없이 무슨 일이 일어난 것 같다."

작은딸이 나갔다 들어와서 말했다.

"산호수 윗가지에 무쇠상자가 걸렸습니다."

용왕이 다시 큰딸에게 말했다.

"큰딸아, 어서 내려가서 그것을 내려서 갖고 와라."

그런데 큰딸이 나갔다가 빈손으로 들어왔다.

"아무리 힘써 들어도 한쪽 귀도 달싹 하지 못했습니다."

용왕은 둘째 딸에게 말했다. 둘째 딸도 나갔다가 빈손으로 들어왔다.

"작은딸아, 네가 나가서 그 무쇠상자를 내려라."

작은딸이 나갔다가 그것을 번쩍 들어 들고 왔다.

용왕은 큰딸과 둘째 딸에게 그 상자를 열도록 했다. 누구도 열지 못했다.

"작은딸 아기야, 네가 이 상자를 열어 보아라."

작은딸은 꽃신 신은 발로 세 번을 돌아가며 둘러차니 무쇠상자가 저절로 열렸다. 그런데 그 안에는 옥 같은 도련님이 작은 책상 위에 책을 가득히 놓고 읽고 있었다.

용왕국 대왕이 말을 걸었다.

"어느 나라에서 왔느냐?"

"조선국 남방 제주도에서 왔습니다."

"어찌해서 여기까지 왔느냐?"

"강남천자국에 큰 난리가 났다 해서 그 난리를 평정하러 가다가 풍파를 만나 이렇게 떠밀려 내려왔습니다."

대왕은 외모로 봐서도 범상한 인물이 아니라고 생각되었다. 사위를 삼고 싶은 생각이 났다.

"제 큰딸 방으로 드십시오."

은근히 말했다. 그러나 도련님은 대답을 안했다.

"둘째 딸 방으로 드십시오."

그래도 대답을 하지 않았다.

"작은딸 방으로 드십시오."

그제야 그는 작은딸 방으로 들어갔다. 작은딸은 음식상을 잘 차려 드렸다. 그러나 거들떠보지도 않았다.

작은딸은 아마 먹을 만한 음식이 없어서 그러는가 생각했다.

"조선국 장수님아, 무슨 음식을 잡수시겠습니까?"

작은딸이 은근히 걱정이 되어 물어보았다.

"내 나라는 비록 크지는 않지만 돼지도 잡으면 한 마리 전부를 먹고, 소도 잡으면 한 마리 전부 먹는데, 이런 식사로 어떻게 요기를 하겠는가?"

작은딸이 그 말을 아버지께 그대로 전했다.

"내가 이 나라 왕인데, 사위 한 사람 제대로 대접하지 못 하겠느냐?"

대왕은 그를 잘 대접하도록 지시했다.

날마다 돼지를 잡고 소를 잡아 석 달 열흘을 먹었다. 그러노라니, 용왕국 동편 창고가 비었고, 또 며칠이 지나니 서쪽 창고가 다 비게 되었다. 대왕은 이거 큰일 났다고 생각했다. 이 사위를 그대로 두었다간 나라가 망할 듯했다.

"여자라 한 것은 출가외인이니 남편 따라 나가거라."

용왕국 대왕은 생각하다가 막내딸을 불러 사위와 함께 나가도록 했다. 다시 무쇠상자에 막내딸 부부를 들여놓아 잠그고서 물 바깥으로 띄워 버렸다.

쫓겨난 대식가가 공을 세웠다

무쇠상자는 강남 천자국 하얀 모래밭에 떠올랐다.

그날부터 강남천자국에 이상한 일들이 나타나기 시작했다. 왕은 걱정이 되어 시종을 시켜 조사해 보도록 했다.

모래밭에 무쇠상자가 하나 떠올랐는데, 거기에서 이상한 일들이 일어난다는 것이다.

"점쟁이 황 봉사를 불러라."

황봉사는 점을 잘 치는 유명한 점쟁이였다. 그가 사정을 듣고 점을 쳤다.

"이 무쇠상자 안에 귀한 분이 있습니다."

"어떻게 하면 무쇠상자를 열 수 있겠느냐?"

"이것을 열려면 천자님이 왕복을 입으시고 향을 피워 북향 사배를 드려야 열리겠습니다."

왕은 점쟁이 말대로 했다.

무쇠상자가 열려졌다. 안에는 옥 같은 도련님과 아기씨가 앉아 있었다.

"어느 나라에서 오셨습니까?"

왕이 정중히 물었다.

"나는 조선 남쪽에 있는 제주도에서 왔습니다."

"어찌하여 오셨습니까?"

"이 나라에 큰 난리가 날 것을 알고서 난을 평정하러 왔습니다."

마침 남쪽과 북쪽에 있는 적들이 이 나라를 자주 침공해 와서 왕으로서도 걱정하던 참이었다.

왕은 이 젊은이 부부를 궁 안으로 모셔 정중하게 대접했다.

우선 그에게 무쇠 투구에 갑옷을 입히고, 활과 창검을 내어 주고 주위에서 쳐들어오는 적들을 물리쳐 달라고 부탁했다.

장수는 대병을 거느리고 싸움판으로 나아갔다. 처음 싸움에서는 머리가 둘 달린 장수를 쳐 죽였다. 두 번째 싸움에서는 머리가 셋 달린 장수를 쳐 죽였다. 세 번째 싸움에서는 머리빡 넷 달린 장수를 무찔러 죽였다. 이제는 다시 쳐들어올 장수가 없었다.

왕이 궁정 회의를 열고 이 장군을 포상하려 했다.

"이런 장수는 천하에 없구나. 이 나라 땅 얼마를 드릴 테니 그 땅의 왕이 되어서 사십시오."

왕이 간곡하게 청했다.

"그런 것 싫소이다."

"그러면 천금 상을 드리고 만호후에 봉하리다."

섬에 사는 거인의 꿈

"그것도 싫소."

"그러면 소원을 말하십시오."

"저는 본국으로 가겠습니다."

"알겠소. 그러면 우리가 배를 준비하고 떠나는 데 지장이 없도록 해드리지요."

그날부터 나라에서는 좋은 제목을 베어서 큰 배를 한 척 짓고, 산호수와 쌀과 일용품 등을 마련하였다. 그리고 많은 군사로 하여금 호위하여 모시도록 했다.

장군 일행은 지하 용왕국을 하직하고 조선으로 나왔다.

고향으로 돌아온 장수

제주 바다로 들어오니 마침 썰물 때였다. 제주 동쪽 끝 우도牛島라는 섬에 내렸다. 섬을 둘러보니 말과 소들만 사는 곳이었다.

"뭍으로 가자"

다시 배를 띄워 종달리 마을에 내렸다. 그곳은 소금밭이었다.

한라산 쪽으로 올라가기로 했다. 가다보니, 그곳은 예전에 아버지 소천국과 어머니 벡주또가 살았던 곳이었다.

어느 날 소천국과 벡주또는 소란스러운 총소리에 깜짝 놀라 하녀를 불렀다.

"어찌하여 총소리가 어지럽게 나느냐?"

하녀가 나가 보았더니, 웬 장군이 군사들을 거느리고 마을로 다가오면서 마구 총을 쏘는 것이었다. 가만히 보니, 그 장수가 그 옛날 무쇠상자에 가둬놓고 바다로 띄워 보낸 소천국 아들이었다. '이거 큰일 났구나' 생각하고는 소천국에게 가서 사정을 말했다.

"세 살 적에 죽으라고 무쇠상자에 담아 띄워 버린 아드님이 아버지를 치러 들어옵니다."

그러나 소천국은 그 말을 믿지 않았다. 그 일이 언젠데, 그리고 무쇠상자는 이미 바다 속에 가라앉아 녹이 쓸어서 없어졌을 텐데, 말이 되는 소리가 아니었다.

"이년, 고약하구나. 어느 안전인데 거짓말을 하느냐? 그 아들이 살아올 리가 만무하다."

그 말이 끝나기도 전에 가까이서 총소리가 요란하게 들렸다. 곧이어 죽은 줄만 알았던 여섯째 그 아들이 들어왔다. 소천국은 겁이 나서 도망쳤다.

아들이 뒤를 쫓아갔다. 소천국은 송당 마을 아래편에 있는 언덕에서 죽어 당신堂神이 되었다. 그리고 어머니 벡주또도 도망치다가 송당 마을 위에 있는 당오름에서 죽어 당신이 되었다.

이 이야기는 송당 궤눼깃당신의 내력담인데 제주의 역사를 잘 설명해 주고 있다. 제주가 수렵문화에서 농경문화로 이행되는 과정에서 나타나는 갈등과 충돌을 여과하지 않고 드러내었다. 사냥으로 살아가는 소천국은 수렵문화를, 남방에서 온 벡주또 마누라는 농경문화를 상징한다. 문화와 문화가 어우러질 때에는 충돌이 일어나기 마련이다. 그런데 상층계층에 의해서 이루어진 삼성신화에서는 이 두 문화의 어우러짐이 화해의 양식으로 나타난다. 세 신인은 오곡의 씨를 갖고 온 남방 공주를 맞아 부

섬에 사는 거인의 꿈

부가 되어서 제주문화를 이루어 나간다는 것이다.

어떤 문화현상을 설명할 때에 상층계층의 의식은 이념적이지만, 일반 민중의 의식은 사실적이다. 그래서 본풀이는 두 문화의 충돌을 그대로 설명하고 있다. 또한 이 본풀이에서는 아버지를 거역하는 아들의 모습을 만날 수 있다. 그는 대식가여서 어디 가서도 수용될 수 없다. 그런데 그를 알아보는 것은 막내딸이다. 이러한 반 장자의 논리, 기존 가치에 대한 부정적 인식을 이 이야기에서 읽을 수 있다. 그것은 단순히 부정함으로 끝나지 않고, 새로운 것을 창조하는 계기가 된다는 것이다. 이 본풀이는 맨 나중에 소천국 가족들이 각각 송당 지역 여러 곳에 좌정하여 당신이 되었다는 것으로 끝나는데, 제주문화 형성 과정을 설명하는 서사가 중심을 이루고, 그러한 서사가 당신의 내력을 만들어내었다. 더구나 소천국의 막내, 작은 섬에 좌정한 신이 대식가라는 점은 의미 있다. 못 먹은 귀신의 이야기, 배를 채우지 못한 귀신의 이야기는, 욕망의 결핍을 상징한다. 일반 설화에서도 이 모티브가 자주 등장한다.

토산兎山 여드렛당 뱀신

용기 있는 목사에게 쫓겨난 토지土地신

표선면 토산 마을 여드렛당신의 내력이다.

이 신은 원래 전라도 나주 금성산에서 태어났다.

옛날 나주 고을에 목사가 부임해 오면 백 일을 채우지 못하여 파직이 되어 돌아갔다. 그래서 이곳에 목사로 올 사람이 없었다.

그때 양 목사가 조정에 자청하였다.

"나를 목사로 보내준다면 석 달 열흘 백 일에 윤삭을 다 채우리다."

그는 이렇게 장담하고 나섰다. 목사 할 사람이 없던 터라 조정에서는 그를 나주 목사로 임명하였다.

양 목사는 여러 관속 육방과 하인을 거느리고 요란스럽게 나주로 향하였다. 나주 금성산 앞을 지날 때였다. 통인이 앞을 막아섰다.

"사또 나리 송구스러운 말씀입니다만, 사또께서 하마下馬를 하십시오. 이 산에는 영기靈氣가 센 토지관土地官이 있습니다."

통인이 간곡하게 말했다.

"야 이놈아, 마을에 토지관이 하나지 둘이 될 수 있겠느냐?"

목사는 자기가 이 왕의 명령을 받고 지방의 행정을 도맡아하는 처지인데, 땅을 관리하는 관원이 다시 있다니 화가 치밀었다. 그래서 통인의 권유도 뿌리치고 말을 탄 채로 앞으로 나아갔다. 얼마 가니 말이 더 앞으로 나가지 않았다. 채찍질을 했으나 말이 발을 절어서 더 걷지 못했다.

"이것이 영험 때문이냐?"

목사는 약간 겁도 났다.

"그렇습니다."

목사는 날쌘 부하들을 거느리고 금성산 토지관이 있다는 곳으로 올라갔다. 과연 딴 세상이 나타났다.

청기와 집에 달나라의 선녀 같은 아기씨가 반달 같은 얼레빗으로 윤기나는 긴 머리를 슬슬 빗고 있었다.

"어느 것이 귀신이냐?"

사또가 호통을 쳤다.

"저것이 귀신입니다."

누가 그 선녀 같은 아기씨를 가리켰다.

"귀신이 사람이 될 리가 있겠느냐? 원래 네 모습으로 환생해 보여라."

순간 그 아기씨는 위턱이 하늘에 붙고 아래턱이 땅에 붙은 큰 뱀이 되었다.

"더럽고 더럽구나. 이 마을에 총질 잘하는 포수가 없느냐?"

사또는 동행한 군사에게 물었다.

"있습니다."

"그 포수들을 불러다가 사방에 불을 질러 저 뱀이 앉을 데도 설 데도 없도록 해라."

그렇게 영을 내리고 사또는 내려와 버렸다. 포졸들이 금성산 사방에 불을 질렀다. 불길이 산 정상을 향해 번져나갔다.

뱀으로 변해있던 토지신은 곧 금 바둑돌과 옥 바둑돌로 변하여 서울 종로 네거리에 떨어졌다.

토지신이 변신하여 제주에 들어왔다

이즈음에 제주목에서는 강씨 이방과 오씨 형방, 한씨 병방이 미역과 전복 등 진상품을 준비하고 조정에 진상하러 서울로 올라오고 있었다. 그들은 서울 종로 네거리로 다니다가 우연히 이 바둑돌을 줍게 되었다. 강씨 이방, 오씨 형방, 한씨 병방은 예전과는 달리 진상이 수월하게 잘되었다. 이렇게 된 것은 바둑돌이 도와주었기 때문이었다.

제주 아전들은 진상을 잘 끝내고 제주도로 돌아오게 되었다. 처음에는 이 바둑돌이 신기한 것 같아서 소중히 간직했으나, 탐진耽津에 와서 제주도로 돌아오려고 할 때에는 그것들이 대단한 것 같지 않아 던져 버리고 배를 타 떠나려 했다. 그런데 웬일인지 갑자기 바람이 거세어지면서 배를 띄울 수 없었다. 조금 기다리니 바람이 잔잔했다. 다시 배를 띄우려 하였다. 다시 바람이 거세어졌다. 바람이 잔잔해졌다가 다시 거세어지고 이렇게 되풀이되었다.

아전들은 틀림없이 무슨 연고가 있다고 생각하고는 탐진에서 유명하다는 점쟁이를 찾아갔다.

점쟁이는 점괘를 보더니,

"강씨 이방 어른, 갖고 계신 보자기를 풀어보십시오. 난데없는 보물이 있을 것이니, 굿을 하면 영주 땅으로 가는 바다에 실바람이 사르르 불어오고 뱃길이 순탄할 듯하옵니다."

아전들은 점쟁이의 말대로 보자기를 풀어 보았다. 아니, 이게 웬일인가? 쓸모없다고 던져 버렸던 바둑돌들이 거기에 있었다.

신통하다고 생각하면서 한편으로는 두렵기도 했다.

점쟁이 말대로 굿을 했다. 제주로 가는 바다가 잔잔했고, 배가 순항하기에 좋을 만큼 실바람이 불어오는 것이었다. 아전들은 무사히 제주 한

섬에 사는 거인의 꿈

라산 남쪽 열눈이 마을로 들어왔다. 포구에 배를 대자 바둑돌은 어느 사이에 꽃 같은 아기씨로 변하여 배에서 떠나버렸다.

아기씨는 그 마을 당신인 맹호부인에게 인사를 드렸다. 이 마을에 머물수 없는지 여쭈어 보았다.

"이 마을에 토지관은 하나이지 둘이 될 수 없다. 땅도 내 땅이요 물도 내 물이다. 자손도 내 자손이 되었으니 어서 나가거라."

맹호부인은 이들을 마을에 머물게 하지 않았다. 자기 권한을 나눠 줘야 하기 때문이다.

"그러면 어디로 가면 임자 없는 마을이 있겠습니까?"

"해돋이 방위로 토산으로 가 봐라."

아기씨는 이 마을을 벗어나 삼달리 마을을 거쳐 하천리 마을 쪽으로 나갔다. 이때 하천마을에 좌정하고 있던 '개로육서또'가 높은 동산에 앉아 바둑을 두다가 달나라 선녀 같은 이 아기씨가 지나가는 것을 보았다.

"참 이쁜 여자구나. 남자의 기개로 그냥 둘 수 있으랴. 어서 쫓아가자."

개로육서또는 아기씨를 따라 토산 서쪽 방향으로 달려갔다. 쉽게 아기씨를 만날 수 있었다. 너무 좋아서 앞에 걸어가는 은결 같은 아기씨 팔목을 덥석 잡았다.

"얼굴은 양반인데, 행실은 괘씸하구나. 더러운 놈 잡았던 팔목을 그냥둘 수 없다."

아기씨는 개로육서또를 쳐다보면서 지니고 있던 장도칼을 꺼내어서 제 팔목을 싹둑 잘라버리는 것이었다. 그 광경을 본 개로육서또는 간담이 서늘했다.

"모진 여자로군."

사내는 마음을 고쳐먹고 되돌아서 버렸다.

아기씨는 한쪽 팔이 댕강 잘렸는데도, 조금도 아파하지 않고 지니고 있던 전대로 상처 난 곳을 감싸고 토산 마을 메뚜기마루 쪽을 향했다.

얼마 동안 걸어가다 보니, 그곳이 보였다. 그만하면 터 잡고 있을 만한 곳이었다. 그래서 그곳에 눌러앉기로 마음을 결정했다.

그곳에 터를 잡고 이제는 용왕국에 인사차 들어갔다.

용왕국 황제가 한쪽 팔에 상처가 난 내력을 물었다.

"어찌하여 네 몸에선 피가 나느냐?"

"예 하천이 개로육서또가 언약 없이 제 팔목을 잡길래 은장도로 부정한 부분을 깎아 두고 왔습니다."

"허허 잘못했구나. 개로육서또 말을 들었으면 앉아도 먹을 만큼 서도 먹을 만큼 한 자식을 얻을 것이었는데, 말을 듣지 않았구나."

용왕은 도리어 그녀를 꾸짖었다. 아기씨는 용왕의 말이 서운했다. 그러나 아니 들을 수도 없었다. 그와 결합하는 것이 좋다고 했으니, 안 들을 수도 없었다.

토산으로 올라온 아기씨는 개로육서또를 불렀다. 한 번 불렀으나 응답이 없었다. 두 번 부르고, 세 번 불러도 소식이 없었다.

그래도 아기씨는 토산 메뚜기 동산에 터를 잡고 지내었다.

얼마간 세월이 흘렀다.

어느 날 아기씨는 입던 의복들을 거두어 지고 하녀를 데리고 바다로 빨래를 하러 갔다.

그때 같이 가려던 하녀가 놀라 소리를 질렀다.

"저기 보십시오. 검은여로 도둑이 들어옵니다."

당황하며 말했지만 아기씨는 대단하게 생각하지 않았다. 때마침 왜놈의 배가 앞바다로 지나다가 돌풍을 만나 산산조각이 났다. 배에 탔던 선원들이 뭍으로 올라오는 것이었다.

조금 있더니 이들이 옆 동네에 있는 올리소沼 근처까지 다다랐다.

"상전님아 저기 보십시오. 도둑이 바로 여기까지 당도했습니다."

그제야 아기씨와 하녀는 물이 질질 흐르는 빨래를 거두어 담아 짊어졌다. 하녀가 짐을 진 채 도망쳤다.

"상전님아 치마 고름이 풀어집니다."

"치마 고름이 풀어지고 허리 고름이 풀어지고 내 몸이나 감추어 보자. 볼기가 나온들 밑이 나오며 밑이 나온들 볼기가 나오랴. 어서 닫자."

죽을 힘을 다해 달려서 묵은 각단(띠)밭에 이르렀다.

"상전님아 머리맡으로 꿩이 납니다."

"꿩이 날건 새가 날건 어서 달아나자."

왜놈들이 뒤를 쫓아왔다. 거의 붙잡힐 지경에 이르렀다. 아기씨는 다급한 김에 꿩이 숨었던 자리에 머리라도 숨겨 보자고 굽혔다. 놈들은 어느새 뒤로 달려들어 은결 같은 팔목을 부여잡고 연적 같은 젖통을 부여잡는 것이었다.

결국 아기씨와 하녀는 이들에게 몸을 버렸다. 추한 몸으로 살아갈 수 없다하여 왜놈이 물러간 다음에 스스로 목숨을 끊었다. 마을 사람들은 이들의 시신을 예물동산에 쌍묘로 고이 매장했다.

얼마 지나지 않아 아기씨 혼령은 가시리 마을 강씨 집 외동딸에게 의탁되었다. 강씨 아기는 보리방아를 찧다가 갑자기 머리를 풀어 헤치고 정신을 잃어 일가 친족도 몰라보는 것이었다. 집안에서는 점을 치러 갔다.

"신이 내렸으니 큰굿을 하시오."

별수 없이 날을 정하여 큰굿을 시작하였다. 정신을 잃었던 딸아기가 일어났다.

"아버님아, 어머님아. 누구를 위한 굿입니까?"

새삼스럽게 묻는 것이었다.

"너를 살리려는 굿이다."

"무당아, 누구 살리려는 굿이냐?"

"아기씨 상전 살리려는 굿입니다."

"나를 살리려는 굿이면 연갑을 열어 보면 아버님 첫번 서울 갔다 올 때 가져온 명주가 있을 것이니, 그것을 마흔 대 자 끊어 놓아 내 간장을 풀어 주십시오. 서른 대 자 끊어 내어 내 간장을 풀어 주십시오."

아기씨 말대로 명주를 풀어 보았다. 명주 틈에 작은 뱀이 뻣뻣이 말라 죽어있었다.

"이것을 어찌하면 좋아요. 백지 한 장 주십시오."

심방은 백지에다 뱀 대가리와 그 모습을 그려놓고 굿을 하여 만판놀이를 해대었다.

"이만 해도 신병에 좋지 않겠습니다. 뒤에 군졸들이 있으니 대접을 해야겠습니다."

심방의 말대로 소를 끌어내고 닭을 잡아 왔다. 소를 잡고 닭을 잡아 바쳐 큰굿을 하다가 심방은 배를 지어 뒷맞이를 해야 병이 시원히 낫겠다고 했다.

깊은 산에 올라가 나무를 베어다가 배를 지어놓고 버섯, 우유, 유자, 고사리, 전복, 천초 등 제주 명산물을 가득히 실어 배를 띄워 가니 영주 바다에 실바람이 사르르 일고 신병이 씻은 듯이 좋아졌다. 이 뱀신에게서 걸린 병은 이렇게 해야 낫는 법이다.

◤ⓐ

금성산에서 흉험凶險이 큰 뱀신은 용기 있는 목사 때문에 쫓겨 다니면서 그를 돌봐주는 사람들에게 액운을 없애주고 풍요를 준다. 그러나 그

신에게는 고난이 계속 따른다. 제주에 들어오는 과정이 그렇고, 제주에 들어와서 좌정할 마을을 찾아가는 과정에서도 계속 고난을 당한다. 순결을 생명처럼 생각하는 여성신들이었지마는 사내들의 폭력 앞에서는 당할 수가 없었다. 그렇게 당한 원한을 흉험을 통해서 세상에 자신의 존재를 알린다. 뱀신이 세상에 대한 원망이 크면 클수록 흉험도 크고 그에 따른 보상도 크다.

이 본풀이는 제주 각 마을에 좌정하여 마을 사람들과 공생하는 마을 당신의 존재성을 밝혀주고 있다. 이들은 많은 고통과 시련을 겪은 쫓겨 온 신들이었다.

나주羅州 기민창饑民倉 조상신

옛날 순흥에서 삼형제가 제주에 내려와서 정착했다.

세 형제 중에 막내가 선흘 마을에 터 잡아서 살았는데, 날로 재산이 늘고 그 자손도 번창했다. 그 후손들이 조천朝天 마을에 살게 되었다.

처마 높은 청기와집에 전답이 많았고, 또 선박도 많이 부렸다. 상선이 아홉, 중선도 아홉, 하선도 아홉 척을 부리니, 그를 가리켜 사람들은 '안씨 선주'라 불렀다. 안씨 선주는 천하 거부로 살면서 마음씨도 고와서 조천면 일대에 사는 가난한 백성들에게 배를 빌려 주어 포구마다 안씨 선주의 배로 가득 찼다.

이즈음에 제주에는 칠 년 가뭄이 들었다. 농사를 짓지 못하는 밭마다 먼지가 보얗게 올랐다. 백성들이 굶어죽게 되었다.

제주 목사는 걱정이 태산 같았다. 어느 날 '조천 안씨 선주의 재산이면 제주 백성이 사흘은 먹고 남을 것이라'는 소문이 목사 귀에 들어갔다. 목사는 사령을 시켜 안씨 선주를 동헌으로 불러들였다. 안씨 선주는 죽는 줄 알고 목사 앞에 엎드렸다.

"너를 오라고 한 것은 다름이 아니라, 우리 제주 백성이 흉년으로 굶어죽게 되었는데 소문을 들으니 네 재산이 우리 제주 백성이 사흘 먹을 만큼은 된다고 하니 사실이냐?"

"예, 그게 사실입니다."

안씨 선주는 마음이 놓였다.

섬에 사는 거인의 꿈

"그러면 이 제주 백성을 살려 볼 도리는 없겠느냐?"

"저의 힘닿는 데까지 노력하겠습니다."

그렇게 목사와 약속을 하고 물러나왔다.

집에 온 안씨 선주는 빌려 줬던 배들을 다 거두어 들였다. 그리고 집안 궤에 있는 모든 돈을 다 쓸어내어 모든 배를 다 동원하여 쌀을 사러 육지로 떠났다.

배를 영암 덕진 다리에 붙이고서, 팔도강산을 다 돌아다니며 쌀을 사려고 했으나 쌀이 없었다.

그렇게 돌아다니다가 나주 고을에 들어섰다.

안씨 선주는 주막에 앉아 한숨을 내쉬며 약주를 들이키고 있었다. 마침 옆에 소박한 양반이 한 사람 와서 같이 약주를 들게 되었다. 양반은 안씨 선주에게 말을 걸어왔다.

"어데서 온 양반이관데 그리 수심이 있습니까?"

"저는 제주 조천에 사는 선주인데, 제주 백성 살리고자 쌀을 사려고 하나 팔아줄 쌀이 없어 걱정이 태산 같습니다."

말을 듣던 그 사람이 희색이 만면하여 말을 이었다.

"나는 나주 기민창을 관리하고 있는데, 삼 년 묵은 쌀을 팔아서 그 돈을 보내라고 하는데, 팔리지 않아서 걱정을 하고 있습니다. 피차 잘되었네요."

안씨 선주는 날듯이 기뻤다. 곧 그 쌀을 사기로 하고 배에 실을 준비를 서둘렀다. 먼저 창고의 쌀을 얼마간 꺼내어 막걸리를 만들어 거리거리 골목골목마다 바가지를 띄워 놓았다. 나주 백성들이 가는 사람 오는 사람마다 한 바가지씩 떠먹고 지나갔다. 일주일이 되어 가니 나주 백성들은 그 술이 누구의 술임을 다 알게 되었다. 거리마다 안씨 선주를 도와줘야겠다는 공론이 나돌았다. 쌀을 실을 날이 돌아왔다. 막걸리를 먹은 나주 백성들이 구름같이 모여들어 쌀을 어렵지 않게 배에 실어 주었다. 바다 바람도 잔잔했다.

선주는 나주 백성들과 작별하고 배에 깃발을 올렸다. 북을 세 번 쳐 울리고 배를 띄우는 순간이었다.

안씨 선주는 배 위에 앉아 전송하는 나주 사람들에게 손을 흔들다 보니 갑사댕기에 머리를 땋아 늘인 처녀아기씨가 발판으로 배에 올라오는 것이 언뜻 보였다.

"어떤 처녀가 대바구니를 옆에 끼고 외씨 같은 발자국으로 배에 올라오는가? 나주 고을 숫색시가 나하고 이야기나 나누려고 올라오는 건가?"

안씨 선주는 이렇게 생각하며 배 안을 여기저기 찾아봤다. 그런데 순식간에 그 아기씨는 종적을 감추어 버렸다.

"참 이상한 일도 다 있구나. 내가 헛것을 보았는가?"

이렇게 생각하며 물때가 되었으므로 배를 띄웠다.

바다가 잔잔해서 뱃길이 순탄하였다.

제주 한라산이 보였다.

그런데 그렇게 잔잔하던 바다에 회오리바람이 치더니 산 같은 파도가 밀어닥치기 시작했다. 가득 실은 쌀가마니들도 문제였다. 배가 요동칠수록 가마니들이 굴러다녔다. 그런데 그만 뱃전 밑으로 구멍이 터졌다. 귀중한 쌀섬이 물에 잠기기 시작했다. 안씨 선주는 눈물을 흘리며 하늘을 향해 빌었다.

"명천 같은 하늘님아, 이 무곡이 들어가야 제주 백성 다 살릴 게 아닙니까. 명천 같은 하늘님아, 어서 아무 탈 없이 제주 땅으로 인도해 주십시오."

두 손 모아 빌고 있더니 가라앉던 배가 둥둥 뜨기 시작했다. 이상한 일이었다. 안씨 선주는 터진 구멍을 가보았다. 이게 웬일인가? 무지무지하

섬에 사는 거인의 꿈

게 큰 뱀이 뱅뱅 서리어서 물구멍을 꽉 막고 있었다.

"우리 조상님이 분명하다."

안씨 선주는 입속으로 중얼거렸다. 배는 무사히 조천 포구에 닿았다. 안씨 선주는 얼른 배에서 내려 집으로 달렸다. 환영 나온 사람들의 인사를 받을 겨를도 없었다. 곧 목욕하고 향불을 피워 들고 제물을 차려 포구로 달려갔다.

"조상님아, 조상님아 우리 조상이거든 어서 발판을 내려서 집으로 가십시다."

꿇어앉아 빌었으나 뱀은 움직이려 하지 않았다. 안씨 선주는 어쩔 줄을 몰라 그 앞에 지켜 앉았다. 날이 어둡고 밤이 깊어갔다. 이경이 넘어가니 그제야 뱀은 몸을 움직이어 뭍으로 내려왔다. 안씨 선주는 길을 인도하여 집으로 안내했다. 뱀은 집안 울타리 안을 휘휘 한 번 둘러보고는 다시 포구 쪽 새콧알로 내려갔다. 선주는 다시 그 뒤를 따라 내려갔다. 새콧알까지 내려간 뱀은 다시 가만히 머문 채 움직이지 않았다. 안씨 선주는 곁에 지키고 앉아 밤을 새우기로 했다.

시간이 흐르자 안씨 선주는 깜박 잠이 들었다.

"선주들아, 선주들아 고단하여 잠이 들었구나. 나는 나주 기민창 동서남북 창고를 지키던 조상이다. 기민창고가 비어가니 내 갈 길이 없어져 쌀을 따라왔다. 안씨 선주 집안을 돌아봐도 내 몸 감출 데가 없어져 내 갈 데로 갈 터이니 송씨 선주 중단골, 박씨 선주 하단골을 맺어 삼명일, 기일제사와 일 년 한 번 철갈이로 나에게 상을 바치면 좋은 재산 일으켜 주고 천하 거부 시켜 주마. 나는 조천관 새콧알로 좌정하여 가는 배, 오는 배, 삼천 어부, 일만 잠수 차지하겠노라."

선주는 깨고 보니 꿈이었다. 뱀은 새콧알의 굴속으로 몸을 감추고 들어가고 있었다.

이렇게 하여 가는 배, 오는 배, 삼천 어부, 일만 잠수를 차지하고 정월엔 신과세를 받고 큰굿을 하면 큰 밭을 사고, 작은 굿을 하면 작은 밭을 사게 해주는 새콧할망이 되었다.

또한 안씨 선주는 상단골에서는 고팡(광)에 이 신을 '부군칠성'으로 모셔서 명절과 기일제사 때마다 메 한 그릇 정성을 다하여 바쳐왔다. 그래서 자손을 번성시키고 거부가 되게 도와주던 조상이 되었다.

칠성신(뱀신)은 원래 원한의 신이면서 풍요의 신이었다. 그가 세상으로부터 당한 원한도 많은데, 그럴수록 그를 인정해서 도와주는 인간들에게 후한 값을 치른다. 이러한 뱀신은 인간의 원초적인 욕망의 이미지와 겹친다. 그래서 일부 제주 사람들은 뱀신을 풍요의 신으로 섬겨왔다. 그런데 이 뱀신의 변형으로 나주 기민창 신이 나타난다. 그곳은 굶는 백성을 살리기 위해 쌀을 보관하는 공간이기에, 그곳을 지키는 뱀신이 제주백성을 살리기 위해 애쓰는 안씨 선주를 도와주게 된 것이다.

이 뱀신은 제주의 뱀 당신의 내력담과 다르다. 이 뱀신은 고난의 모티브가 없이 풍요의 신으로만 형상화되어 있다. 이것은 뱀신의 풍요성만을 강조한 또 다른 변형이다. 그래서 선량한 사람과 그 집안을 도와주는 신으로 좌정하게 된 것이다.

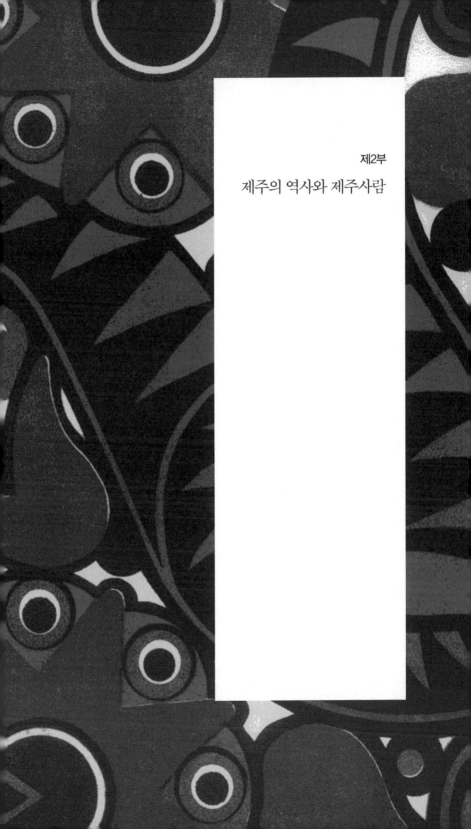

제2부

제주의 역사와 제주사람

세 신인神人과 남쪽 나라 공주

제주에서 세 신인神人이 태어나 제주의 역사를 이루어 놓았다. 이들은 고을라高乙羅, 양을라梁乙羅, 부을라夫乙羅라 한다. 이 세 신인은 한라산 기슭에서 사냥을 하며 생활했다. 하루는 이 세 신인이 의논을 하였다.

"우리 셋이 앞으로 이 섬에서 살아가는데 서로 다투지 않기 위해서 살 구역을 정하도록 합시다."

구역을 정하고 자기 구역에서 생활하면서 일이 생길 때면 다른 구역과 의논해서 서로 도우면서 살아가기로 약속했다.

"어떻게 정하면 좋을까?"

서로 의논 끝에 각자가 활을 쏘아 그 화살이 떨어지는 곳에 자기 터를 잡기로 했다. 그래서 그들은 태어난 지금의 삼성혈에서 활을 쏘았다. 부을라가 쏜 화살이 떨어진 곳을 제삼도三徒라 했고, 양을라가 쏜 화살이 떨어진 곳을 제이도二徒라 했다. 그리고 고을라가 쏜 화살이 떨어진 곳을 제일도一徒라 했다. 그들은 각기 태어난 삼성혈 토굴을 떠나 제 구역을 차지해서 생활했다.

하루는 세 신인이 사이좋게 한라산 남쪽으로 사냥을 나갔다. 한나절 말을 달리면서 활을 쏘아 사냥을 하는데 먼 앞바다에서 이상한 징조가 보였다.

바다에 금빛이 찬란하게 펼쳐지더니 세 신인의 눈앞이 어지러웠다. 다시 눈을 씻고 보니, 바다에 무엇이 떠 있었다.

"저게 무엇인가?"

양을라가 두 신인에게 물었다.

"배가 아닌가? 그런데 저러한 배도 있는가? 눈이 부시는데."

부을라도 처음 보는 일이었다.

"가까이 가 봅시다. 아마 좋은 일이 벌어질 것 같은데……."

고을라가 두 신인을 쳐다보면서 말했다. 신인들은 호기심이 잔뜩 부풀었다. 바다에서 금빛이 찬란한 배가 나타났으면, 그 배에는 귀한 무엇이 있을 것이라고 짐작되었다.

셋은 말을 달려 바닷가로 내려갔다.

바다를 찬란하게 물들였던 금빛은 사라지고 그 자리에 커다란 상자가 떠 있었다.

세 신인은 서로 얼굴을 쳐다보았다.

"저 상자는 돌로 되었는데, 돌이 물 위에 떠있다니 이상하지 않는가?"

부을라의 말에 모두들 그렇게 생각했다. 찬란하게 빛나던 금빛이 사라진 것도 이상하지만, 돌로 된 상자가 바다에 떠있다는 것도 예사일이 아니었다.

"저 안에는 무언가 귀중한 것이 들어있을 거야."

양을라가 말하자 모두들 고개를 끄덕였다.

차츰 그 상자는 바닷가를 향해 가까이 다가왔다. 상자는 보통 상자가 아니었다. 큰 배였다. 단지 뚜껑이 닫혀 있어서 상자같이 보였던 것이다. 세 신인은 정신없이 그 상자가 가까이 다가오는 것을 쳐다보기만 했다. 어느새 그 상자가 뭍에 닿았다. 그 바람에 세 신인이 놀라서 고함을 질렀다. (그래서 온평리 바닷가 이름을 '쾌성개'라고 한다.) 지금까지 이 섬에는 세 신인 외에는 사람이라고는 없었다. 그리고 바다를 건너 섬 밖에서 아무도 찾아오지 않았다.

섬에 사는 거인의 꿈

그런데 이 배와 같은 상자가 나타난 것이다.

"아니?"

뭍에 닿은 큰 돌 상자 덮개가 열려졌다. 그리고 관복을 입은 사람이 말을 타고 뭍에 내렸다. 세 신인은 입을 떡 벌리고 아무 말도 하지 못했다. 그 뒤로 세상에 나와서 처음 보는 아름다운 세 처녀가 뒤따라 뭍으로 올라왔다. 그 처녀들은 모두 작은 상자를 하나씩 들고 있었다. 그리고 그 뒤로는 지금까지 사냥터에서 볼 수 없었던 짐승들이 뒤따랐다.

맨 앞장섰던 사내가 정중하게 세 신인 앞에 멈춰서더니 무릎을 꿇고 허리를 숙여 인사를 드렸다.

"저는 저 남방국에서 이 탐라 세 신인을 뵈오러, 세 공주님을 모시고 온 국왕의 신하이옵니다."

자신을 남방국 사신이라고 소개했다. 이 사신은 세 신인을 이 탐라의 왕으로 알고 있었다.

"무슨 일로 우리를 찾아오셨소."

부을라가 물었다.

"국왕께서 탐라국 신인을 뵙고, 이 세 공주님과 결혼을 하시도록 명을 받고 왔습니다."

"결혼을 하라고?"

고을라가 소리를 질렀다. 벌써부터 첫눈에 그 아름다운 모습에 정신을 빼앗기고 있었다. 세상에 태어나 여자를 처음 만나게 된 것이다.

"결혼을 하시고 농사를 지으면서 사시도록 일할 가축과 오곡의 씨도 보냈습니다."

"농사를 지으라고? 우리는 이 한라산에서 사냥을 해서도 충분히 살아갈 수 있는데."

양을라는 사신의 말을 이해할 수 없었다.

"황공하온 말씀입니다만, 지금은 사냥을 해서도 살아갈 수 있지만, 앞으로 자식을 낳고 식구가 점점 많아지면 농사를 지어야 합니다."

사신이 간곡하게 말했다.

"우리는 농사를 지을 줄 모르는데……."

부을라는 아무래도 사신의 말을 믿을 수 없었다. 그러나 아름다운 여자들과 결혼을 하고 함께 살게 된다는 말에는 즐거웠다.

"남방국 천왕께서 그렇게 우리를 생각했다니, 우리로서도 받아들이지 않을 수 없지요."

고을라가 두 신인을 돌아보고서 말했다.

"감사합니다. 앞으로 이 탐라국이 번성할 것을 믿습니다."

이제 사신의 말을 모두 믿고 그대로 하기로 세 신인은 작정했다.

세 신인은 세 처녀를 각각 자기 말에 태우고 갖고 온 가축과 오곡 씨를 가지고 뭍으로 올라왔다.

바닷가에서 조금 떨어진 곳에 맑은 물이 가득 찬 아름다운 못이 있었다.

"우리 여기에서 새로 시작하기 위해서 목욕을 하고 결혼 예식을 합시다."

양을라의 제안에 세 신인과 세 처녀는 맑고 깨끗한 연못에서 목욕을 했다.

"우리는 지금까지 갖고 있었던 몸을 새롭게 하기 위해서 목욕을 하는 겁니다. 우리도 이제는 사냥을 그만 두고 농사를 지으면서 살게 될 것이고, 세 처녀들도 남방국의 공주가 아니라, 우리와 결혼을 하면 탐라국의 어머니가 되는 것이니, 그렇게 변하기 위해서 목욕을 하는 겁니다."

부을라가 목욕을 해야 되는 이유를 설명했다. 모두들 그 말을 받아들였다. 셋은 즐겁게 몸에 묻어 있던 지금까지의 생활을 다 씻어 내렸다.

섬에 사는 거인의 꿈

목욕을 끝내자 남방국 사신이 집례로 세 신인과 세 공주의 혼례식을 올렸다.

망아지와 송아지들이 소리 내어 웃으면서 이들의 결혼을 축하했다.

이렇게 세 신인이 혼인한 못을 혼인지婚姻池라 한다.

혼인을 하고서 세 신인은 수렵보다는 농사법을 공주들로부터 배워 농사를 지으면서 살아가게 되었다.

ｻ◉

이 탐라 개국설화는 지은이를 모르는『영주지瀛洲誌』의 기록을 토대로 하고 있는데, 제주문화의 형성 과정을 설명하고 있다. 원래 제주의 토착문화는 수렵문화였는데 외부에서 농경문화가 유입되어 그것을 받아들였다. 이 과정에서 문화 충돌이 없었다. 본풀이에서는 외래 농경문화를 받아들이는 과정에서 심한 갈등이 나타났는데, 이 삼성신화에는 그 과정이 화해로 처리되었다는 점이 특이하다. 뿐만 아니라, 세 신인이 서로 힘을 겨뤄 다투지 않고, 각각 제 관할 구역을 정하여 살았다는 점에서, 탐라국 형성의 바탕에 화해와 조화의 정신이 기조가 되었음을 알 수 있다.

이러한 신화적 성격을 지니고 있는 설화는 제주문화의 형성 과정을 상징적으로 제시하고 있다. 문화가 어우러지는 과정에서 본풀이에서는 갈등이 드러나 있는데 반하여, 신화에서는 화해의 구조를 취하고 있다. 설화는 계층에 따라 현상을 인식하는 태도가 다름을 시사하고 있다.

섬에 사는 거인巨人의 꿈

옛날 설문대할망(할머니, 老軀)이라는 거인이 제주에 살고 있었다. 얼마나 거인이었던지 키는 한라산을 베개 삼고 누우면 다리가 제주시 앞바다에 있는 관탈섬에 걸칠 정도였다. 그가 빨래를 하려면 빨래거리를 관탈섬에 올려놓고 팔로 한라산 정상 백록담을 짚고 서서 빨래를 발로 문질러 빨았다 한다. 또 할망은 한라산을 엉덩이로 깔아 앉고 한쪽 다리는 관탈섬에 놓고 한쪽 다리는 서귀읍 앞바다의 지귀섬에 놓고 해서 성산봉을 빨래 바구니로 삼고 소섬(牛島)을 팡돌(빨래하는 돌)로 삼아 빨래를 했다고 한다. 이렇게 그 노인은 제주도를 품에 안고 살 정도로 거인이었다.

제주시 한내 위쪽에는 구멍이 파인 바위가 하나 있는데, 이것은 그 할망이 쓰던 감투라고 한다. 제주에는 많은 오름이 여기저기 흩어져 있는데 이 오름들은 할망이 치맛자락에다 흙을 담아 나르다가 치마가 터져서 그 구멍으로 흙이 조금씩 새어 흘러 나와서 된 것이라 한다.

구좌면의 다랑쉬 오름은 그 봉우리가 움푹하게 패어있다. 이것은 할망이 흙을 집어놓다 보니 너무 많아서 주먹으로 봉우리를 탁 쳐버렸더니 움푹 팬 것이라 한다. 할망은 키가 커서 한라산과 일출봉 사이를 한 거름에 넘었다. 성산 일출봉에는 많은 기암괴석들이 있는데, 그 중에 높이 솟은 바위 위에 다시 큰 바위를 얹어 놓은 듯한 기암이 있다. 이 바위는 설문대할망이 길쌈을 할 때에 접시불을 켰던 등잔이다. 처음에는 바위가 한 단뿐이었는데, 불을 켜고 보니 등잔이 얕아서 그 바위 위에 바위 하나를 더 올려놓아 등잔대를 높인 것이다. 이렇게 이 바위는 할망이 등잔으로 썼다 해서 '등경돌'이라 한다.

본래 성산 앞 바다에 있는 우도는 따로 떨어진 섬이 아니었다. 그런데 그 할망이 한쪽 발은 성산 앞바다에 있는 오조리 마을 식산봉에 디디고 한쪽 발은 성산 일출봉에 디디고 앉아 오줌을 쌌다. 그런데 그 오줌 줄기가 너무 강해서 그 사이에 있는 땅이 패여서 오줌과 함께 바다로 흘러 나갔고, 그 육지 한 조각이 동강이 나서 섬이 되었다. 이렇게 우도가 이루어졌다. 그때에 흘러 나간 오줌이 지금의 성산과 우도 사이 바닷물인데, 그 오줌 줄기가 힘이 세었기 때문에 지금도 그 바닷물이 깊고, 그래서 고래, 물개 따위가 사는 깊은 바다가 되었다. 그때 세차게 오줌이 흘러가던 흔적이 지금도 그대로 이어져서 이 바다는 조류가 세어서 사고가 종종 일어난다.

여기에서 배가 파선되면 조류에 휩쓸려 내려가 그 형체를 찾을 수가 없다. 다른 이야기로는 그 할머니가 성산 일출봉과 시흥리 바닷가의 바름알선돌이라는 바위를 디디고 앉아 오줌을 누었다고 한다.

제주 각 지역의 여러 지형이 설문대할망과 관계된 이야기로 그 내력을 설명하고 있다. 할망은 한쪽 발은 한라산을 디디고 한쪽 발은 이 산방산에 디디고 앉을 정도였고, 또 한쪽 발은 한라산을 디디고 한쪽 발은 표선 바닷가의 모래톱을 디디었다고도 한다.

이렇게 거인인 노인은 제대로 옷을 지어 입을 수 없었다. 그는 제주사람들이 섬에 살기 때문에 고생하고 있다는 것을 알았다. 제주사람들은 육지로 나가고 싶은 마음이 한결같이 간절하다는 것도 알았다. 그래서 하루는 사람들을 모아놓고 약속을 했다.

"내 명주 속옷 한 벌을 마련해 주면 내가 무슨 수를 써서라도 육지까지 다리를 놓아주겠다."

그 말을 들은 사람들은 귀가 솔깃했다. 저렇게 몸집이 큰 설문대할망이라면 육지까지 다리를 놓아줄 수 있을 것이라고 생각했다.

사람들은 의논한 결과 그렇게 하기로 생각을 모았다.

"속옷 한 벌 만드는 데에 명주가 얼마나 필요할까요?"

설문대할망에게 물었다.

"아마 명주 100필은 들 거야."

제주 사람들은 걱정이 앞섰다. 명주 100필이라니 쉬운 일이 아니었다. 그래도 마다할 수 없었다.

"기한은 한 달이네. 한 달 안에 명주 100필을 마련해주면 옷은 내가 만들 거네."

할망의 말에 제주 사람들은 그날부터 힘을 다하여 명주를 모으기 시작했다. 집안에 있는 명주를 다 모았으나 100필이 안 되었다. 그래서 짜던 명주도 부지런히 짰다. 그리고 한 달이 다 되었다. 제주 사람들이 각각 제 집에 있는 명주를 모두 갖고 나왔다. 그런데 99필밖에 아니 되었다.

"99필밖에 모으지 못했습니다. 어떻게 한 필이 모자란 것은 봐줄 수 없는가요?"

그러나 설문대할망은 고개를 저었다.

결국 한통이 모자라서 할망이 그렇게 원하던 속옷은 만들지 못하였다. 그동안에 할망은 다리를 조금 놓았는데, 그것도 중단할 수밖에 없었다. 그 자취가 지금 제주시 조천읍 조천리와 신촌리 마을 앞 바다에 바다로 쭉 뻗어나간 데가 바로 그곳이다.

설문대할망은 키가 큰 것을 자랑하였다. 그는 제주 섬 안에 있는 깊은 물들이 자기의 키보다 깊지 못하다고 말했다. 하나하나 다 시험해 보려 하였다.

제주시 용담동에 있는 용소龍沼가 깊다는 말을 듣고 들어서 보니 물이

섬에 사는 거인의 꿈

발등에 닿았다. 서귀포시 지경 서홍리에 있는 홍리물도 사람들은 깊다고 해서 들어서 보았으나 무릎까지 닿았다. 이렇게 물마다 들어가 그 깊이를 재어 보았다. 어느 물 하나 그의 키에 닿지 못했다. 이렇게 제주에는 큰물이 없다고 그는 으스댔다.

하루는 그가 한라산으로 들어가서 산 속에 있는 여러 물들을 재기 시작했다. 한라산 맨 꼭대기 백록담도 아주 얕았다. 한라산의 여러 봉우리 위에는 분화구들이 있고, 거기에는 못이 있는데, 어느 못 하나 깊은 것이 없었다. 마지막으로 한라산 동북쪽에 있는 물장오리 못을 재려고 들어섰다. 다른 물처럼 깊지 않을 줄 알았는데, 그만 풍덩 빠져 버리고 말았다. 그는 너무 몸이 커서 헤엄칠 수도 없어서 결국 그 물에서 헤어 나오지 못했다. 사람들은 물장오리 못이 밑바닥이 없다고 말하였다. 밑바닥이 저 넓은 바다 밑과 통한다고 생각하였다. 그래서 그 후로는 물장오리를 밑 터진 못이라고 말했다.

섬사람들이 꾸었던 거인의 꿈과 그 좌절. 그러나 섬사람들은 그 꿈을 포기하지 않았다. 한 필이 모자라서 육지까지 다리를 놓지 못했기 때문에, 이제 그 한 필을 마련하기 위해 살아왔다. 설문대할망이 물장오리에 빠져 죽었다고 하지만, 누구도 그 죽음을 확인하지 않았다. 그는 죽은 것이 아니라 실종했을 뿐이다. 이 실종은 미완의 완성을 향해 가는 과정에서 의미 있다. 지금도 그 깊은 물속에서 한 필의 명주를 짜고 있을지도 모른다.

한 필이 모자라서 의도했던 것을 포기하거나 수정해야 되는 상황들이 앞서 제주당신본풀이에서도 읽을 수 있었다. 완전을 지향하다가 유보하게 되는 상황, 이것은 제주 생성과 그 문화의 본질을 설명하고 있다. 섬의 특수성이라든지, 제주 지형이 모두 그 할망의 이야기와 관계를 갖고 있다는 것은 이 설화가 제주 형성과 깊은 관계를 갖기 때문이다. 제주의 문화는 이제 그 모자란 한 필의 명주를 짜는 일일 것이다.

섬에 사는 거인의 꿈

제주를 불모의 땅으로 만든 호종단

중국 왕의 꿈에 나타난 제주

중국 황제는 국내를 평정하고 태평스러운 때를 보내고 있었다. 그런데 어느 날 지리지地理誌를 펴놓고 보니 동쪽 조선 나라에 속한 작은 섬이 심상치 않았다. 지리에 뛰어난 신하를 불러들여 물어보았다.

"이 탐라라는 섬이 심상치 않은데……."

제주가 틀림없이 무슨 일을 벌일 것 같았다.

한참이나 지리서를 보고 생각하던 신하가 무겁게 입을 열었다.

"탐라국은 원래 한라산이라는 영산이 있는데, 그곳에서 세상을 지배할 인물이 난다고 되어 있습니다."

신하는 무슨 큰 죄를 지은 사람처럼 어렵게 말했다.

"세상을 지배할 인물이 난다고? 아니 이 중화대국이 있는데도?"

황제는 화를 벌컥 내었으나, 생각을 해보니, 화만 낸다고 해결될 일이 아니었다. 이미 그러한 징조가 있다는 것은 사람의 힘으로 될 일이 아니고, 하늘이 정해놓은 일이다. "이 일을 어떻게 하면 되겠는가?"

황제는 걱정이 앞섰다.

"능력 있는 풍수사를 제주에 보내어 인물이 날 만한 지맥을 끊어버릴 수밖에 없지 않습니까? 그 지맥은 인물이 나는 원천이 되면서 생수의 물 혈이기도 합니다. 그 맥을 끊어버리면 제주는 샘이 귀해서 사람살기 험한 땅이 될 것이고, 인물도 나지 않게 될 것입니다. 그런 일을 할 만한 풍수가가 있을지 모르겠습니다만."

그날부터 나라 안에 유명한 풍수사들이 다 모여서 의논했다. 그 결과 호종단을 제주에 파견하기로 결정했다.

황제의 명을 받은 호종단은 배를 띄워 제주로 향했다.

며칠 항해 끝에 제주에 도착했다. 제주 동쪽 끝 종달리 마을 바닷가로 배가 들어와 제주에서 왕명을 받고 일을 하기 시작했다.

호종단의 이야기는 많다*

호종단이 제주에 들어와서 인물이 날 만한 땅의 맥을 끊게 된 사연에는 다른 이야기가 전하기도 한다.

옛날 중국의 왕이 상처를 하였다. 왕은 후궁을 구하기 위하여 신하들을 사방에 풀어놓아 미인을 구해 들이라고 했다. 여러 곳에서 미인을 골라 바쳤으나 왕은 마음에 들지 않았다. 신하들은 미인을 구하러 전 세계로 돌아다녔다. 그러다가 결국 조선의 남쪽 작은 섬 제주에까지 오게 되었다.

신하들은 제주에서 의외의 천하일색 미인을 찾아내었다. 그녀를 데리고 가 임금에게 바쳤더니 그렇게 여자에 대해서 까다롭던 임금이 즐거워했다. 그 처녀는 백정 집안 출신인데도 미모는 천하일색이었다.

후궁이 된 여자는 태기가 있고 열 달 만에 커다란 알 다섯 개를 낳았다. 알은 나날이 점점 커져 후궁 궁궐 안에 가득 찼다.

* 호종단은 '고종달'이라고 불리기도 했다.

섬에 사는 거인의 꿈

하루는 알들이 깨어지기 시작하더니 다섯 개의 알에서 건장한 청년들이 한꺼번에 튀어나왔다. 모두들 보통 사내가 아니었다. 그들은 곧 서로 칼싸움, 활쏘기를 하면서 대궐 안을 온통 북새통으로 만들어버렸다.

왕과 후궁이 아무리 말려도 듣지 않았다. 왕궁을 수비하는 수비대들도 별 도리가 없었다. 그들을 무력으로 제압할 수 없었다. 왕은 두려워지기 시작했다. 후궁에게 말해도 다섯 왕자들은 변하지 않았다. 이들이 언젠가는 왕권을 놓고 서로 피 흘리는 싸움을 할 것이 틀림없다. 그렇게 되면 나라는 망하게 된다.

왕은 근심이 태산 같았다.

다시 신하들과 의논했다.

"이대로 두었다가는 나라가 위태롭게 될 것이니 이 일을 어찌하면 좋겠소."

왕은 신하들의 의견을 들으려 했다. 그런데 별수가 없었다.

왕은 나라 안에 있는 유명한 점쟁이들을 다 궁궐 안으로 초청하여 의견을 물었다. 점쟁이라고 별 도리가 없었다. 며칠 동안 의논을 하다가 한 점쟁이가 의견을 내놓았다.

"그 후궁의 고향인 제주에 있는 장군혈의 정기로 이런 장군들이 태어났으니 그 장군혈을 파혈해야 합니다."

왕은 그 말이 그럴듯하게 들렸다.

그때 나라 안에는 고종달이라는 유명한 풍수가 있었다.

왕은 곧 그를 불러들였다.

"궁궐 안 왕자들이 다 장군처럼 날뛰는 것은 그들이 제주에서 장군기운을 타고 났기 때문이므로 제주로 들어가서 장군이 날 만한 지맥을 다 파혈하도록 하시오."

그렇게 명을 받은 고종달이 제주를 향해 출발하였다. 며칠 동안 항해 끝에 도착한 곳이 제주섬의 동쪽 끝인 종달리 마을이었다.

고종달이 지맥을 끊기 시작했다

종달리에 상륙한 고종달은 지나가는 사람에게 '여기가 어디냐?'고 물었다.

"종달립니다."

사람의 대답에 고종달은 화가 났다. 이미 자기가 이곳으로 들어올 것을 알고서 약을 올리는 것이라고 생각했다.

"무엄하게 내 이름을 동네 이름으로 쓰다니…."

고종달은 화를 내고는 우선 종달리 마을 물 혈부터 파혈시켜 버렸다. 이 마을 물 혈을 떠서 흐르는 샘물을 막아 놓았다. 이어서 고종달은 서쪽으로 향해 가면서 지리서에 있는 대로 생수가 날 만한 지혈을 파혈시켜 버렸다.

어느 곳에 이르러 고종달은 한 혈을 찾아내어서 바로 그 혈에 쇠꼬챙이를 찔렀다. 마침 옆에는 어떤 농부가 밭을 갈고 있었다. 고종달은 그 농부에게 '어떤 일이 있어도 이 쇠꼬챙이를 빼지 말라'고 당부하고는 자리를 떴다. 갈 길이 바빠서였다. 제주 사람들이 알기 전에 일을 마쳐야 했다.

고종달은 떠나갔는데 웬 백발노인이 밭을 가는 이 농부 앞에 나타났다.

"나 좀 살려주시오."

"무슨 일이요. 제가 어떻게 도와야 합니까?"

노인은 매우 고통스러운 듯이 울면서 '저 쇠꼬챙이를 빼어 달라'고 애원했다. 농부는 무슨 사연인지는 무르지만 애원하는 품이 예삿일은 아

섬에 사는 거인의 꿈

닌 것 같았다. 노인의 말대로 쇠꼬챙이를 뽑았다. 순간 쇠꼬챙이가 꽂혔던 구멍에서 피가 솟았다. 농부는 엉겁결에 얼른 그 피를 막았다. 피가 멈추어졌다. 농부가 정신을 차려보니 백발노인은 온데간데없이 사라져 버렸다. 그 피가 솟은 곳은 마혈馬穴이었다. 다행히 솟아오르는 피를 멈추게 했으므로 제주도에서는 말은 많이 나지만 그 마혈에서 피가 솟구쳤기 때문에 그 몸집이 작아졌다.

고종달이 지금의 제주시 화북리 지경에 이르렀다. 그의 지리서에 '고부랑 나무 아래 행기물'이란 물 혈이 있어서 이 혈을 끊어야 했다. 고종달은 이 물을 찾아 여기저기 돌아다녔다. 틀림없이 화북 지경에 이러한 물 혈이 있다는 것을 알고 있다.

이때 밭에서 한 농부가 밭을 갈고 있는데, 백발노인이 헐레벌떡 달려오더니 다급한 목소리로 '살려달라'고 애원했다.

"어떻게 내가 노인장을 살려줄 수 있겠소?"

농부도 겁먹은 노인의 모습을 보고는 도와주고 싶었다.

"저기 샘에서 물을 한 그릇 떠다가 소길마 밑에 숨겨 주십시오."

농부는 어려운 일이 아니라서 일을 쉬고는 노인의 말대로 했다. 그렇게 하고서 보니, 그 다급해 하던 노인이 보이지 않았다.

농부는 더 마음을 쓰지 않고 계속해서 밭을 갈았다.

한참 밭을 가는데 이번에는 중년 사내가 개를 한 마리 데리고 나타났다.

"여기 고부랑 나무 아래 행기물이라는 물이 어디 있소?"

사내는 책을 들여다보며 농부에게 물었다. 농부는 이 마을에 이제까지 살아왔으나 그런 물이 있다는 말은 들은 적이 없었다.

"생전에 그런 물이 있다는 말을 못 들었소."

농부는 사실대로 말했다.

사내는 고개를 갸웃거리면서 다시 책을 보았다.

"이곳이 틀림없는데 참, 이상하구먼."

그는 주위를 두리번거리면서 중얼거리다가 가버렸다.

이 사람이 고종달이었다. 그가 가진 지리서가 어찌나 잘되어 있던 책인지, 백발노인으로 변한 수신이 행기 속의 물에 들어가 길마 밑에 숨을 것까지 다 알고 기록해 놓은 것이다. 그런데 고종달은 그것을 몰랐다.

농부도 그런 사연을 알지 못했다. 그런 샘물이 없으니 없다고 했을 뿐이다. 그런데 고종달이 데리고 온 개가 물 냄새를 맡았다. 개는 길마 밑으로 가서 냄새를 식식 맡는 것이다. 농부는 길마 밑에다 햇볕을 받지 않게 점심을 놓아두었는데 개가 그것을 먹으려는가 보다 생각했다.

"요놈의 개가 어디 점심밥을 먹으려고!"

막대기를 들고 때리려 하니 개가 도망쳐 버렸다.

고종달은 아무리 찾아도 샘물이 없었다.

"이 지리서가 엉터리구나!"

투덜거리면서 개를 데리고 가 버렸다.

잠시 후에 그 백발노인이 나타나서 고맙다고 치사하면서 사라졌다.

농부의 도움으로 행기물 수신이 목숨을 부지했고, 행기물 샘은 오늘날에도 여전히 좋은 샘으로 남아 있다.

고종달은 이제 한라산 남쪽으로 들어섰다.

지금의 표선면 토산리에는 '거슨샘'이라는 샘과 '나단샘'이라는 두 샘이 있다. 수원은 같은데서 흘러나오는데 한 샘은 한라산 쪽으로 흘러가고 다른 한 샘은 바다 쪽으로 흘러내린다. 그래서 한라산 쪽으로 흐르는 샘은 지형을 거슬려 흐른다고 해서 '거슨샘'이라 하고 다른 것은 오른편으로 흐른다고 해서 '나단샘'이라 불렀다.

고종달은 샘의 혈을 파혈하면서 여기까지 오게 되었다.

섬에 사는 거인의 꿈

이때 이 샘을 지키던 뱀신이 고종달을 보고서 샘의 혈을 파혈하러 왔음을 알았다. 뱀신은 마침 밭을 갈고 있던 농부에게 얼른 가서 사정을 했다.

"저를 잠시 소길마 밑에 숨겨주시오."

농부는 별스럽게 생각하지 않고, 그 뱀을 소길마 밑에 숨겨주었다.

고종달은 지리서를 보고 그 밭에까지 찾아왔으나 샘물을 찾지 못했다.

그래서 샘물이 파혈되지 않고 남게 되었다. 고종달이 왔을 때에 샘은 뱀으로 변해서 그의 눈에 나타나지 않았던 것이다.

고종달의 실패담

고종달이 지리서에 나타난 대로 제주 여러 곳을 돌아다니면서 파혈을 하다가 지금의 서귀포시 홍리 마을에 도착했다. 지리서에는 '꼬부라진 행기물'이라고 나타나 있다.

마침 밭을 가는 농부에게 가서 물어보았다.

"이 근방에 꼬부라진 행기물이 어데 있소?"

농부는 처음 듣는 이름이었다.

"내 여기에서 40 평생을 살았는데, 그런 지명을 들어본 적이 없어요."

농부의 대답은 사실이다.

고종달은 아무리 찾아다녀도 그곳을 찾을 수가 없었다.

한참 후에 밭을 갈던 농부가 잠시 쉬기 위해서 밭가는 소의 길마가 있는 곳으로 왔다. 거기에 이 근처 샘물에서 물 한 병을 떠다 놓아두었다.

소길마 아래 두었던 물병을 들고 마시려는데, 인기척이 들려서 뒤를 돌아봤다.

"제 목숨을 살려줘서 고맙습니다."

"아니, 살려주다니, 그건 무슨 말이요."

"제가 행기물을 지키는 수신입니다. 고종달이 나를 잡으려고 왔는데, 어르신께서 그 물병에 물을 담아 와서 숨겨주셨기에 제가 살아날 수 있었습니다."

농부는 노인의 말이 당치않게 들렸다.

"앞으로 동네에 샘이 끊어지지 않을 것입니다."

노인이 사라져버렸다.

농부는 물을 마시려는데 물병에 물이 한 방울도 남아 있지 않았다.

순간 '이 물병에 담아온 물이 그 샘의 노인으로……?'

농부는 이상히 생각했다.

그 후에 제주에 있는 많은 샘들이 말라 버렸다는 소식이 들려왔다. 그런데 이 홍로 샘만은 여전하였다. 그제야 농부는 그때 나타난 노인의 말이 생각났다.

허허 내가 큰일을 했구나. 소문은 곧 온 섬에 퍼졌다.

사계리 용머리 바닷가

고종달은 물의 근원이 되는 지맥을 끊으면서 서쪽으로 오다가 안덕면 사계리 건너 산방산 기슭 바닷가까지 왔다.

바닷가에 이른 고종달은 깜짝 놀랐다. 커다란 용이 바닷가에 한라산 기슭 산방산을 향해 누워 있었다. 그 용은 곧 일어나 한라산으로 솟아오를 것 같았다.

지리서에는 여기에서 용이 솟아 한라산 정상으로 오르면 이 제주가 왕성하여 세상을 지배할 것이라고, 아주 자세히 기록되어 있었다.

그는 얼른 허리에 찬 칼을 빼어 이제 곧 일어나려는 용의 허리를 내려쳤다. 몇 번이고 내려치자 용이 산방산이 무너질 것 같은 소리를 지르면서 꿈틀거리더니, 붉은 피를 마구 쏟았다. 용의 몸이 반으로 잘려진 것이다. 그러나 여전히 용은 꿈틀거리면서 바닷가에서 소란을 떨다가 바위로 굳어졌다. 그리고 그 주위는 온통 붉은 피로 물들여졌다.

그때 산방산 쪽에서 큰 괴성이 들렸다. 용이 몸을 일으켜 세우려다가 힘을 못 쓰고 그 자리에 누우면서 지른 소리였다.

지금 산방산 앞 용머리 바닷가는 그때 고종달의 칼에 두 동강이 난 그 형상 그대로 전해지고 있다.

차귀도遮歸島

제주를 돌아다니면서 인물이 날 만한 지맥인 샘의 근원을 끊던 고종달은 산방산 앞 바닷가에서 승천하려는 용의 허리를 잘라놓고서 마음이 놓였다. 이제는 제주에는 샘도 솟지 못할 것이고, 인물도 나오지 못할 것이다.

그렇게 일을 마친 그는 제주도 맨 서쪽 끝 고산리 바닷가에서 중국으로 돌아가려고 배를 띄웠다. 그런데 이게 어쩐 일인가? 날씨가 맑고 바람이 안 불더니 갑자기 바람이 거세어지기 시작했다.

그래도 고종달은 안심했다. 고국 중국 황제가 나를 돕지 않겠나? 이제 이 세상은 영원히 황제의 발 아래에 있게 되지 않았나?

그런데 갑자기 회오리바람이 배를 난타하기 시작했다. 배가 힘을 못 쓰고 기우뚱거리더니 뒤집어져 버렸다.

고종달은 중국으로 돌아가지 못하고 고산 앞 바다에서 죽고 말았다.

사람들은 그가 제주에 와서 너무 가혹하게 샘을 마르게 해버렸고, 더구나 인물이 날 만한 지맥도 다 끊어버렸으니, 하늘이 그를 용서할 수 없어서 태풍으로 죽였다고 이야기하기 시작했다.

그래서 고종달이 중국으로 돌아가려고 배를 띄웠던 그 섬을 차귀도(遮貴島)라고 불렀다. 고종달이 본국으로 돌아감을 막았다는 뜻을 가진 섬 이름이다.

아흔아홉 골(九九溪谷)

제주시 서북쪽 해안리 지경 제2횡단도로 한라산 쪽으로 조금 올라가면, 한라산 기슭에 '아흔아홉 골'이라는 매우 아름다운 골짜기가 쭉쭉 바다를 향해 뻗어있듯이 누워있다. 크고 작은 골짜기가 마치 밭고랑처럼 뻗어 내린 모양의 봉우리들이다.

그 골짜기가 하도 많은데, 사람들은 모두 아흔아홉 개가 된다고 한다. 그래서 이 골짜기 이름을 '아흔아홉 골'이라 했다.

오랜 옛날이야기이다.

어느 날 스님 한 분이 중국에서 제주에 들어왔다. 그는 제주 곳곳을 돌아다니면서 사람들에게 말했다.

"여러분 한라산에는 맹수가 많은데, 여러분은 앞으로 이 맹수 때문에 제 명에 살지 못할 것이요. 그러니 내 말을 따르시오."

스님은 며칠 동안 제주 사람들에게 이 사실을 전했다. 그리고 날을 정해서 제주 사람들에게 한라산 기슭으로 모이도록 했다.

제주 사람들이 스님의 말을 따라 한라산 기슭에 모였다.

"여러분 잘 오셨습니다. 이제 제 말을 따라 큰 소리로 외치십시오. 그러

섬에 사는 거인의 꿈

면 여러분의 소원대로 저 한라산에 있는 맹수들을 모두 쫓아낼 수 있을 것입니다."

사람들은 이 이상한 스님의 말에 귀를 기울였다.

"동물대왕들은 다 여기로 모여라!"

스님의 입에서 큰 소리가 터져 나왔다. 모인 사람들도 모두 입을 모아 소리를 질렀다.

"동물대왕들은 다 여기로 모여라!"

그 소리가 한라산을 뒤흔들 듯이 크게 들리면서 한라산 숲으로 빨려 들어갔다.

"다시 한 번 더, 동물대왕들은 다 여기로 모여라."

"동물대왕들은 다 여기로 모여라!"

제주 사람들은 스님을 따라 다시 온 힘을 다해 소리를 질렀다.

그때였다. 한라산 숲들이 마치 태풍을 만난 것처럼 요동을 치면서 흔들거렸다. 사람들은 깜짝 놀랐다. 사자, 호랑이들이 숲을 헤치면서 사람들이 있는 그 골짜기로 몰려왔다. 맹수들이 이상하게 그 많은 골짜기 중에 한 골짜기에 모였다.

제주 사람들은 그 모여든 맹수 무리들을 보고 무서워서 몸 둘 바를 몰랐다.

그런데 그 스님은 모여든 맹수들을 보고는 하늘을 향해 뭐라고 주문을 외웠다.

한동안 스님이 주문을 외울 동안에 그렇게 사납던 맹수들이 잠잠했다.

그런데 그때 멀리서 우레 소리가 들려왔다. 소리는 점점 커지더니 한라산이 흔들거렸다. 그런데 골짜기에 들어온 맹수들도 무서워서 얼굴을 숙이고 죽은 듯이 조용했다.

"우르릉 쿵쾅! 우르렁쿵쿵쾅쾅."

벼락이 치고 땅이 흔들거렸다. 한라산이 움직였다.

그렇게 얼마 동안 온 세상이 뒤죽박죽이 된 듯이 요동을 치더니 잠잠해졌다.

한라산이 예전 모습 그대로 조용히 앉아 있었다. 그런데 이게 웬일인가? 맹수가 모여 들었던 그 한 골짜기만 사라져 버렸다.

"여러분 보셨죠. 맹수들이 모여든 그 골짜기가 사라져 버렸습니다. 앞으로 이 제주에서는 맹수로 인해서 고통을 당하지 않아도 될 것입니다."

제주 사람들은 눈을 씻어 다시 봤다. 틀림없이 눈으로 확인했는데, 맹수들이 모여 있던 그 골짜기가 없어진 것이다. 실로 놀랄 일이었다.

"천지가 다시 한 번 개벽했구먼."

사람들은 그렇게 믿었다. 한라산 기슭 그 아름다운 한 골짜기가 사라졌으니 말이다. 사람들은 마음이 놓였다. 그들은 두 눈으로 한라산에 맹수들이 많다는 것을 똑똑히 보았다. 스님이 고마웠다. 모두들 스님께 감사하다고 인사를 드리고 집으로 돌아왔다.

백 골에서 한 골짜기가 모자라게 되었다. 하나만 더 있어 백 골이 됐다면 제주에도 호랑이나 사자 같은 맹수가 날 것인데 한 골이 모자라 아흔아홉 골밖에 안 되므로 호랑이나 사자가 없다고 한다.

"맹수가 날 수 없으니 인물도 날 수 없지."

제주 사람들은 그제야 그 스님의 정체를 알게 되었다.

"중국에서 이 제주에 뛰어난 인물이 나와서 세상을 지배할 것을 알고서 스님을 보냈을 거야. 그래서 겉으로는 맹수를 몰살시키겠다고 했지만, 사실은 뛰어난 사람을 태어나지 못하게 만든 것이야."

사람들은 무슨 큰 비밀처럼 모이면 그렇게 말했다.

"맹수가 없는 산은 산이 아니지. 맹수가 있어야 큰 인물도 태어날 텐데."

　사람들은 오히려 맹수가 없는 한라산을 아쉬워했다.

◪◉

　이 이야기는 제주의 불모성을 설명하는 대표적 설화인데, 제주도 전역의 지형을 설명하고 있다는 점에서 특별하다. 이것은 제주 사람들이 이 이야기를 모두 즐겼다는 것이다. 제주 사람들은 제주의 불모성을 호종단, 또는 대국의 억압과 폭력 때문이라고 인식했다. 이 고종달형설화를 다른 인물설화, 풍수설화와 대비해서 읽어보면 좀 더 분명하게 제주 사람들의 설화의식을 이해할 수 있다. 설문대할망의 거인의 꿈과 좌절과도 상통하는 바가 있다.

　거인의 꿈을 꾼 섬사람들은 이제 이 불모의 땅 제주섬이 세상을 지배할 왕이 태어날 왕후지지王侯之地였다는 사실을 소중하게 간직하고 살아왔다. 중국이라는 거대 세력이나 고려 중심부 세력에 의해 억압당했던 역사를 잊지 않으려는 제주사람들의 마음이 이 설화에 짙게 나타나 있다.

경주慶州 김댁金宅 입도 선조

제주 경주 김댁이 제주에 들어와 처음 터 잡고 살아갈 때 일이다. 김댁은 지금의 서귀포시 남원읍 의귀리 지경 들판에 자리를 잡고 살림을 시작했다. 그런데 아버지가 돌아가셨다. 그런데도 아직 장지를 마련하지 못해 제주 들판을 돌아다니며 장지를 물색하고 있었다. 그때에 고종달은 만났다.

고종달은 그가 상을 당해 묘 자리를 구하기 위해 다닌다는 것을 알았다.

"집에 우환이 있나?"

"왜 물어요?"

"내가 도울 일이 있으면 도와드리려고……."

김댁 상주는 사정을 말했다.

"어른 모실 장지는 내가 책임질 테니, 나를 도와줄 수 있어요?"

"무슨 일이요?"

"내가 요긴한 일을 처리하기 위해서 중국에서 황제의 명을 받고 왔는데, 길 안내나 해줘야겠소."

"그러지요."

고종달은 이 지역 사람의 안내를 받으면서 일하고 싶었다.

"아버님 장사 지내는 일이 시급한데."

"그러면 내가 우선 어르신 모실 택지를 마련해 주겠소."

섬에 사는 거인의 꿈

고종달은 상주를 데리고 장지를 찾아다니다가 지금의 남원읍 의귀리 지경 민오름 앞 반데기왓(밭)에서 명당터를 찾았다. 고종달은 지리서를 꺼내어 보았다. 명당이 틀림없었다. 지리서에는 제주의 명당 일곱 곳이 있었다. 첫 번째는 사라, 두 번째는 어스승, 세 번째는 영실, 네 번째는 반화, 다섯 번째는 구성이, 여섯 번째는 반데기, 일곱 번째는 한운 지역이었다. 고종달이 찾은 것은 그 중에 여섯 번째 명당자리였다.

고종달은 지리서를 접고서 쇠꼬챙이를 꺼내어 그곳에 박았다. 그리고 상주를 불렀다.

"내가 이 근방을 좀 돌아다녀 볼 테니, 내가 올 동안 이 쇠꼬챙이 박은 것을 힘을 주고 밟고 있어. 힘들다고 발을 들어서는 큰일 나."

고종달은 당부하고서 자리를 떠났다.

상주는 고종달이 당부한 대로 발에 온 힘을 주어 쇠꼬챙이가 박힌 땅을 밟고 섰다. 그런데 조금 지나자 이상하게 밟고 있는 발이 간질간질해졌다. 시간이 지날수록 그대로 밟고 있을 수 없었다. 그래도 상주는 간지러움을 참고 발에 더욱 힘을 주었다.

고종달도 보이지 않았다. 발이 너무 간지러워 참을 수 없었다. 발이 떨렸다.

아무리 발에 힘을 주어도 견딜 수가 없었다.

그때 고종달이 나타났다. 점점 그가 가까이 왔다. 상주는 도저히 견딜 수 없어 그만 발을 들고 말았다. 그 순간이었다. 발을 디디고 섰던 그 땅속에서 비둘기가 한 쌍 푸르릉 날아 하늘로 올라갔다.

고종달이 한탄을 했다.

"그 정도도 견디지 못해서 발을 떼다니! 아깝다. 그러나 어떡하겠나? 여기에다 부친을 모시시오."

고종달은 그 명당을 추천해주었다.

"이 자리는 마혈馬血 명당터인데, 앞으로 이 나라에서 제일가는 말을 부릴 것이오."

상주는 고종달의 말대로 그곳에 부친을 모셨다. 그리고 그 후부터 집안이 발복하였다. 말을 많이 키워 나라에 필요한 말을 바쳐 헌마공신獻馬貢臣으로 감목관 벼슬에 올라 대대로 세습했다.

의귀리 경주 김댁에 대해서는 다른 이야기가 전한다.

제주 경주 김댁은 역대 감목관을 지냈다. 그래서 흔히 감목관 김댁이라 부른다. 이 집안이 처음 감목관을 받은 것은 조선조 선조 때부터인데, 그 후 대대로 세습했다. 또한 자손이 번창하고 재산도 많아서 대문벌이 되었다.

집안이 이렇게 문벌이 된 것은 선조의 묘를 잘 썼기 때문이라 전한다.

그 묘는 서귀포시 남원읍 의귀리 목장 지대인 민오름 근방 '반데기왓'이라는 곳에 있다. 이 묘 자리는 당시 제주 목사가 정해주었다고 한다.

당시 김댁은 의귀리(옛 이름 옷귀)에 살고 있었는데 재력도 있고, 인물들도 출중한 제주에서는 명문 집안이었다. 그래서 목사가 순력할 때는 이 김댁에 들리곤 했다.

어느 때 목사가 순력하다가 들렸을 때는 집안 어른이 돌아가서서 묏자리를 구하던 즈음이었다. 사정을 들은 목사는 자기가 묏자리를 정해주겠다고 한다. 그는 사실 지리에 능하였다.

목사는 상가의 상주와 묏자리를 보러 나섰다. 여기저기 들판을 돌아다니다가 이 민오름 앞 반데기에서 명당터를 찾아내었다. 목사는 지리서를 펴놓고 그곳 지형과 맞추어 보고는 그곳이 제주 일곱 대혈大血 중의 하나임을 알았다.

목사는 한참 지리서를 들여다보다가 정혈正血을 찾아내었다. 그리고는

섬에 사는 거인의 꿈

상제를 데려다 그 자리에 세우고 내 저 위쪽으로 가서 돌아보고 올 터이니 여기 발에 힘을 주고 서서 무슨 일이 있어도 발을 떼지 말라고 당부했다. 상제는 발에 힘을 주어 땅을 밟고 섰다. 목사는 저만큼 위로 올라가더니 뒤돌아서서 이쪽으로 걸어왔다. 그런데 이상한 일이 벌어졌다. 발바닥이 간지러워지기 시작했다. 그래도 상주는 간지러움을 꾹 참고 발에 힘을 더 주었다. 목사가 점점 가까이 올수록 발바닥의 간지러움은 더해갔다. 목사가 가까이 다가왔다. 상주의 발바닥이 달달 떨렸다. 아무리 발에 힘을 줘도 견딜 수가 없었다.

목사가 바로 곁에 왔을 때였다. 상주는 도저히 더 견딜 수 없어 그만 발을 들고 말았다. 그 순간이었다. 발을 디디고 섰던 그 자리 땅 속에서 비둘기 한 쌍이 날아올랐다. 목사도 깜짝 놀랐다. 그가 위쪽으로 올라가서 용의 맥을 몰아서 내려오던 참이었다. 용의 맥을 몰아다가 바로 모실 곳 정자리에 모아 놓고 그 자리에 묻도록 하려는 것이었다. 용맥이 모아질수록 그것이 요동을 쳐서 발이 더욱 간지러워진 것이다. 땅에서 솟아오른 그 비둘기는 그 맥이 비둘기가 되어서 날아가 버린 것이다.

목사는 호되게 꾸짖었으나 별수 없는 일이었다.

"그 정도 견디지 못해서 발을 떼다니! 아깝다. 그러나 1백 년 후엔 맥이 다시 원자리로 돌아올 것이니 발복이 조금 늦어지긴 하겠지만 그대로 묘를 쓰시게."

김댁 상주는 목사 말대로 그 자리에 부친을 장사지냈다.

그 후에 이 손자가 장가를 들게 되었다. 처가는 말을 수백 필 치는 부잣집이었다. 처가에서는 집이나 밭이 아니고, 좋은 숫말 한 필을 물려주었다. 이 말을 목장에 놓아먹이는데, 하루는 이 말이 사라져 버렸다. 그런데 이튿날 그 잃어버린 말을 찾으려 목장에 나갔더니 그 숫말이 백여 마리의 암말을 거느리고 모여 있었다. 그 말들은 전부 처가 것이었다.

사위인 김댁 청년은 처가에 연락하여 사정을 말하고 말 떼를 몰아가도록 했다. 처가에서 말 태우리가 와서 여기로 온 암말들을 거느리고 가려고 했다. 그런데 암말들이 돌아가지 않았다. 태우리가 몰면 얼마쯤 가다가 되돌아오곤 했다. 몇 번이나 그렇게 되풀이했다. 암말들은 그 숫말의 곁을 떠나지 않으려 했다.

며칠을 그렇게 하다가 처가에서도 도리가 없었다. 암말들을 찾아올 수 없으니 전부 가지라고 허락했다. 그때부터 김댁은 이것은 나라가 정해준 일이라고 생각하고는 말을 제대로 키우기 시작했다. 그 암말들이 새끼를 낳고 또 새끼를 낳고, 그렇게 해서 수년 내에 말이 수백 필이 되었다. 말이 크게 불어나자 김댁은 말 5백 필을 나라에 바쳤다. 나라에서는 곧 헌마공신이라 하여 감목관 벼슬을 내렸다. 그 후 감목관 김댁은 말을 키우기 위한 큰 목장인 마장을 마련하였다. 그 목장이 나중에 국마를 육성하는 마장이 되었다.

김댁은 집을 지을 때 살아있는 나무를 기둥으로 이용하였다고 한다. 즉 땅에서 자연스럽게 자란 좋은 쿳나무를 그대로 기둥으로 삼아 집을 지었다. 생깃기둥이란 큰 방과 마루방의 기둥으로서 집에 있어서 가장 중요한 기둥이다. 이 기둥 밑은 주인이 앉는 상좌이고 이 기둥에 중요한 물건을 걸어놓곤 한다. 감목관 김씨 집안이 쿳나무를 산 채로 기둥을 삼은 것은 해마다 새로운 가시가 돋아나므로 대대로 받아온 인통을 그 새로운 가시에 걸어 놓기 위해서였다. 과연 대대로 감목관을 하니 인통이 점점 불어나고 인통이 불어날 때마다 그 인통을 걸어 놓을 가시가 생깃기둥에 새로이 돋아났었다고 한다.

섬에 사는 거인의 꿈

경주 김댁宅 시조의 이야기는 제주사람들이 명당을 찾아 조상의 묘를 쓰던 풍습을 가장 절실하게 설명하고 있다. 이어서 조상의 명당터에 의지해서 가문의 길흉화복을 생각했던 제주 사람들의 의식과 문화의 일단도 드러내고 있다.

또한 제주가 말을 사육하기에 적당한 지역이며, 역사적으로도 조정에 필요한 말을 사육해서 공급했고, 그 일을 경주 김댁에서 했다. 이 설화는 역사적 사실에 설화의 모티브를 덧붙여 이야기를 더 풍부하게 만든 좋은 예이다.

기건 목사奇虔 牧使

아주 오랜 옛날 제주도에는 사람이 죽으면 매장하는 풍습이 제대로 마련되지 않았다. 70세 이전에 죽으면 바닷가나 개천 같은 데에 그대로 던져버렸다. 그러나 70세가 되도록 살면 이 사람은 신선이 될 사람이라 했다. 그래서 70세가 되는 날 그 아들이 여러 가지 맛있는 음식을 차리고 어버이를 한라산으로 모셔 갔다. 한라산 정상에 이 음식을 차려놓고 어버이를 앉혀두면 그날로 신선이 되어 올라간다고 생각했다. 이 풍속은 조선조 때까지 내려왔다.

세종 때에 기건이 제주 목사로 부임했다.

어느 날 이방이 목사에게 아뢰었다.

"내일은 제 아버님이 신선이 되는 날이어서 일을 보지 못하겠습니다."

목사는 '신선이 되는 날'이라는 말이 이상하게 들렸다.

"어떻게 신선이 된다는 말인가?"

이방으로부터 자세한 내력을 들은 목사는 한참 생각하더니,

"그러면 내 옥황상제에게 편지를 한 장 써 보낼 터이니 아버님께 전달하여 주시도록 부탁해 줄 수 있을까?"

이상한 부탁을 하는 것이었다.

"어렵지 않습니다."

목사는 지필묵을 준비하도록 하더니 뭐라고 써서 밀봉하고 이방에게 주었다.

섬에 사는 거인의 꿈

"꼭 가슴에 품고 소중히 가져가서 선친께 드리게."

이튿날 이방은 아버지를 모시고 한라산으로 올라가 작별했다. 이방이 등청하자 목사는 옥황상제에게 보내는 편지를 전달했는가 물었다.

"예, 분부대로 했습니다."

"그러면 다시 한라산으로 올라가 보게. 아버님이 신선이 되어 잘 오르셨는지."

"알겠습니다."

"이번에는 나도 같이 가보겠네."

이방은 목사를 모시고 한라산으로 올라갔다. 신선이 되도록 아버지를 앉혀 둔 자리엔 커다란 뱀이 한 마리 죽어 있었다. 목사는 그 뱀을 잡아 배를 가르도록 했다. 배 속에는 이방의 아버지 시체가 고스란히 들어있었다.

"이방 잘 보게. 내 옥황상제에게 보낸다는 편지는 독약이었네. 신선이 된다고 해서 이곳에 두고 간 노인들은 모두 뱀이 잡아먹었던 것이네. 이래도 신선이 되어 올라간다는 말을 믿을 건가?"

이방은 아버지가 뱀에 먹혔다는 것이 너무 원통하고 슬펐으나, 자기의 무지함을 깨닫게 되었다. 이 소문은 온 섬에 퍼졌다.

이후부터 70이 넘은 노인을 한라산에 버리는 풍속이 없어졌고, 또 70 이전에 죽은 시체도 매장하는 법이 생겼다.

기건 목사가 제주 목사로 부임하여 얼마 아니 된 때였다. 목사는 성 위에 올라 주변의 민정을 살폈다. 목사의 눈에는 여기저기 골짜기마다 뭔인가 희뜩희뜩 뼈다귀 같은 것이 보였다.

"저기 희뜩희뜩 보이는 게 무엇인가?"

동행한 이방에게 물었다.

"예, 사람들 뼈입니다."

그 당시까지도 제주에는 시체를 매장하는 법이 없어 사람이 죽으면 여기저기 골짜기에 던져 버렸다는 것이다. 목사는 곧 지시를 내려서 이 뼈들을 잘 거두어 예를 갖추어 매장하도록 하였다. 그리고 앞으로는 사람이 죽으면 반드시 나무로 관을 짜서 그 관에 시신을 모시고 땅에 파묻도록 가르쳤다.

그 골짜기에 널려있던 뼈들을 매장한 지 얼마 지나지 않아서였다.

목사는 밤중에 꿈을 꾸었다. 동헌 앞뜰에 웬 사람들이 2~3백 명이나 와서 엎드리고 있는 것이다. 목사가 나아가 그들을 맞았다.

"도대체 당신들은 누군데 이렇게 몰려왔소?"

엎드려 있던 얼굴들이 고개를 쳐들었다.

"저희들은 사또님 덕분에 이젠 편히 잠들게 되었습니다. 그 은혜를 다 갚을 길이 없습니다. 사또께서는 후손이 없어 고민하시는 것 같은데 저희들이 후손을 얻도록 힘쓰겠습니다. 크신 은혜를 보답코자 하니 받아주십시오. 곧 현손을 얻으실 것입니다."

그 이상한 얼굴들이 모두 떠나갔다. 기건 목사는 후손이 없어 안타까워하던 참이었다. 그 후 얼마 지나지 않아 손자를 여럿 얻었다. 그 손자들이 다 훌륭한 벼슬을 하였다.

기건 목사는 이렇게 외로운 영혼들을 위로하는 일을 하면서도 무당은 강하게 거부하였다. 당시 제주에는 당 500, 절 500이라고 해서, 무당들이 세력화되어 백성들을 못살게 굴었다.

기건 목사는 이 당과 절들을 모두 부수어 불태웠다. 이렇게 목사 일을 하다가 임기가 끝나자 화북 포구로 떠나게 되었다. 그러나 한 달 동안이나 거센 바람이 불어 배는 떠나지 못했다. 이것은 당 500, 절 500을 부숴 놓았으니, 그 당과 절 귀신들이 복수하려고 배를 못 뜨게 역풍을 일으킨 때문이었다.

이때 기건 목사 덕으로 편히 쉬게 된 영혼들이 몰려와서 기건 목사를 만났다. 그들은 목사가 떠날 날과 시를 정해주었다.

"이 날 이 시에 순풍이 일 터이니 준비해 있다가 배를 놓으십시오."

목사는 그들의 말대로 그 시간에 배를 띄웠다. 남풍이 불어 항해는 순조로웠다. 배가 진도 벽파진까지 들어갔을 무렵 당 귀신, 절 귀신들이 이 사실을 알았다. 귀신들은 곧 기세를 올리고 진도로 달음질쳐 갔다. 그러나 진도에 갔을 때는 이미 기건 목사는 상륙한 후였다. 할 수 없이 귀신들은 발길을 돌려 돌아오지 않을 수 없었다.

제주에 매장 풍습이 시작된 것을 유교적인 입장에서 목사의 치적으로 이야기하고 있다. 매장 이전의 장례의식으로는 '들에 버리고 한라산정에 버렸다'는 것이다. 그런데 매장의 입장에서는 그것을 부정적으로 인식하고 있다는 것은 이 설화가 유교적 발상에서 만들어졌음을 의미한다.

또한 이러한 장례문화의 변화를 무속신앙과 대립해서 설화화되었다는 것도 흥미롭다. 즉 관료의 입장에서 설화가 성장했음을 말해준다. 이 설화는 제주 문화의 실상 즉 무속신앙에서 유교 문화로 바뀌어 가는 과정과 거기에서 야기된 문화와 신앙의 갈등을 잘 보여주고 있다. 그 일은 목사가 주도적으로 감당했다는 발상도 특별하다. 이 기건 목사 모티브는 후에 이형상 목사의 이야기에도 나타난다.

이형상李衡詳 목사와 신당 철패

조선조 숙종 때에 영천 사람 이형상이 제주 목사로 부임했다. 당시에 제주에는 절 500, 당 500이라 하여, 무속신앙이 백성의 생활을 지배했다. 절이라는 것도 불도를 닦는 사찰이 아니라, 무속행위가 이뤄지는 공간이었다. 이들은 막강한 세력으로 백성들의 생활과 의식을 지배했다. 백성들은 관리보다는 무당의 말을 더 신뢰했다.

부임한 이 목사는 당과 절집들의 실태를 파악하기 위해 순력에 나섰다. 대정현 덕수리에 있는 광정당 앞을 지나게 되었다.

"사또 어른 송구스러운 말씀입니다만, 말에서 내려서 걸어가셔야 하겠습니다."

호위대장이 허리를 굽혀 아뢰었다. 호위대장은 그동안 이 목사가 영을 내려 많은 절집과 당을 부수었다는 사실을 알고 있었다.

"무슨 말인가?"

"예, 옛적으로 이 광정당 신은 신령이 너무 세어서 누구나 이 앞을 지날 때에는 말에서 내려 걸어가야 합니다."

"고약한 일이로구나. 이 제주 섬에서 누가 날 보고 하마하여 걸어가라는 말인가? 내가 하찮은 헛귀신 당신 앞에서 걸어가란 말이냐?"

이 목사는 화를 버럭 냈다. 당치 않은 말이다. 목사가 걸어서 간다면, 이 섬에서 광정당 신이 목사보다 위에 있다는 말이 아닌가?

"어서 앞장서 가거라."

이 목사는 말을 끄는 병사에게 소리를 질렀다. 그런데 말이 발을 옮겨 놓지 못했다.

"내려서 걸어가십시오. 말이 걷지 않습니다."

마부가 울먹이면서 사정했다.

이 목사는 채찍으로 말 잔등을 후려쳤다. 그러나 말은 발을 떼지 않았다.

목사는 말에서 내리면서 칼을 빼어 말의 목을 쳤다. 말이 피를 흘리면서 쓰러졌다.

"이 부근에 사는 모든 심방들을 다 불러 모으라. 굿을 해서, 이 당신을 내가 만나야 하겠다."

이 목사의 명령에 대정 고을 심방들이 다 모였다.

굿을 시작했다. 굿을 몇 시간 계속하자 당에서 큰 구렁이가 나타났다. 이 목사는 군사들을 미리 잠복해두었다.

군사들이 일제히 활을 쏘아 구렁이를 잡았다.

"다들 똑똑히 봐라. 무슨 신령스러운 신이 있단 말이냐? 무당들이 일부러 만들어낸 헛소리다."

심방들에게 구렁이를 파묻도록 하고, 군사들에게는 죽은 말을 장사지내도록 했다.

이후부터 이 목사는 각 마을 별로 마을당을 마을 사람들이 스스로 파괴하도록 명을 내렸다. 그래서 제주에 있는 절집과 당집은 거의 없어졌고, 무당들에게는 굿을 하지 말고 농사를 짓도록 조치했다.

그런데 제주 사람들은 이형상 목사의 처사를 달갑지 않게 생각하기도 했다.

이 목사는 결국 어떤 사건에 연루되어서 파직당하여 돌아가게 되었는데, 그것은 제주의 당신과 절집 신들의 복수 때문이라고 말하기도 한다.

어떤 이야기는 이 목사가 고향으로 돌아가 보니, 아들 셋이 괴질에 걸려 세상을 떠났는데, 그것도 모두 제주의 당신들의 복수 때문이라고 전하기도 한다.

이형상 목사의 권력 비상 의지와 제주사람들 간의 갈등을 무당과 이 목사의 신당 철폐 사건을 대립구조로 설정하고 설화를 만들었다. 이러한 이야기는 악신을 퇴치하여 백성의 안위를 보장하는 데 관리들이 크게 기여하였다는 육지부의 설화와 상반되는 반공안성反公安性은 제주설화의 한 특징이 된다. 이형상 목사가 신당을 철폐한 사건이 제주사람들에게는 혹 부정적으로 인식하기도 했다. 그래서 당신의 복수로 이 목사가 어려움을 당했다는 설화도 전해 내려온다. 서련 판관의 설화도 이와 비슷한 구조로 되어 있다.

서련 판관과 제주사람

구좌읍 김녕리 마을 동쪽에 큰 뱀이 살았었다는 큰 굴이 있다. 이 뱀은 다섯 섬들이 항아리만큼이나 몸통이 컸다고 한다.

주변 마을 사람들은 이 뱀에게 매년 처녀를 한 사람씩 제물로 바쳐 큰 굿을 했다. 만일 굿을 하지 않거나, 정성이 부족하면 그 뱀이 나와서 곡식밭을 다 휘저어 버려서 농사를 망치게 하였다. 그래서 매년 꼭꼭 처녀 한 사람씩을 희생 제물로 바쳐서 굿을 했다.

양반의 집에서는 제물이 될 딸을 내어 놓지 않았으므로, 결국 무당과 같은 천민 집안의 딸들이 으레 희생제물이 되게 마련이었다. 그래서 무당이나 천민의 딸은 시집을 가지 못했다.

이러한 소문이 제주목에 알려지게 되었다. 그 즈음에 서련 판관이 부임해 왔다. 그는 아직 젊은 나이로 의협심이 강하였다. 서 판관은 이 뱀굴의 이야기를 듣고 괴이하게 생각했다. 처녀를 제물로 바쳐 제사를 지낸다니? 사람 사는 세상에서 있을 수 없는 일이다. 임금의 명을 받고 백성의 안위를 책임져야 할 판관으로서 어찌 이런 기괴망측한 일을 두고만 볼 것인가?

이렇게 생각하고는 이 굴에 사는 요괴를 퇴치하기로 작정하였다.

서 판관은 군사를 거느리고 가서 굴 주변에 미리 잠복을 시켰다. 그리고 이 굴을 담당하고 있는 무당들을 불러 온갖 제물을 준비하고 굿을 하도록 했다. 굿을 시작하여 여러 시간이 지났는데, 과연 어마어마한 뱀이 나와 술을 먹고 떡을 먹었다. 그리고 다시 무엇을 찾았다. 처녀 제물을 찾는 것이었다.

이때 서 판관은 북을 울렸다. 잠복해 있던 군졸들이 활을 쏘고 창검을 휘둘러 뱀을 찔러 죽였다.

"판관 어르신, 어서 말을 달려 성안으로 돌아가십시오. 어떤 일이 있어도 뒤돌아보아서는 안 됩니다."

굿을 주동했던 무당이 판관에게 부탁하였다.

판관은 무당의 말이라도 듣지 않을 수 없었다. 말에 올라타서 채찍을 휘두르면서 성안으로 달렸다. 무사히 성안 동문 밖까지 이르렀다. 이때 군졸 한 사람이 뒤에서 소리를 질렀다.

"뒤에서 피가 비처럼 몰려옵니다."

그만 판관은 심방의 당부를 잊어버렸다.

"무슨 피가 비가 되어 온다는 말이냐?"

판관은 무심코 뒤를 돌아보았다. 그 순간 말에서 떨어져 그 자리에 즉사하고 말았다. 뱀이 죽자 그 피가 비가 되어 서 판관에게 복수하러 뒤쫓아 온 것이다.

서판관의 죽음에 대해서는 여러 가지 이야기가 전해온다.

뱀굴에 사는 요괴를 죽인 판관은 곧 제주를 떠났다.

그런데 제주와 추자도 사이에 있는 무인도 사서코지까지 갔을 때에 폭풍이 몰아쳐서 배가 파선되어 죽었다. 뱀 귀신이 그를 따라가서 복수를 한 것이다. 그 후부터 어부들이 바다에 나가 사서코지에 이르면 돼지 머리를 차려 고사를 지내기 시작했다 한다. 지금도 사서코지에서는 여전히 고사를 지내고 있다.

이 설화도 반反공안설화라는 점에서 제주설화의 독특한 양식으로 이형상 목사 설화와 같은 구조로 되어 있다. 육지부 설화는 백성을 괴롭히는 악귀나 요귀를 관원이 퇴치함으로 백성들이 평안하게 살게 되었다는 긍정적 구조로 되어 있다. 그런데 제주의 설화는 요괴(당신)를 퇴치한 관원이 그의 흉험凶險으로 복수를 당하는 결말에 와서 역전된다. 이것은 설화 향유자들의 의식의 반영으로 제주사람과 무당의 관계, 그리고 관원과의 관계를 설명해준다. 이처럼 구비전승인 설화는 그 향유자들이 작가이고, 독자이기에, 그 사회 형편과 사람들의 의식을 잘 전해준다.

고려의 반군叛軍 수뇌 김통정金通精

고려 때의 일이다. 한 과부가 살고 있었는데 날이 갈수록 허리가 점점 커져 갔다. 동네 사람들이 눈치를 채고는, 남편도 없는 여자가 저럴 수 있느냐고 수군거렸다. 과부는 사실을 털어 놓지 않으면 안 되겠다고 생각했다.

매일 저녁 문을 꼭꼭 잠그고 자다가 깨어보면 웬 사내가 방 안에 들어와서 같이 잠을 자고 간다는 것이다. 동네 사람들은 이후에 그 남자가 찾아왔을 때 실로 그 몸을 묶어두면 그 정체를 알 수 있을 것이라고 가르쳐주었다. 과부는 실을 미리 준비해 두었다.

그날 밤에도 과부는 잠을 자다가 이상한 낌새를 느끼고 일어나보니, 한 남자가 같이 잠을 자고 있었다. 과부는 남자 모르게 그의 허리에 실을 묶어 놓았다. 날이 새어보니 실은 창문 구멍을 통하여 밖으로 나가 노둣돌 밑으로 들어가 있었다. 과부가 노둣돌을 들어보니 큰 지렁이가 한 마리가 있는데 실이 그 지렁이 허리에 감겨져 있었다. 과부는 이 지렁이와 잠자리를 같이했던 것이다.

다음에 이 지렁이가 찾아왔을 때에 과부는 결국 죽여 버렸다. 그로부터 과부의 허리가 점점 커져서 얼마 뒤에 옥동자를 하나 낳았다. 아이는 온몸에 비늘이 돋쳐 있었고 겨드랑이에는 자그마한 날개가 돋아 있었다. 과부는 이런 사실을 일체 숨기고 아기를 잘 길렀다. 동네 사람들은 이 아이를 지렁이와 정을 통하여 낳았다 하여 지렁이 '진'자 성을 붙이고, '정을 통했다'는 의미로 '진통정'이라 불렀다.(혹은 지렁이의 '질'음을 따서 질통정이라 불렀다고도 한다.) 이 아이가 김통정인데 성이 김씨가 된 것은 김씨 가문에서 '진'과 '김'이 발음이 비슷해서 김씨로 바꿔놓았기 때문이다. 김통정은 자라면서 활을 잘 쏘았고 하늘을 날며 도술을 부렸다. 그래서 삼별초의 우두머리가 되었다. 김통정은 삼별초가 궁지에 몰려가자 진도를 거쳐 제주도로 들어왔는데 먼저 군항으로 상륙했다. 군대가 입항했다 해서 '군항'이란 이름을 붙였다.

통정은 군항에서 군사상 적절한 곳을 찾아 한라산 쪽으로 올라가다가 항바들이를 발견하고 여기에 토성을 쌓았다. 흙으로 내외성을 두르고 안에 궁궐을 지어 스스로 해상왕국이라 했다.

장군은 백성들에게 세금을 받되 돈이나 쌀을 받지 아니하고 반드시 재 닷 되와 빗자루 하나씩을 받아들였다. 그래서 이 재와 빗자루를 비축해 두었다가 토성 위를 뺑 돌아가며 재를 뿌렸다. 김통정은 외적이 수평선 쪽으로 보이기 시작하면 말 꼬리에 빗자루를 달아매어 채찍을 놓고 성위를 돌았다. 그러면 안개가 보얗게 끼어 올라 적은 방향을 잡지 못하고 그대로 돌아가곤 했었다.

김방경 장군이 거느리는 고려군이 김통정을 잡으러 왔다. 말꼬리에 빗자루를 달아매어 연막을 올려 보았으나 김방경 장군도 도술이 능해서 전세는 김통정 장군에게 불리했다. 장군은 사태가 위급해지자 황급히 사람들을 성안으로 들여 놓고 성의 철문을 닫고 잠가버렸다. 이때 너무 급히 서두는 바람에 아기 업저지(아기를 업어 주며 돌보는 어린 여자 하인) 한 사람을 그만 들여 놓지 못하였다. 이것이 실수였다. 김방경 장군은 토성에까지 진격해 와서 입성을 기도하였다. 그러나 토성이 너무 높고 철문이 잠겨 있어 들어갈 도리가 없었다. 어쩔 수 없이 성 주위를 뺑뺑 돌고만 있었다. 이때 아기 업저지가 장군의 하는 꼴이 하도 우스워서 물었다.

"어째서 장군님은 성 밖에서 뱅뱅 도십니까?"

"성안으로 들어갈 수가 없어 궁리하는 중이요."

"원, 장군님도 저 쇠문 아래 풀무를 걸어놓아 두 이레만 불을 때어 보십시오. 어떻게 될지?"

김 장군은 이 아기 업저지의 말에 무릎을 치고 감탄했다. 그 말대로 풀무를 걸어놓아 불을 때었다. 열나흘이 가까워 가니 철문이 벌겋게 달아올랐다. 곧이어 철문이 녹기 시작했다.

성문을 무너뜨리고 성안으로 고려 군사가 몰려들었다.

김통정 장군은 사실을 알고는 깔고 앉았던 쇠방석을 바다 위로 내던졌다. 쇠방석은 수평선 위에 가서 떨어졌는데 가라앉지 않고 떠 있었다. 김통정 장군은 곧 날개를 벌려 쇠방석 위로 날아가 앉았다. 김방경 장군은 어쩔 도리가 없었다. 다시 아기 업저지에게 묘책을 의논했다. 아기 업저지는 장수 하나는 새로 변하고 또 한 장수는 모기로 변하면 잡을 수 있으리라 했다.

김방경 장군은 군사들 중에 묘술을 부리는 사람을 뽑아서 새와 모기로 변하게 하여 쇠방석 위로 날아가게 했다. 김통정 장군은 난데없이 새와 모기가 날아오는 것을 보고 심상치 않다고 생각했다. 곧 쇠방석을 떠나서 고성리 마을 서편에 있는 '갈그미'라는 내(川)로 날아왔다. 새와 모기로 변한 김방경 장군 군사들은 다시 그 뒤를 쫓아왔다. 새는 김통정 장군의 투구 위에 앉고 모기는 얼굴 주위를 돌며 앵앵거렸다.

"이 새는 나를 살리려는 새냐 죽이려는 새냐?"

김통정은 이렇게 중얼거리며 고개를 들어 새를 쳐다보려 했다. 머리가 뒤쪽으로 젖혀지자 목에 있는 비늘이 들리며 틈새가 생겼다. 이 순간 모기로 변했던 장수가 칼을 빼어 비늘 틈새로 김통정 장군의 목을 내리쳤다. 떨어지는 모가지에 얼른 재를 뿌려 놓았다. 비늘이 온몸에 쫙 깔려 칼로 찔러도 들어가지 않던 김통정 장군의 모가지가 끝내는 떨어지고 재를 뿌려 놓으니 두 번 다시 모가지가 붙지 못했다.

김통정 장군은 죽어 가면서 내 백성일랑 물이나 먹고 살아라 하며, 가죽신을 신은 채로 바위를 꽝 찍었다. 바위에 발자국이 움푹 파였고, 거기에서 샘물이 솟아났다.

김통정 장군을 죽인 김방경 장군은 곧 토성 안으로 들어가 김통정 장군의 처를 잡아냈다. 토성 안에는 넓은 못이 있었다. 김통정 장군이 여기에서 뱃놀이를 했다. 김방경 장군은 통정의 부인을 잡아다가 물 위에 소길마를 놓고 그 위에 올라가 앉도록 했다. 뱃속에 임신한 자식이 물에 비쳤다. 김방경은 통정의 처를 죽였다. 그때에 매 새끼 아홉 마리가 떨어졌다 한다. 날개 달린 김통정 장군의 자식이니 매 새끼로 임신한 것이다. 이렇게 김통정 장군의 처를 죽이니 그 피가 일대에 흘러내려 붉게 물들었다. 그래서 '붉은오름'이란 이름이 생겼는데, 지금도 그 오름의 흙은 붉다.

김통정에 대한 다른 이야기도 전한다.

그의 어머니는 중국 조정승의 딸이었다. 처녀 때에 별당에서 글공부를 하다가 그 자리에 잠이 들곤 했다. 잠이 들면 어떤 남자가 들어와 동침을 했는데 결국 임신하게 되었다. 그 남자의 정체를 알기 위해서 몸에 실을 묶었는데, 지렁이가 남자로 변하여 찾아오는 것을 알게 되었다.

김통정은 한 번 잠을 자기 시작하면 한 달 동안 식음을 전폐하고 잠을 잤다. 어느 날 김통정의 머슴이 꿈을 꾸었는데, 백발노인이 나타나 장군을 잠자지 못하게 하라는 것이었다. 머슴은 이 꿈 이야기를 잠자는 김통정 장군에게 말하러 갔다. 평소 마음에 들지 않는 머슴이 들어와서 뭐라고 말할 것 같아서 그 말을 듣지도 않고 내쫓아버렸다. 이것이 원한이 되어 김방경 장군에게 김통정을 죽이는 방법을 가르쳐 주었다고 한다.

아기 업저지의 도움으로 김통정 장군을 죽인 김방경 장군은 그 공을 갚으려고 아기 업저지를 찾았다. 아기 업저지는 임신해 있었고, 그 아이가 김통정 장군의 아이임을 알게 되었다. 그래서 아기 업저지를 죽이고 배를 갈라 보니 비늘이 달리고 날개가 돋은 아이가 한참 파닥파닥 뛰더라 한다.

김통정 장군이 활을 쏜 자국이 지금도 고성리 마을에 남아 있다. 거기에는 화살도 박혀 있었는데, 누가 그 화살을 빼어 가버렸다고 한다.

김통정 장군이 백성을 시켜 토성을 쌓을 때는 몹시 흉년이었다 한다. 그래서 역군들이 배가 고파 인분을 먹었다 한다. 자기가 쭈그려 앉아 똥을 싸고 돌아앉아 그것을 먹으려고 보면 이미 옆에 있던 역군이 주워 먹어 버려 제 똥도 제대로 먹지 못하였다 한다.

불운한 영웅의 이야기이다. 고려 조정의 입장에서는 반도(叛徒)인 김통정 장군을 제주설화에서는 영웅화하였다. 그가 왜 제주에 들어와서 마지막까지 여몽 연합군에 항쟁을 시도했던가? 그 사건 이후로 제주도는 200여 년 동안 몽골의 지배를 받게 된다. 지금은 삼별초 김통정을 외세와 대항하여 민족의 주체의식을 지킨 인물로 평가한다. 고려의 반군이 받는 이러한 평가에 대해 제주사람들은 혼란스럽기만 하다. 역사적 진실은 도대체 무엇인가? 이 문제에 대해서 설화는 매우 정직하다. 김통정을 긍정적으로, 또는 부정적으로 평가하지 않고, 그 인물과 시대에 대한 제주사람의 의식을 정직하게 전할 뿐이다.

섬에 사는 거인의 꿈

제3부

제주사람들이
살아가는 방법

유명한 지관地官 고 전적高典籍

고 전적은 조선조 현종 때의 사람으로 제주시 이호동 가물개라는 곳에 살았다. 그는 어렸을 때부터 머리가 총명하여 명도明道 선생의 제자로 들어가 열심히 공부해서 후에 지리에 크게 통달했다. 당시 국지리로 유명했던 소 목사도 같은 문하에서 공부한 사람이다.

고 전적이 아직 전적典籍 벼슬을 하기 전인 가물개 생원이었던 시절에 이런 이야기가 전해 내려온다. 고 생원이 지리에 통달했다는 소문이 널리 퍼졌다. 그가 정한 묏자리라면 이 섬 안에서는 누구도 흠을 잡지 않았다.

그는 원래 출신이 서자였다. 그래서 집안에서도 서러움을 많이 받았다. 글을 공부하여 글재주가 뛰어났건만 주위 사람들이나 명도 선생으로부터도 괄시를 받았다. 그게 뼈에 사무치는 한이었다.

명도 선생이 세상을 떠났다. 장례를 치르게 되었는데, 그 묏자리를 정하는 일을 누구에게 맡기느냐 의논하게 되었다. 제자인 고 생원이 지리에 유명하니 그에게 맡기는 것은 당연했다.

일을 맡은 그는 서귀포시 토평리 마을 서쪽 '큰다리굴'이라는 곳에 자리를 보았다. 여기는 국세가 좋기로 이름난 곳이어서 다들 쓸 만하다고 수긍하였고, 더구나 고 생원이 정했으니 틀림없다고들 하였다. 제사는 잘 치러졌다.

몇 년 후에 소 목사가 제주 목사로 부임해 왔다. 목사는 첫 순력을 하였다. 동쪽으로 돌아와 서귀포진에 이르니 명도 선생의 묘소에 참배를 하겠다는 생각이 났다. 부임했을 때 이미 선생을 이곳에 모셨다는 걸 알고 있었다. 관아에서는 명도 선생 댁으로 전갈을 보내어 목사의 묘소 참배 준비를 하도록 하였다. 선생의 아들이 모든 준비를 갖추고 소 목사를 안내했다. 묘소 앞에 가 자리를 깔고 참배 준비를 하는데, 소 목사가 한번 주위를 둘러보더니,

"안 되었다. 이쪽으로 와서 자리를 펴라"고 지시했다.

거기는 묘에서 몇 발 떨어진 평지였다. 영문을 모르고 그 자리에 자리를 펴고 목사가 거기에서 분향하고 배례를 하였다. 명도 선생의 아들은 묘소 앞에서 참배를 아니 하고 외딴 데에 가서 참배하는 것을 보고 이상히 여겨 그 사유를 물었다.

"이 묏자리를 누가 정했느냐?"

소 목사는 먼저 묏자리를 정한 사람을 물었다.

"아버님 제자 중에 가물개에 사는 고 생원이란 분이 있는데 그분이 정했습니다."

"음 그랬군."

목사는 아무 말도 아니하고 자리를 떴다.

선생의 묘는 풍질에다 쓴 것이었다. 그러니 시체가 봉분 밑에 있지 않고 저만치 이동하였던 것이다. 소 목사는 곧 선생의 묘소를 이장하여 모셔야 하겠다 생각하고 제주 3읍에서 유명하다는 지관地官들을 전부 불러들였다. 지관들은 명도 선생 묘가 있는 큰다리굴로 다 모였다. 목사는 선생의 묘소 근처에 군막을 쳐 좌정하고 지관들더러 정자리를 찾으라고 했다.

"여기가 정자리옵니다."

"여기가 쓸 만한다고 봅니다."

지관들은 저마다 정자리를 짚어냈다. 그런데 가물개 고 생원은 목사

앞쪽에 가만히 앉아서 머리만 수그리고 정자리를 보려고 하지 않았다. 목사는 다른 지관들이 가리키는 것을 보고는,

"고 생원은 어찌하여 가만히 있는고?"

물으면서 정혈을 찾아보라고 했다.

"예, 황송하오나 목사님이 자리에서 일어나시면 정혈을 보고자 합니다."

목사는 그 말에 놀랐다. 그가 정혈을 이미 보고 그 자리에 앉아 지관들의 눈에 띄지 않도록 하였던 것이었다. 고 생원의 말을 들은 소 목사는 속으로 감탄하면서도 목소리를 높여 꾸짖었다.

"음 그래? 그렇게 잘 알면서 선생의 묘는 어째 그렇게 썼을꼬?"

"예, 황송하오나 아무리 선생님인들 제가 품은 감정이 없을 수 있겠습니까?"

고 생원이 글공부할 때 선생으로부터 서자라고 멸시 받았던 것이 억울해서 일부러 풍질에다 자리를 정한 것이다.

"이놈 아무리 예전에 감정이 있다고 한들 스승의 묘소를 어찌 그렇게 정할 수 있느냐! 곧 결박하여 하옥시켜라."

목사의 명에 따라 고 생원은 즉시 하옥되었다.

며칠 후 소 목사는 이상한 꿈을 주었다. 인통을 무릎에 올려놓으면 떨어지고 올려놓으면 떨어지고… 세 번이나 연달아 떨어지는 것이었다.

"이상하다 제주목사로 왔다가 무슨 봉변을 당하려는 것인가?"

소 목사는 은근히 두려우면서 겁도 났다.

이튿날 조회 때 꿈을 해몽할 사람을 천거하도록 지시했다. 신통한 해몽자가 제주에 있을 리 없었다. 하옥된 고 생원이면 해몽할 것이라고 아전들이 말했다. 소 목사는 어쩔 수 없이 고 생원을 불러들이라 했다.

"왜 사또가 하나지 둘이냐? 어느 사또는 나를 하옥시키고 어느 사또는

나오라고 하느냐?"

관속이 고 생원을 부르러 가도 고 생원은 나오지 않았다.

"그리 말고 목사가 의논할 일이 있어 청해 오시도록 한다고 해라."

관속이 정중히 청하니, 그제야 고 생원은 목사에게로 나갔다.

소 목사는 얼른 고 생원을 맞아들여 옆에 앉히고 해몽을 부탁했다.

"예, 지금 하옥 중이라 정신이 혼미하니 며칠 여유를 주십소서."

고 생원은 해몽을 하지 않으면서 이상한 청을 했다. 목사도 그의 말을 듣지 않을 수 없었다.

고 생원은 융숭하게 대접을 받으며 며칠을 쉬고서 해몽을 했다.

"모레 사오시가 되면 좌익 유지가 대령할 게고, 다음은 우익 유지, 세 번째는 어영도대장 유지가 당도하겠습니다."

"그게 틀림없는가?"

"예, 만일 저의 해몽이 틀리면 이 목을 베십시오."

목사는 그의 해몽을 믿고 그날이 오기를 기다렸다.

그날 사오 시가 가까워 가자 소 목사는 고 생원과 같이 바다가 내다보이는 만경루에 올라 눈이 빠지게 바다를 응시하고 있었다. 유지를 가져오는 배를 보려는 것이다. 사시가 되어도, 오시가 되어도 바다에는 배 한 척 보이지가 않았다. 소 목사는 그만 실망해 버렸다.

'이놈을 선참후결해야겠다'고 마음먹고 누각을 내려오려 했다.

이때 바다의 저 물마루 쪽으로 배 한 척이 나타났다. 배는 차츰 가까워지더니 포구로 들어왔다. 목사가 누각에서 기다렸더니 과연 좌익 유지를 바치는 것이다. 얼마 있더니 다시 배가 한 척 들어와 우익 유지가 들어오고 세 번째 배는 어영도 대장의 유지를 갖다 바치는 것이었다. 소 목사는 고 생원의 신안에 감탄했다. 곧 차비를 해 어영도 대장으로 부임 차 서울로 올라가며 고 생원을 같이 데리고 갔다.

"고 생원, 공을 무엇으로라도 갚겠으니 소원이 무엇이오?"

"소원이 뭐 있겠습니까? 문과 벼슬이나 한 번 했으면 좋겠습니다."

고 생원이 문과 벼슬을 원하니, 소 목사는 우선 전적을 시켜주었다.

고 전적이 벼슬을 하게 된 것은 그의 부친의 묘를 잘 썼기 때문이다. 고 전적은 서자였다. 그가 벼슬을 하지 않고 있을 때에 부친상을 당했다. 형은 동생이 지리에 유명하니 묏자리를 마련할 줄 알았고, 고 생원은 형님이 계시고 서자인 자신이 그 일에 마음 쓸 일이 아니라고 생각해서 서로 미뤄놓고 있었다.

토롱土壟(임시로 만든 무덤)을 해 놓고도 1년이 넘도록 장례를 지내지 못했다.

하루는 형수가 남편에게 물었다.

"아버님이 세상을 떠난 지 한 해가 넘었는데도 장례를 걱정하지 않으니 무슨 사연이 있습니까?"

"동생이 유명한 지관이니 알아서 하겠지."

"큰 아들이 일을 앞장서 처리해야 하지요. 시동생이 유명한 지관이지만 큰 상주로서 묏자리를 부탁해야 할 거 아닙니까?"

형은 아내의 말을 듣고 보니, 그게 맞았다.

형은 동생을 찾아가 묏자리를 보도록 정식으로 청했다. 고 생원은 그제야 아버지 묏자리를 보러 형님과 같이 나섰다.

섬 안을 두루 돌아다니다가 서귀포 지경 효돈 마을 다래미란 곳에 자리를 마련했다.

"형님 이만하면 아버님을 모실 만합니다."

"이게 무슨 형인고?"

형은 좀 더 자세히 알고 싶었다.

"역두형입니다."

'역두형'이란 남자의 성기를 상징하는 말이었다.

"그러면 그에 맞는 형이 있어야 할 거 아닌가?"

"예, 저기 제제기오름이 바로 이 자리와 맞서는 형이 됩니다."

바닷가 쪽 서귀포 보목리에 있는 산을 가리켰다. 이 산은 여인이 활딱 벗은 알몸으로 앉아 있는 형국이었다.

"그러면 저 산이 살아 있을까?"

"예, 샘물이 나고 있습니다."

동생의 말을 듣고 형제가 그 산에 가서 보니, 기슭에서 생수가 줄줄 흘러내리고 있었다. 형제는 '이만하면 쓸 만하다'고 생각하고는 그곳에 부친을 모기로 결정했다.

장사 날에 광중을 파기 시작했다. 거의 다 파가는데, 땅에 구멍이 툭 터졌다. 역군들이 구멍이 터져 장사를 못하겠다고 수군거렸다. 고 생원은 얼른 달려가더니 상복을 재빨리 벗어 돌돌 말아서는 그 구멍을 꽉 막았다.

"그대로 하관하십시오. 벼슬에 오르는 사람이 한 사람은 날 테니 그만하면 되겠지."

이렇게 장사를 지냈는데, 과연 얼마 안 되어 고 생원이 전적이 되었다. 전적이 된 후 고 전적은 '터진 땅에서 갑반 과거 하나 났으니 그만 떠나자' 하고 아버지 묘를 이장해 버렸다.

그 후 얼마 안 되어 구좌면 뒷개 이만경네 집에서 그 이상한 자리에 장사를 지내고 싶다고 양해를 구하러 왔다. 아직 만경이 되기 전이었다.

"우리는 이미 떠났으니 마음대로 쓰시오."

허락해주었다. 그러면서

"제열은 다른 사람 빌지 말고 내가 해주겠소."

그렇게 약속했다.

고 전적은 원래 장사지냈던 자리에서 한 광중 더 내려앉혀 개광하도록 했다. 흙을 파 가니 오색토가 나왔다. 고 전적이 원래 장사했던 자리는 정자리가 못 되었던 것이다. 정자리에 묘를 쓴 이만경네 집에는 그 후 얼마 안 되어 만경 원이 나고 이어서 무과 벼슬을 많이 하게 되었다.

호종단으로 인해 제주가 불모의 땅이 되었으면서도 제주사람들은 풍수로 그 불모성을 극복하려 한다. 그런데 아무리 명당 터를 얻었다 하더라도 중심부 세력에 의해서 그 행운을 잃게 되는 경우가 많았다. 이처럼 호종단의 횡포는 여전히 계속되었고, 제주 사람들은 그러한 상황에서 살아왔다. 풍수는 제주사람들이 잃어버린 것을 찾을 수 있는 유일한 길인데도, 그것도 여전히 중심부 세력에 의해서 박탈당해야 하는 상황은 예전과 다르지 않았다. 이러한 현실에서도 제주사람들은 풍수에 대한 꿈을 포기하지 않았다. 이렇게 제주사람들에게 풍수는 결정론적인 한편 그것을 극복하여 새로운 삶을 모색하려는 도전이기도 했다.

오 훈장吳訓長과 정 지관鄭地官

250여 년 전 성산읍 오조리 마을에 오 훈장이라는 사람이 살았다. 한학을 많이 공부해서 제주 삼 읍의 도훈장을 지내었다. 제주 목사도 무시하지 못할 만큼 그 명성이 높았다. 오 훈장은 또한 지리에도 능했다.

이웃 마을인 고성에 유명한 정 지관이 살았다. 지리로 말하면 정 지관이 오 훈장보다도 훨씬 앞섰다. 그러나 오 훈장은 정 지관을 어렸을 때 가르쳤기 때문에 정 지관의 지리를 인정하지 아니하고 항상 나무라는 말을 하고 다녔다

"정 서방 따위가 뭘 알고…."

이렇게 그를 하찮게 생각했다.

이런 말이 가끔 귀에 들려와도 정 지관은 스승의 말이라 별로 마음 쓰지 않기로 하고 참았다. 정의현에서는 으레 장사가 나면 정 지관을 청했다. 그러면서 오 훈장도 함께 청하지 않으면 안 되었다. 정 지관만 청하여 묏자리를 보았을 경우에도 오 훈장을 다시 청하여 그 묏자리에 대해서 의견을 들어야 했다. 이러한 일은 두 사람이 모두 지리에 능통했기 때문이기도 하지만, 또 다른 이유도 있다.

만일 오 훈장에게 의논을 안 하면 자기를 무시했다 하여 오해를 받게 되기 쉽다. 그렇게 되면 다른 일이 생겼을 때에 오 훈장의 도움을 받기 어려워지기 때문이었다. 그처럼 오 훈장의 위력도 무시할 수 없었다. 이런 이유 때문인지, 오 훈장은 항상 정 지관을 하찮게 생각하였다.

어느 해 난산리 마을 김씨 댁에 장사가 났다. 김씨는 정 지관과 친한 사이여서 그에게 묏자리를 봐 달라고 청했다. 오 훈장도 같이 청하는 것을 잊지 않았다. 두 사람은 묏자리를 보러 들판으로 나갔다. 마을 남쪽 '잣도'라는 곳으로 가서 묏자리를 보게 되었다. 두 사람은 정자리를 찾고 있었다. 오 훈장은 사방을 두루 살피다가 잣 안으로 가서 턱 앉으면서 "여기가 좋다!" 했다. 그러자 정 지관은 잣 바깥으로 나가 앉으면서 "여기도 쓸 만하다!"고 했다.

둘의 의견은 엇갈렸다.

상주는 얼른 결정을 내리지 못하였다. 그래서 우선 점심이나 먹은 후에 결정하려고 했다. 그래서 오 훈장이 앉아있는 자리에 점심을 갖다 놓았다.

"자네도 이리로 올라앉게."

오 훈장은 정 지관을 자기 자리로 오도록 했다.

"전 여기가 좋습니다."

정 지관은 오 훈장의 말대로 올라앉으려고 하지 않았다.

김씨는 '여기가 좋다'는 정지관의 고집을 이해하지 못했다. 그저 점심을 먹는데 아래쪽에 앉아서 먹어도 좋다는 겸양의 말로만 받아들였다. 묏자리는 오 훈장이 본 자리로 정하고 장사를 치렀다.

삼 년이 지나자 김씨 집엔 흉사가 자주 일어났다. 소문에는 묘의 정자리를 잘못 정한 때문이라는 것이었다.

김씨가 정 지관을 찾아왔다.

"아버님 장사 지내고 몇 년이 안 되었는데, 어려운 일만 닥치니 우리 집안은 이제 망하게 되었네."

한탄하는 소리를 했다.

"왜 내가 잣 아래에 앉아서 '여기가 좋다'고 안 했는가."

그제야 김씨는 정 지관의 말을 따르지 않은 것을 후회하였다.

이 말이 오 훈장의 귀에 들어갔다.

'그 따윗 게 뭘 알아서 그런 소릴 하는 거라.'

오 훈장은 속으로 나무라면서 기회에 톡톡히 정 지관의 기를 죽여 놓아야겠다고 생각했다. 오 훈장이 정 지관을 찾아갔다.

"자네가 묏자리를 잘 본다니 우리 어머님 묏자리를 봐 주게."

정 지관은 그 말을 그대로 받아 들였다.

"선생님 이장을 하십시오."

엉뚱한 말을 했다.

"왜?"

"이장을 해 보시면 아시게 될 겁니다. 시신이 아직도 눈을 감지 못하고 있습니다."

"그 말이 사실이 아니면 자네는 어떻게 할 텐가?"

"제 목숨을 선생님에게 바치지요."

너무도 자신 있게 말하는 바람에 묏자리 보는 데는 세상에서 제일이라고 자부하던 오 훈장도 마음이 흔들려 그 말을 믿지 않을 수 없었다. 급히 이장을 서둘렀다.

이장을 하는데, 관이 깨끗했다. 관 두껑을 열어보니, 시신을 쌌던 천들은 다 썩어 흔적이 없는데, 시신은 그대로 있었다. 더구나 과연 정 지관의 말대로 시신이 눈을 뜨고 있었다. 그 땅은 양시리지여서, 시신도 썩지 않고 눈을 뜨고 손톱, 발톱이 점점 자라는 땅이었던 것이다.

오 훈장은 기가 막혔다.

"어떻게 하면 좋을까? 내가 그동안 정 지관에게 못할 짓을 많이 했네. 너그럽게 이해해 주시게."

오 훈장은 진정으로 사과를 하였다. 정 지관은 낫을 들고 시신을 가리고 있는 장막을 끊어버렸다. 햇살이 시신 위로 쏟아졌다. 햇빛을 받은 시신이 눈을 감았다.

"자네가 묏자리를 봐 주시게."

오 훈장은 진심으로 사정을 했다.

"선생님 제가 정한 곳에 어머님을 뫼실 수 있을까요?"

묏자리를 정해주었다.

그곳에 가보니 돌무더기였다. 오 훈장이 보기에는 묏자리로서는 적당하지 않았다.

"걱정하지 마십시오. 이곳은 예전부터 제가 좋은 묏자리로 봐 두었는데, 누가 이곳에 묏자리를 잡을까 봐서 제가 돌멩이를 모아 눈가림을 해둔 곳입니다. 스승님의 어머님을 모시겠다는데 제가 이곳을 숨겨둘 수는 없지요."

그 말에 오 훈장을 고맙고 자신이 너무 부끄러웠다.

그런데 다시 봐도 그 자리는 오 훈장의 마음에 들지 않았다.

"자네 마음은 고맙네만, 그래도 지관인 내 눈에는 아닐세."

오 훈장은 결국 그곳에 어머니를 모시지 않았다.

그 후 얼마 지나지 않아 정 지관의 모친이 죽었다. 정 지관은 돌무더기를 치우고 그 자리에 모친을 모셨다. 장삿날 오 훈장이 와서 자세히 보니 묏자리가 참 좋았다. 묘를 써 놓고 보아야 확실히 좋은 게 눈에 들어왔다.

오 훈장이 정 지관을 한 쪽으로 불러내었다.

"내 눈이 비틀어져 있었네. 자네 눈이 옳았어."

오 훈장을 스스로 자기 부족함을 알고서 처음으로 제자 앞에서 고백했다.

제주사람들은 풍수에 의해서만 운명을 바꿀 수 있다는 생각으로, 제주 사회에서 지관의 지위는 탄탄했고, 그들은 그 권위를 스스로 세우기 위해 노력했다. 그러한 면에서 어떤 경우에는 지관들은 제주사람들을 억압하는 세력이 되기도 했다. 더구나 제주설화에는 제주 목사가 풍수사로 등장하여 묏자리를 정하는 데 참여하는 경우도 있다. 이것은 묏자리를 보는 안목으로 신분을 뛰어넘는다는 의미이다. 그만큼 지관의 위세는 대단했다.

제주에서는 조상의 묏자리를 얻기 위해서 육지부 지관을 청해다가 사랑채에 몇 달이고 머물게 하기도 했다. 그만큼 조상의 묏자리를 얻는 것은 한 집안으로서는 대사 중에 대사였다. 그래서 지관이나 묏자리에 얽힌 이야기가 많이 전해진다.

지관 김귀천 地官 金貴泉

약 3백여 년 전 광산 김씨 댁에 귀천이란 사람이 살았다. 어릴 때부터 학문에 힘썼고, 특히 풍수에는 신안이란 평을 들었다.

김 지관은 아버지가 세상을 떠나자 우선 토롱을 해 놓았다. 그런데 여러 형제들이 누구도 아버지 장례 걱정을 하지 않았다. 형은 동생이 유명한 지관이니 묏자리는 동생을 믿었고, 또 동생은 장자인 형님이 모든 장례 절차를 책임질 것이라고 생각했다.

하루는 이 집안 큰 며느리가 남편에게 사정을 물어보았다.

"이제 소상小祥이 돌아오는데 장례 걱정을 아니 하니 어쩐 일이우꽈?"

남편은 심드렁하게 대답했다.

"아우가 이름난 지관인데, 묏자리를 봐서 장사 지내자고 할 텐데."

남편의 말을 들은 큰 며느리는 속이 상했다. 이렇게 큰아들로써 무책임할 수 있는가?

"무슨 말씀입니까? 큰 상주가 다 알아서 해야 할 것 아니우꽈?"

큰 며느리는 장자로서 제 일을 하지 못하는 남편이 이해되지 않았다.

큰아들도 아내 말을 들어보니 옳았다. 그래서 지관인 동생을 찾아갔다.

"동생, 소상이 가까웠는데 아버님 장사를 지내야 하지 않겠나?"

"전 모르겠습니다. 형님네가 다 알아서 하실까 했지요."

그 말에 큰아들은 섭섭했다. 같은 아버지의 자식인데 신안이라고 이름난 동생이 저렇게 무심하게 형에게만 떠맡길 수 있는가? 그러나 참았다.

"그러면 동생이 아버님 묏자리를 봐 주게."

큰 상주로서 정식으로 부탁했다.

"그러십시오. 형님께서 봐 달라고 하면 봐 드리지요. 좋은 묏자리를 찾으려고 하면 지관에게 타는 말과 좋은 안장에 명주 바지저고리를 해 입혀야 합니다."

동생은 다른 집에서 지관을 청할 때처럼 요구했다. 형은 차마 동생이 이렇게까지 나올 줄은 몰랐다. 어이가 없어 더 말을 못하고 돌아와서 부인에게 자초지종을 이야기했다.

"동생을 빌지 않아도 세상에는 지관이 많으니, 내가 동생 신세를 지지 않겠어."

형은 화가 치밀었다. 자기도 자식인데 아버지 묏자리를 봐 준다고 남의 묏자리 보듯이 그렇게 대우를 받겠다는 말이 되느냐고 투덜거렸다.

"그만한 대접을 해줘도 좋습니다. 남도 아닌데 같은 값이면 동생에게 돈을 쓰는 것이 아깝지 않습니다."

며느리는 남편을 이해시키려고 했다.

형은 아내의 말을 듣고 마음을 돌렸다. 결국 동생의 요구대로 해 주기로 하고 묏자리를 부탁했다.

묏자리를 보려고 나갈 날이 돌아왔다. 형은 동생을 청해다가 식사를 잘 해 먹이고 명주 바지저고리를 좋게 만들어 입히고 집안에 있는 말 중에서 가장 좋은 말에 새 안장을 마련하여 지관인 동생을 태웠다. 형은 동생이 탄 그 말을 끌고 집을 나갔다.

소문이 삽시간에 퍼졌다. 사람들은 동생 마음을 이해했다.

형제는 아버지 묏자리를 찾으려 함께 떠나 여러 곳을 찾아 다녔다. 형은 동생과 함께 다니면서도 지관으로서의 예를 다해 모셨다. 여러 지역을

섬에 사는 거인의 꿈

돌아다니다가 형제는 현재 구좌읍 지경의 '조노기'라는 곳에 이르렀다. 그곳에서 묘를 쓸 만한 묏자리를 찾았다.

"형님, 여기가 좋습니다. 이만하면 아버님을 편히 모실 만합니다."

"그러면 자리를 잘 정해 보게."

형은 동생에게 아버님을 모실 자리를 정확하게 정하라고 했다.

"그것은 못하겠습니다."

"못하다니? 그거 무슨 말인가?"

"정혈을 정하는 삯 천 냥을 내놓아야 합니다."

동생은 응당 그렇게 해야 한다는 투로 말했다. 형은 어처구니가 없었다. 같은 아버지의 자식인데 묏자리를 정해주는 지관이라고 명주 바지저고리에다 타는 말에 안장까지 갖추어 바친 일도 기가 막히는데, 이제는 정혈을 정하는 삯을 천 냥이나 내라니 화가 치밀었다. 백 냥이면 몰라도 천 냥을 마련하려면 재산을 거의 다 팔아야 할 판이다. 그러니 형으로서는 그 돈을 마련할 수가 없었다.

형은 아무 말도 더 하지 않고 탄식하며 집으로 돌아왔다.

"어디 좋은 곳을 정했습니까?"

집에 돌아오자 부인이 물었다.

"묏자리는 정했지만 장사는 치르지 못하겠어."

상주는 부인에게 사정을 말했다.

"우리 집과 밭 문서가 천 냥은 될 것이니 그것을 갖다 드려서 정자리를 정하고 장사를 치르도록 하십시다."

부인은 남편을 설득했다. 형은 동생의 처사가 매우 못 마땅했지만 부인이 자꾸 권하는 바람에 재산 문서를 갖고 동생을 찾아갔다.

"동생, 돈 천 냥은 없고 이 문서를 가져 왔으니 받고 어서 정자리를 봐주게."

동생은 형의 재산 문서를 보더니,

"그렇게 하시지요."

기다렸다는 듯이 말했다. 그리고서 그 문서를 궤 속에 놓고 잠갔다.

"이제 나가십시다."

동생이 나갈 채비를 하였다.

형제는 지난번에 묏자리를 봐둔 곳에 이르렀다. 동생이 묘를 쓸 곳을 바르게 정해 놓고서 다시 형에게 조건을 말하였다.

"형님 여기는 묘를 쓰려면 소를 잡고 비단 폐백을 하고 산제를 드려야 합니다."

형은 그렇게 제사를 드리는 것이 쉽지 않은 일이라서 걱정이 앞섰다. 그래도 이미 묏자리에 정자리까지 정해졌는데, 동생 말을 아니 들을 수도 없었다.

동생의 말대로 제사를 지내고 장사도 마쳤다.

역군들이 일을 다 끝내었다.

"형님 큰 상주는 아버님 묘소를 지켜야 하는 법입니다."

동생이 형에게 한 마디를 남기고는 다른 사람들과 같이 산에서 내려와 버렸다.

형은 혼자 아버지 묘 앞에 앉았다. 날씨는 추웠다. 싸락눈이 바람과 함께 날렸다. 곰곰이 생각하니 화가 났다. 같은 부모 자식인데 제가 지관이라고 받을 것 다 받으면서, 형의 재산까지 다 갖고 가면서 이제 나보고 묘소를 혼자 지키라고? 생각할수록 부아가 치밀었다. 참, 기가 막힐 일이었다.

형은 동생에 대한 원망을 하다 스르르 잠이 들었다.

백발노인 셋이 백마를 타고 시종을 거느리고 요란스럽게 언덕에서 내려왔다. 그들은 형이 잠자고 있는 묘소 앞에 멈추었다.

섬에 사는 거인의 꿈

"아, 이거? 우리가 노는 자리를 웬 놈이 차지했지?"

그러자 둘째 노인이 아버지 묘를 가리키면서 소리를 질렀다.

"괘씸하군. 이놈을 꺼내어야 합니다."

서로가 화난 얼굴로 아버지 묘소를 노려보았다. 그런데 셋째 노인이 이를 말리는 것이었다.

"그렇지 마세요. 저 지관 놈이 돈 천 냥을 받아 팔아먹었으니 어쩔 수 없습니다. 우리가 자리를 옮깁시다."

결국 그렇게 의논하더니 노인들이 떠나 버렸다. 그 땅은 삼 신선이 밤마다 내려와서 노는 곳이었다. 동생이 이 사실을 알고서 많은 돈과 재물을 들여 장사를 지낸 것이다.

꿈에서 깬 형은, '묘한 꿈이로구나!' 생각하면서 날을 밝혔다. 동생이 조반을 준비하고 산으로 올라왔다.

"형님, 간밤에 무슨 꿈꾸지 않았습니까?"

"무슨 꿈 말인고? 아무 꿈도 못 꿔지더군."

아직도 동생에 대한 섭섭한 마음이 풀리지 않았던 터라 퉁명스럽게 대답했다.

"그러면 형님이랑 여기 계십시오. 난 내려갔다가 또 오겠습니다."

동생은 다시 저 혼자 내려가려고 하였다. 형은 혼자 고생할 생각을 하니 어이가 없어 동생을 불러 앉히고 꿈 이야기를 했다.

"예, 그럴 겁니다. 이젠 다 되었으니 내려가십시다."

형제가 나란히 집으로 왔다.

뒷날 동생은 형으로부터 받은 재산 문서함을 가져왔다.

"형님, 이 문서 받으십시오. 그 땅에 묘를 쓰려고 하면 이렇게 하지 아니하면 안 되었습니다. 앞으로 우리 아버님 자손이 만 명은 넘을 테니, 이보다 더한 묏자리가 어데 있겠습니까?"

동생의 말을 들은 형은 그제야 동생의 마음과 지혜를 알았다.

형제는 사이좋게 잘 지내었고, 자손들도 많아졌다.

형제는 나이가 일흔이 가까워졌다.

어느 날 형은 동생에게 부탁을 했다.

"우리가 세상을 버릴 날이 멀지 않았는데 우리가 죽어 묻힐 곳이라도 정해놓아야 하지 않겠는가?"

"예, 동생이 이미 마음에 두고 있는 땅이 있습니다."

동생은 형과 같이 표선면 지경 한 오름으로 올라갔다.

"여기가 어떻습니까?"

형의 마음에 들었다.

"참 좋다!"

또 동생은 구좌면 지경 한 곳으로 가서 마음에 둔 땅을 가리켰다.

"여긴 어떠한지요?"

"참 좋다!"

"형님 마음에 든 곳을 먼저 선택하십시오."

형은 표선면 지경 그곳이 좋다고 했다.

"그러시면 저는 여기에 눕겠습니다."

이렇게 형제는 죽어 묻힐 곳을 정해놓았다. 이제는 그 땅에 토평을 하자고 했다.

"예, 형님이 택한 곳이 명당터입니다. 천 명 속발지지로 문과에 급제할 사람이 나오겠습니다."

"여기는?"

"장원 급제가 삼천 명은 나올 땅입니다."

형의 땅이 동생 자리만 못한 것이다.

얼마 후에 동생 김 지관의 아들이 세상을 떠났다. 김 지관은 자기가 누울 묏자리 곁에다 아들을 장사지내었다. 다시 몇 해가 지나자 장손이 세상을 떠났다. 김 지관이 묏자리를 보아 장사를 잘 지내었다. 장손이 죽었으니 김 지관은 굴건제복하고 상장을 짚어 조객을 맞아야 한다. 그때 나이 여든 한 살. 팔순 노인이 장손 장사에 곡을 하니 조객들이 다 측은해 했다. 제주 삼읍에서 조객이 구름같이 모여들었다. 그 조객마다 "이런 억울한 일이 어디 있습니까?" 하며 위로를 하였다.

김 지관은 장조카의 관을 광중으로 내려놓고 개판을 덮고는 굴건제복을 훨훨 벗어 던지더니 덩실덩실 춤을 추며 소리까지 하는 것이었다.

"여기 오신 선비들이 나를 불쌍하다고 하지만 나는 불쌍한 사람이 아니오. 내가 먼저 죽어 버렸다면 내 자식들과 조카들은 여기 묻히지 못할 것이요. 이 땅을 차지하려고 내 조카와 아들이 먼저 죽은 것이요."

김 지관은 자기는 할 일을 다 했다고 자랑스럽게 말하면서 춤을 추었다. 그 집안에서 귀한 인물들이 많이 나왔다. 모두 김 지관이 신의 눈을 가졌기 때문이라고 했다.

지관의 지위는 스스로 지켜야 했다. 아무리 형제지간, 또는 부모의 장지를 마련하는 경우라 해도, 지관은 지관으로서 대접을 받아야 했다. 또한 그만큼 재물을 들여야 좋은 묏자리를 얻을 수 있다. 물질이 가는 곳에 마음이 가기 때문이다. 동생인 정지관은 지관으로서의 당당함을 유지하면서 또한 집안의 발복을 위해 한평생을 살아왔다. 조카들과 아들들의 묏자리까지 걱정하는 그 마음은 제주사람들의 풍수의 실상을 잘 말해준다.

문국성과 소 목사

문국성은 용모나 풍채가 남달리 뛰어나고 힘도 장사였다. 제주 안에서는 그의 힘을 따를 사람이 없었다. 주위에서는 장군감이라고 생각했다. 그러나 제주에 태어났으니, 무슨 장군이 되겠냐고 안타까워했다. 문국성도 서울로 올라가서 팔도 사람들과 힘을 겨루고 싶었다. 그럴 기회를 기다리고 있었다.

기회가 왔다. 과거를 보러가는 선비의 신변을 보호해 주기 위해서 그를 따라 올라가게 되었다.

서울에 도착한 그는 종로 거리 객사에 머물면서 세상 물정을 살피고 있었다. 이따금 한양 건달들과 싸움을 해보았다. 그를 이길 자가 없었다. 한양이라는 곳에도 별놈이 살고 있지 않구나 생각하게 되었다.

차츰 문국성 이름이 서울 도성 안에 알려지게 되었다. 문국성도 이제는 자신감을 얻었다. 그러나 생각은 장안에서 힘을 쓰는 건달로 살아가는 것이 아니라, 임금에게 인정받아 나라를 위해 일하는 장군이 되는 것이었다. 그러나 기회가 쉽게 오지 않았다.

이제는 서울 장안에서는 거리낄 데가 없었다. 이를 알게 된 어영대장이 문국성을 상감께 추천을 했다.

왕이 그의 외모를 보더니 고개를 흔들었다.

"이놈은 그 외모는 장군형인데 너무 혈기가 왕성하여 잘못하면 국가를 해칠 우려가 있다."

섬에 사는 거인의 꿈

왕은 그가 아까웠으나 한편 마음속으로는 걱정이 되었다. 그에게서 충성스러움보다는 반역의 기운을 느꼈다. 그래도 아까운 인물이었다.

왕은 생각하다가 당시 국지리로 있는 소 목사를 제주 목사로 보내기로 했다. 지리에 능한 소 목사가 문국성의 선묘를 탐색하고는 어떤 조치를 취하기 위해서였다.

소 목사가 제주 목사로 부임했다. 부임하자 임금의 명을 잊지 않고 문국성의 선묘의 소재를 알아보았다. 직접 그 묘를 보고 싶었다. 기회를 보다가 마침 순력을 하게 되자 일부러 납읍리에 들렀다.

소 목사는 문국성의 부친을 불러 그 선묘를 보겠다고 했다.

"내가 서울에 있을 때에 문국성과 친분이 두터운데 그런 훌륭한 인물이 태어난 것은 조상의 음덕이니 조상의 묏자리가 명당인 것 같은데, 한번 구경시켜 줄 수 없겠소?"

문국성 부친도 신임 사또가 지리에 능하다는 것을 알았다. 그가 선묘를 보겠다는 데 사양할 이유가 없었다. 오히려 집안의 영광이 아니겠는가? 이렇게 생각하고 사또를 안내했다.

문국성의 선묘 역에 이른 소 목사는 주위를 휘 둘러보고는 퍽 아쉬워하는 눈치를 보였다. "허허, 아쉽구나. 이 묘는 호형虎形에 썼는데 그만 호랑이 눈썹에 묻었구만. 눈알에 묻었더라면 영웅 열사가 날 것인데 조금 아쉽게 되었군."

소 목사는 문국성 부친이 들을 정도로 혼잣말처럼 중얼거렸다. 그 말을 문국성 부친이 들었다. 묏자리 때문인가? 아들이 서울에 올라갔는데 벼슬 했다는 소식이 들려오지 않는다. 그러면 어떻게 해야 할 것인가?

"사또님, 그러면 어떻게 하면 좋겠습니까?"

문국성 부친은 은근히 물었다.

"이 눈썹에서 묘를 조금만 아래로 내려 묻으시지요."

목사가 직접 관이 묻힐 곳을 정해주었다.

문국성 부친은 백배 사례하며 묏자리를 목사가 말한 대로 내려 썼다.

이장을 한 후에도 문국성이 서울에서 벼슬을 했다는 소식은 들려오지 않았다. 실은 처음에 제 자리를 차지한 것이다. 소 목사가 사실을 알고서 일부러 이장을 시킨 것이다. 처음에 호랑이의 눈알 위치에 묘를 썼던 것이다. 그런데 문국성 부친은 목사의 계략을 모르고 정자리를 떠서 내려 묻은 것이다. 문국성은 영웅이 되지 못하고 그 집안도 망해 버렸다.

고종달형설화의 변형이다. 인물이 뛰어났으나 섬사람이기 때문에 세상에서 기개를 떨칠 수 없었던 제주 사람들의 한스러움이 드러나 있다. 주변지역인 제주는 늘 중앙정부의 그늘에서 벗어날 수 없었다. 인물들도 섬놈이라 차별을 받았다. 뛰어난 재주와 능력을 갖고 있으나 그것을 펴서 사회에 기여할 수 없었다. 더구나 쓸 만한 인물이 될 사람들도 중심부 세력에 의해서 몰락되었다. 그 방법으로 묏자리를 파혈하는 것이다. 문국성도 섬 사람이기에 역적의 기운을 타고 났다고 해서 중심부 세력에 의해 좌절당하게 된다. 문국성의 일생에서 뛰어난 제주사람들의 삶의 한 양식이 극명하게 드러나 있다.

　섬에 사는 거인의 꿈

고부高阜 이댁李宅 조상

중문리 고부 이댁은 지관의 말대로 조상 묘를 잘 써서 집안이 발복하였다.

어려운 집안인데, 갑자기 남편이 아들 하나만 낳아두고 일찍 세상을 떠났다. 홀로된 부인은 묏자리를 구하지 못해서 장례를 치르지 못하고 임시로 토장을 해 두었다.

하루는 이제 겨우 열두 살 난 아들보고,

"부자로 살면서 인가친척도 많은 집안에서는 육지에서 이름난 지관을 청해다가 묏자리를 봐서 장사를 치른다고 하지만 우리는 그럴 형편도 아니니, 이 일을 어찌하면 되겠냐? 아버지가 살아계실 때에 묻힐 땅도 마련하지 않고 돌아가셨으니…."

부인은 걱정이 태산 같았다. 이 어려운 집안을 살리기 위해서 묏자리를 잘 쓰는 수밖에 없는데, 그것도 마음대로 될 일이 아니었다.

"그러면 지관은 어데 삽니까?"

아들은 어머니의 마음을 이해하였다.

"육지에 가면 많지만 우리 형편에 그럴 수는 없고, 요 도원리에 강 훈장도 땅을 잘 본다하니, 네가 가서 사정 이야기를 하고 그 분을 청해오라."

아들은 어머니 말을 듣고 강 훈장을 찾아뵙고 집안의 사정을 말하면서 간곡하게 사정했다. 강 훈장은 어린 나이에 집안을 걱정하는 마음이 갸륵해서 묏자리를 봐주기로 작정하고 따라나섰다.

강 훈장이 아이를 따라 마당으로 들어서더니, 변소로 먼저 가는 것이었다. 아들과 어머니가 강 훈장을 마중하려고 마당에서 기다렸다. 용변을 본 강 훈장은 다시 마구간으로 들어갔다가 나왔다.

"마구간이 텅 비웠구나!"

강 훈장은 혼잣말로 중얼거리면서 마루로 올라왔다.

부인은 머리를 숙여 고마운 인사를 드렸다.

부인은 지관을 대접하려고 부엌으로 들어가 점심 준비를 하였다. 그런데 강 훈장이 아들을 부르는 것이었다.

"어르신이 부르니까 어서 가보라."

어머니가 아들을 재촉하였다. 그리고서 무슨 말을 하는지 엿들으려고 마루와 부엌 사이에 난 중문에 귀를 기울였다. 아들과 지관이 긴한 의논을 할 것 같은데 부인이 무관심할 수 없었다.

"저 외양간에 소가 한 마리 있는데, 그것을 잡아서 나를 대접할 수 있느냐?"

아들이 듣기에도 너무 심한 말이었다. 아무리 아버님이 묻힌 묏자리를 정하는 일이지만 소를 한 마리 잡고 대접을 하라니, 이건 순 도둑놈같이 생각되었다.

"그건 우리 소가 아닙니다. 그 소는 외갓집에서 맡긴 백장소입니다. 어머니가 소가 없어서 소 한 마리로 병작並作하려고 외삼촌에게서 소 한 마리를 얻어다 기릅니다. 그래서…"

어머니가 발을 동동 구르면서 안타까워했다.

"소를 잡지 못하겠다고? 그러면 발복할 묏자리를 얻기 힘들 텐데… 허허흠."

그때 마루와 부엌 사이 중문이 활짝 열렸다.

"소를 잡겠습니다. 어르신, 어린 것이 세상 이치를 몰라서 그랬습니다.

섬에 사는 거인의 꿈

양해해 주십시오."

부인이 강 훈장에게 사정을 했다.

"정 그렇다면…."

강 훈장도 이 어려운 집안에서 소를 잡겠다니 마음이 놓였다.

아들이 의아한 얼굴로 부엌으로 들어와서 어머니에게 따졌다.

"어머니, 우리가 어데 소가 있습니까. 없는 소를 잡겠다고 하니…."

"야, 이 솥에 불 지피고 있거라."

부인은 아들에게 부탁하고는 집을 나섰다.

친정집에 가서는 남동생에게 사정을 말했다.

"지관을 모셔왔는데, 소를 잡으라고 한다. 동생, 이 일을 어떻게 해야 하겠나? 우리에게 병작 준 소를 누이에게 주면 안 될까?"

누님의 말을 들은 오라비도 사정을 충분히 이해했다.

"그 소는 벌써 누님 소입니다. 마음대로 하십시오."

"고맙다. 이 공을 잊지 않겠다."

부인은 동생이 너무 고마워서 눈물을 글썽이면서 나왔다. 동생도 따라 나왔다. 집안을 일으켜 보려는 누님의 마음을 그냥 두고만 볼 수 없었다.

동생은 직접 백정을 데려다가 그 소를 잡았다. 지관을 사랑채에 모시고서 그 잡은 소로 대접했다. 지관은 소 한 마리를 다 먹도록 아무데도 안 가고 집안에서 지내었다.

소를 거의 다 먹은 후에 지관이 아들을 데리고 집을 나섰다.

지관은 창천 마을 위 거린오름*으로 가서는, 그 오름 앞에 서서 산을 뒤돌아보면서 자리를 잡고 제일**을 떡 짚으면서,

"소를 백 마리는 칠 것인데, 내가 한 마리를 먹어 버렸으니까 아흔아홉

* 안덕면 지경 마을 이름
** 지리를 보는 기구

마리는 칠 것이고, 대정고을 아니, 제주도에서는 영웅이라는 인물 하나
날 것이다."

그렇게 미리 받을 복을 말해주었다.

강 지관의 말대로 묘를 썼다.

그 열두 살 난 아들의 당대에 가세가 일어나 아흔아홉 마리를 부렸다.
그리고 그 증손자 중에 이 훈장이라고 한 이가 났는데, 제주에서는 이름
을 날리는 인물이었다.

풍수에 대한 제주 사람들의 기대는 물론, 당시 지관들의 횡포도 이만
저만이 아니었다. 또 조상의 묏자리로 집안이 흥하기도 했고 가세가 기
울어진 경우도 많았다. 그만큼 풍수에 대한 기대와 피해가 컸음을 말해
주는 설화이다. 집안에 따라서는 좋은 묏자리를 얻기 위해서 온 정성을
다하고 재물을 써야 했다. 한 집안의 일 중에서, 집안의 장손으로서는 가
장 큰 일이었다.

죽은 자의 영혼을 울린 오 서자吳庶子

옛날 서귀읍 홍노 오댁吳宅에 한 서자가 있었다. 서자는 성산면 고성 남문집이라는 친족 집에 양자로 들었다. 당시는 적서차별이 심했다. 부모 님의 제사에도 서자는 적자와 함께 집 안에서 배례하지 못하고 바깥에 서 배례를 하였다. 이 집안에서도 그랬다. 그래도 오 서자는 제삿날에 집 안에 들어가지 못하고 바깥 난간에서 참배하고는 그대로 발길을 돌리곤 했다.

오 서자는 이런 차별을 받으면서도 양자를 간 처지였으니 생부의 제사 는 매년 꼭꼭 참예했다. 성산에서 홍노까지 그 100리 가까운 먼 길을 걸 어서 갔다. 그렇게 갔어도 집 안에 들어가지 못하고 바깥에서 참배하고 그 길로 돌아왔다.

오 서자는 생부의 제사를 지내려 일찌감치 고성의 집을 떠나 홍노로 향했다. 산길로 접어들었는데 사방에서 뭉게구름이 몰리더니 갑자기 소 나기가 퍼붓기 시작했다. 그는 우선 비를 피하려고 사방을 둘러보았다. 피할 만한 곳이 없었다. 그런데 바로 옆에 나무와 가시덤불 우거진 고총 이 있었다. 그는 거기로 들어가 잠시 큰비를 피하려고 했다. 지니고 있는 낫으로 가시덤불을 베어 끊어내고 그 안으로 들어가 비를 피했다. 제법 어느 정도 비 가림이 되었다. 오 서자는 마음을 느긋이 잡고 앉아 비가 멎 기를 기다렸다. 소나기는 꽤 오래 내렸다. 한참 앉아 있노라니 먼 길을 걸 어서 피곤하여서 깜빡 잠이 들었다.

한 노인이 나타났다.

"나는 이 골총에 묻혀 있는데, 당신이 내 집에 가시덤불을 이렇게 깨끗이 쳐주어서 그 은공은 다 갚을 수가 없어요. 하찮지만 내 성의로 당신 조상의 제사에 제수나 마련했으니 받아 주십시오."

노인은 말을 마치고 사라졌다. 깨고 보니 꿈이었다. 비도 개었다.

"참 이상한 꿈이로구나."

이렇게 생각하면서 오 서자는 걸음을 재촉해서 홍노로 향했다.

효돈 '큰내'라는 데 이르렀을 때였다. 여기도 비가 많이 내려 냇물이 불어 내(川)가 흐르고 있었다. 큰물이 흐르는데 이상한 것이 눈에 띄었다. 자세히 보니 노루가 한 마리 냇가 나무 틈에 끼어 있었다. 갑자기 쏟아진 냇물에 쓸려서 흘러내려오다가 이 나무 틈에 끼어 죽은 게 분명했다. 오 서자는 '이것이 바로 그 영혼이 내려 준 제수로구나' 생각하고 노루를 꺼내 둘러메고 제삿집에 갔다.

거의 제사 때가 다 되어서 큰집에 도착했다. 친척들은 모두 놀랐다. 그렇게 큰비가 내렸는데 그 먼 길을 온 그 정성이 갸륵했다. 더구나 제수용으로 노루까지 지고 왔으니 사람들은 예전과 달리 대해 주었다. 친족들은 오 서자를 집 안으로 들어오게 하여 배례하도록 했다. 적자와 동등하게 참배하는 것은 처음이었다.

이튿날 오 서자는 돌아오는 길에 다시 그 고총에 들렀다. 고마운 사례로 소분을 깨끗이 해주려는 것이었다.

오 서자는 소분을 하다가 쓰러진 비석을 발견했다. 수소문하고 보니, 이 묘는 아주 이름 있는 집안의 조상임을 알아냈다. 곧 그 주인에게 알렸다. 그 집안에서는 몇 대 동안 실묘失墓하여 찾지 못했던 조상의 묘소를 찾아 주었다고, 오 서자에게 큰 사례를 베풀었다.

섬에 사는 거인의 꿈

이 설화처럼 치산治山으로 복 받은 이야기도 있다. 오 서자의 효심이 죽은 영혼을 감동시켰고, 자연도 감응하게 했다. 유교 전통사회의 전형적인 미담이다. 생부의 제사에 그 먼 길에 더구나 하대를 받으면서도 마음 쓰지 않고 오로지 고인에 대한 효심으로 매년 꼭꼭 참예하는 오 서자의 모습에서 조상의 제사를 매우 중시하는 제주 제의문화의 단면을 읽을 수 있다. 고총을 치산해 줘서 복을 받았다는 것은 유교 문화의 일단을 설명해주는 중요한 모티브이다.

월계 진 좌수月溪 秦座首

한림읍 명월리에 진 좌수란 사람이 살았다. 원래 그의 이름은 국태요 호는 월계月溪이다. 의술이 뛰어나 그에 대한 신기한 이야기들이 많이 전해 내려온다.

그는 어릴 적에 집에서 10리쯤 떨어진 서당을 오가면서 공부를 하였다. 아침이면 먼 들길을 혼자서 걸어 서당에 갔다. 저녁이 되면 역시 혼자서 그 길로 집으로 돌아와야 했다. 가고 오는 길가에는 숲이 우거지고 날이 어둑하면 어린 그로서는 무섭기도 했다. 더구나 개울을 건널 때는 더했다. 개울 주위가 온통 숲이었기 때문이다.

그날 국태은 서당에서 글공부를 마치고 집으로 돌아오고 있었다. 그런데 이상한 일이 일어났다. 길 양쪽에 숲이 우거져 있는데, 갑자기 그 숲이 환해지더니, 숲은 간데없이 사라져버렸다. 그리고 그 자리에 큰 기와집이 서너 채 생겨났다. 집 방마다 환하게 불이 켜져 있는데, 그 사랑방 문이 반쯤 열려있었다. 국태 소년은 정신을 잃고 그 집을 멍청히 쳐다보고 있었다. 그때 향긋한 냄새가 풍겨왔다. 다시 보니, 사랑방 창가에 예쁜 처녀가 소년에게 손짓하는 것이었다.

소년은 부끄러워 얼른 그 앞을 피하려는데,

"이리 와 봐요. 나하고 재미있는 놀이 하면서 놀자!"

처녀는 소년을 은근히 부르면서 손짓하였다. 소년은 너무 가슴이 뛰고 부끄러워서 그냥 지나치려고 걸음을 빨리 했다. 그러나 발이 움직여지지 않았다.

"왜 그렇게 꾸물거려. 어서 와 봐."

다시 처녀가 소년을 불렀다. 소년은 자기도 모르는 사이에 어느덧 그 처녀가 앉아 있는 방으로 들어가고 있었다.

처녀는 다정히 소년의 손을 잡고 방 안으로 끌어들였다.

"나하고 구슬놀이를 하자."

처녀는 예쁜 오색 구슬을 입에 물고 굴리고 있었다. 소년은 구슬을 굴리는 처녀의 입술이 너무 예뻐서 정신없이 쳐다보기만 했다.

"이리 와. 내가 구술을 줄게."

처녀는 소년을 앞으로 불러 마주 보며 앉도록 했다.

"입을 내밀어 봐."

처녀는 자기가 물고 오물거리던 구술을 소년의 입에 넣어주었다. 소년은 엉겁결에 그것을 입안으로 받았다. 처음에는 달콤한 맛이 나더니, 자연스럽게 입안에서 굴려졌다.

"이제는 그것을 내게 줘야지."

처녀는 소년의 입술에 제 입술을 갖다 대고 구슬을 받았다. 이렇게 둘은 서로 구슬을 갖고 입술로 주고받으면서 놀았다. 소년은 너무 즐거웠다. 더구나 세상에 태어나서 처음으로 이렇게 예쁜 처녀와 노는 것도 즐거웠다. 입술과 입술을 마주 대고 구슬을 주고받으면서 정신이 몽롱할 정도로 즐거웠다.

얼마나 놀았을까? 해가 서편 바다로 떨어지고 있었다.

"이제는 그만 놀자. 내일 다시 내가 기다리고 있을게."

처녀의 말에 소년은 정신을 차리고 밖으로 나왔다. 주위가 어둑했다. 그는 집을 향해 달음질을 쳤다. 그런데 혼자서 어두운 길을 가는 데도 전혀 무섭지 않았다. 마치 그 처녀가 옆에서 팔을 끼고 같이 가는 것 같왔다.

그 후로 매일 소년은 서당 공부를 마치고 집으로 돌아오다가 그 큰 기와집 사랑방에서 처녀와 구슬놀이를 했다. 그러나 그러한 사실을 누구에게도 말하지 않았다.

그런데 이상한 일이 벌어졌다.

소년은 그렇게 열심히 하던 글공부가 싫어지기 시작했다. 더구나 왠지 피곤하고 모든 일에 싫증이 났다. 훈장은 이를 눈치 채고는 소년을 불러 앉혔다.

"너 요새 기운이 없고 글공부도 마음에 없는 모양인데, 어디 몸이 아프냐?"

훈장은 아마 몸이 아파서 공부에 흥이 없는가 생각했다

"그런 게 아닙니다."

소년은 머뭇거리다가 사실대로 말했다.

훈장은 이야기를 듣고 나더니 무릎을 탁 쳤다.

"너는 여우에게 홀린 거야. 정신을 똑바로 차려야 한다. 다시 그 기와집에서 처녀가 오라고 하면 가서는…."

소년이 할 일을 가르쳐 주었다. 처녀가 구슬을 입으로 넘겨주거든 몇 번 굴리는 척하다가 꿀꺽 삼켜버리고, 그 즉시 하늘을 쳐다본 다음에 땅을 보고 마지막에 사람을 보라고 가르쳐 주었다.

"네가 내 말대로 하지 않고, 그 처녀 말대로 하다가는 생명이 위태롭다. 알았냐?"

소년은 훈장의 말대로 하겠다고 단단히 약속했다.

그날도 집으로 돌아오는데, 여전히 그 기와집 사랑방에서 처녀가 기다리다가 그를 불렀다. 소년은 예전처럼 태연히 방으로 들어가 처녀와 구슬놀이를 하였다. 처음 몇 번은 입으로 구슬을 주고받았다. 그러다가 소년에게 구슬이 왔을 때에 얼른 꿀꺽 삼켜버렸다.

그런데, 이게 웬일인가? 그 순간 으리으리한 기와집도 사라지고 처녀는 꼬리가 아흔 아홉 개 달린 여우로 변해서 그에게 달려드는 것이었다. 소년은 겁이 덜컥 났다. 하늘을 볼 겨를도 땅을 볼 겨를도 없었다. 엉겁결에 내달으며 '사람 살리라'는 소리를 질렀다.

그때 훈장이 나타나서 몽둥이로 여우를 치려고 하자 여우가 도망쳐 버렸다.

"다행이구나. 내가 하라는 대로 했느냐?"

훈장은 그게 중요했다.

"너무 겁이 나서 하늘을 볼 것도 땅을 볼 것도 잊어버리고 살려줄 사람만 찾다 보니 선생님을 뵈었습니다."

소년은 사실대로 말했다.

"허! 아쉽구나. 하늘과 땅을 보았더라면 세상 이치를 다 통달했을 텐데, 사람만 보았다니 자네는 의술 하나만은 능하겠다. 그만하면 되었으니 내일부터 서당에 오지 않아도 좋다. 내 가르칠 것은 전부 가르쳐 줬으니…."

훈장은 이렇게 말하고 가버렸다.

그 후로부터 소년은 의술을 스스로 통달하여 명의가 되었고 좌수까지 지냈다.

진 좌수는 신기하게 사람의 병을 잘 고쳤다.

어느 날 진 좌수는 제주 목안에 볼일이 있어 말을 타고 가고 있었다. 어느 한 마을에 이르렀는데, 길가 집안에서 사람들이 대성통곡 하는 소리를 들었다. 진 좌수는 말에서 내려 지나는 사람에게 사정을 물어 보았다. 저 집 며느리가 아기를 낳다가 그만 죽었다는 것이다.

진 좌수는 말을 그 집 대문가에 매어두고 마당으로 들어섰다.

"내 좀 진맥을 해 봅시다."

그는 우는 가족들을 헤치고 방 안으로 들어갔다.

"이미 숨이 멎었는데 진맥을 했다고 살아난다던."

별로 마음 내키지 않는 투로 대했다. 그래도 진 좌수는 그들 말에 개의치 않고 죽은 여자의 얼굴을 한번 보고, 이미 싸늘해진 팔뚝을 걷어 맥을 짚어보았다. 그러더니 아무 말도 하지 않고, 갖고 다니는 침통에서 침을 꺼내 여자의 복부에 놓았다. 그리고는 방을 나와 말을 탔다.

여자의 남편이 뒤따라 나와서 사정을 물었다.

"조금 기다리면 아마 숨이 돌아와 깨어날 것이고, 아기도 순산할 것이요."

한마디를 남기고 말을 달려 가던 길을 갔다.

진 좌수가 마을을 벗어나 나무 그늘에서 잠시 쉬고 있을 때였다. 그때, 웬 사내가 말을 달려 가까이 다가왔다. 그 산모의 남편이었다.

"아. 여기 계셨군요. 감사합니다. 제 아내가 살아나서 아기를 순산했습니다."

사내는 감사하다면서 몇 번이고 머리를 조아리더니,

"누추하지만 어르신을 제 집으로 모시고 싶습니다."

집에 들려 달라고 청하였다. 진 좌수는 길이 바쁘다면서 말을 타려고 했다.

"어르신, 어떻게 죽은 산모가 살아났으며, 어르신은 어디 사는 뉘신지 그것만이라도 알려 주시면 고맙겠습니다."

애원했다.

"아기가 왼쪽 손으로 산모의 숨통을 막아 버린 것이요 가서 갓난아기 왼쪽 손가락이나 보시오"

그렇게 한마디 남기고는 말을 달렸다.

사내가 집으로 돌아와 아기의 왼쪽 손가락을 보니, 그 말대로 침에 찔려 피가 나고 있었다. 숨통을 막은 아기 손에 침을 주어 떼어 놓으니 아기를 순산하고 죽은 산모가 살아난 것이다.

진 좌수가 아직 잠도 깨지 않은 이른 아침이었다. 동네 청년이 헐레벌떡 달려왔다. 부인이 해산을 못하여 죽게 되었으니 와서 봐주십사는 것이다.

"거, 문지방을 깎아 불살라 먹여 봐요."

진 좌수는 일어나지도 않고 마치 잠꼬대처럼 말했다.

청년은 속으로 웃었다.

"무슨 처방이 이럴 수 있나? 그래도 하라는 대로 해 봐야지."

사정이 너무 급한지라 시키는 대로 문지방을 깎아서 불살라 먹였다. 그런데 그게 신기롭게도 효력을 나타내어 산모는 순산했다. 이 비방이 동네에 쫙 퍼졌다. 그 이후에 동네의 어떤 부인이 해산하게 되었는데 난산이었다. 이틀째가 되어 날이 저무는데 산모의 고통이 이만저만이 아니었다. 이대로 두었다가는 밤을 넘기지 못하고 산모가 죽을 것 같았다. 결국 진 좌수의 비방을 쓰기로 했다. 문지방을 깎아다 불살라 산모에게 먹였다. 금방 순산하려니 하고 먹었는데 순산은커녕 더욱 고통이 심해졌다. 주인은 진 좌수에게 달려가 사실을 말했다. 진 좌수는 말을 듣고 나서,

"저녁은 문을 닫을 때인데 문지방을 불살라 먹이면 더 곤란할 게 아닌가. 이 사람! 그런 비방은 아침에 효험이 있는 거라네."

하면서 다른 비방을 말해주었다.

하루는 진 좌수 집에 대정 고을 젊은 여인이 찾아왔다. 이 여인은 남편이 병중이어서 3년간을 간병을 하며 명약이라는 약은 다 써 봤으나 낫기는커녕 점점 심해가니 어떻게 해야 되냐고 물었다. 이제는 환자를 돌보는 것도 지쳐서 다 그만 둬야겠다고 생각하고 있는데, 명월 진 좌수 어른이

잘 안다 하니 찾아왔다고 사정을 말했다.

진 좌수가 여인에게 병세를 듣고 여인의 얼굴을 잠시 살펴보더니,

"당신 남편은 이미 병이 다 나았어. 그냥 돌아가. 그런데 오는 길에 어떤 남자를 만났지? 그 남자는 죽었어. 가다가 그 남자를 잘 묻어 주고 가! 얌전치 못하게 남편이 병중인데도 그걸 못 참아서 외간 사내와…!"

진 좌수는 여인을 꾸짖으며 내보내었다. 그 말에 여인은 얼굴을 들지 못하고 되돌아갔다. 사실 이 여인은 이곳으로 오다가 외간 남자를 만나서 통정을 했던 것이다. 대정 고을에서 명월마을까지는 먼 거리이다. 진 좌수 소식을 듣고 집을 나서 걸어오는데 마침 외밭이 있었다. 다리도 쉬고 배고 고파서 참외나 사 먹고 가자고 외밭에 들어갔다. 참외를 사고 그 외밭 주인 사내와 이야기를 하는 도중에 그만 정을 나누게 되었던 것이다.

여인은 진 좌수가 자기 일을 너무 잘 아는 것이 이상했다. 그렇다면 남편의 병도 낫게 해 줄 것이라고 믿겨졌다. 그렇게 생각하면서 외밭에 들렸다. 아니 이게 어쩐 일인가? 진 좌수 말대로 외밭 주인은 죽어 있었다. 여인은 저고리를 벗어 시체 위에 덮어주고 집으로 걸음을 재촉했다. 집에 이르러 보니 자리에 누워 있던 남편이 원기를 회복하고 걸어 다니고 있었다.

며칠 후에 마을 사람들이 그 소식을 듣고 진 좌수에게 그 사연을 물어보았다.

"그 여인은 살기가 있어서 항상 남편은 그것을 이기지 못해서 앓아누웠는데 외밭 주인과 정을 통함으로써 살기가 외밭 주인에게 옮아가 그 남자가 죽고 남편은 살아난 거야."

그 말을 듣고 보니 그럴 듯했다.

대갓집 부인이 다 죽어 간다고 사람을 보내어 살려달라고 청했다. 베틀

로 명주를 짜는데 꾸리박이 떨어지자 그것을 주우려다가 그만 기절해 버렸다는 것이다. 진 좌수는 그 집에 따라갔다. 환자의 방에 들어가지도 않고 실로 환자의 팔목을 묶고 그 실을 문틈으로 내보내라고 했다. 아무리 환자지만 부인의 팔목을 잡을 수 있느냐는 것이다. 진 좌수는 실을 잡아 잠시 진맥하고는 문을 조금만 열도록 했다. 그리고 침통을 꺼내어 환자의 복부를 향해 침을 던졌다. 침이 부인의 배에 바로 꽂혀졌다. 부인은 곧 숨을 쉬고 살아났다. 진 좌수는 그 남편더러 침을 빼어 오도록 하고 방을 나와 버렸다. 남편은 너무 신기하여 백배 사례하며 그 이유를 물었다. 설명은 간단했다. 명주를 짜는데 힘을 내어 짜면 실이 끊어지기 때문에, 뱃속을 비워놓고 짜야 하는데, 꾸리박을 주우려고 허리를 굽히자 빈창자가 맞붙어 버렸다는 것이다. 침으로 그 붙은 창자를 떼어 놓았으니 살아난 것이라고 설명했다.

하루는 어떤 소년이 늙은 어머니를 업고 그에게 달려왔다.

"대정 고을에서 선생님이 명의라는 소문을 듣고 찾아왔으니 어머님을 살려 주십시오!"

애원하는 것이다.

"호로 자식 같으니라고. 이러다가 길가에서 객사하게 되었어. 지금 온 길을 되돌아가다보면 두인골에 쌍룡수가 있으니 그 물을 먹여 봐라."

그렇게 말하고 돌려보내었다.

소년은 무슨 뜻인지도 모르고 그냥 어머니를 업고 되돌아섰다. 한참 산길을 가는데 어머니가 몹시 목이 마르다면서 물을 찾았다. 물이 어디 있을 것 같지가 않았다. 여기저기 물을 찾는데, 사람 해골에 물이 가득 들어있는 것이 눈에 띄었다. 아무리 찾아도 마실 물이 없으니, 이것이라도 드릴까 했는데, 그 해골 속에는 지렁이가 두 마리 죽어 있었다. 그래도 할 수 없이 아들은 그 물을 어머니에게 갖다 드렸다.

그랬더니 이상하게도 어머니는 기운을 차리게 되었다. 아들 등에 업혀 왔는데, 이제는 걸어가겠다는 것이다. 그 물을 마시고 병이 나은 것이다. 그제야 소년은 진 좌수가 말한 인두골의 쌍룡수가 바로 이 물임을 깨달았다.

이즈음에 서울에서는 임금님이 병이 나서 팔도의 명의들을 불러 들였다. 전라 감사는 진 좌수의 명성을 아는지라 곧 그를 추천하였다. 진 좌수는 가난해서 의관도 제대로 차리지 못하고 허름한 옷차림으로 궁중에 들어갔다. 팔도에서 모인 명의들은 진 좌수의 옷차림을 보고는 곁에 앉지도 못하게 하였다. 진 좌수는 할 수 없이 바깥에 쭈그리고 앉아 있었다. 잠깐 후 어떤 사람이 달려오더니,

"이 정승 댁에서 왔는데, 어머님이 길쌈을 짜다 죽어가니 약 방문을 하나 내어 달라"

그 대감집 집사가 서두르면서 말했다. 팔도의 명의들은 아무도 방문을 내놓지 못했다. 진 좌수는 혼자 바깥에 쭈그려 앉은 채로,

"쌀 일곱 알을 물에 담가 먹이시지요."

아주 간단히 처방을 내렸다. 의원들은 미친 녀석이라고 웃어댔다.

대감집 집사는 그 처방을 가지고 돌아갔다. 그리고 몇 시간이 지난 다음에 그 집사가 다시 와서,

"의원님 덕분에 마나님이 소생했습니다."

진 좌수를 청해 갔다.

대감집에 다다르자 대감이 직접 대문에 나와 기다리고 있었다. 진 좌수는 그 집에서 극진한 대접을 받으면서 사흘 동안 머물렀다. 그리고 대감은 진 좌수를 안내하여 임금님께 들어갔다. 임금님의 병은 등창병이었다. 팔도 명의들의 약 방문이 모두 효력 없어서 탄식하고 있었다. 진 좌수는 곧 방문을 내었다. 집 상마루에 있는 거미집과 거미 일곱 마리를 잡아

오도록 하였다. 그것을 찧어서 임금님의 등에 붙여 드렸다. 그러자 3일 만에 임금님의 등창병은 완전히 나았다. 임금은 크게 기뻐하여 그 의술을 높이 칭찬하고 궁중에서 벼슬을 하라고 하였다. 그러나 진 좌수는

"부모님이 늙으셔서 언제 돌아가실지 모르므로 고향에 내려가야 하겠으니 너그럽게 이해 해 주십시오."

사양했다.

"그러면 원하는 벼슬이 무엇이냐?"

임금이 다시 물었다.

"아무 벼슬도 원치 않습니다."

그대로 궁중에서 나왔다.

"본인이 그렇게 사양하니 할 수 없구나. 좌수 직함이라도 내리라."

하명하였다. 그래서 좌수가 된 것이다.

진 좌수가 고향으로 돌아올 때 배를 타려고 보니 뱃사공이나 손님들이 다 내일 모레 죽을 사람이었다.

"이 배를 타서는 안 되겠구나."

생각하고 있는데, 잠시 있더니 또 한 사람이 배를 탔다. 얼굴을 보니 이 사람은 죽을 사람이 아니었다. 이 사람하고 같이 타면 괜찮겠다 하여 진 좌수도 배를 탔다. 배는 무사히 제주에 닿았다. 먼저 진 좌수와 그 사람이 내렸다. 그 순간 돌풍이 한 번 휘몰아치더니 배가 전복하고 말았다.

진 좌수는 고향에 돌아와서 여전히 의원 일을 계속하였다. 그러나 가난한 사람에게는 돈을 받지 않았다. 그가 병을 아는 데는 도가 텄다는 소문에 사람들은 종종 그를 시험하려고 했다. 하루는 한림에 다니러 가노라니 그 동네 사람들이 진 좌수가 오는 것을 보고 장난을 꾸몄다. "저 사람이 잘 안다 하니 얼마나 아는가 시험해 보자."

진 좌수가 가까이 오니 한 사람이 옆 사람 가슴팍을 툭 쥐어박으며,

"자네는 죽은 체하고 있게."

하자 그 맞은 사람이 툭 쓰러졌다.

"하, 이 사람이 갑자기 아파 쓰러졌으니 봐주십시오."

진 좌수에게 청했다.

"그래? 그 사람은 이미 죽었어. 살릴 수가 없는걸."

진 좌수의 말에 사람들이 다 웃음을 터뜨렸다. 진 좌수는 가까이 가서 침통을 꺼내며,

"웃지 말고 얼른 가서 이 사람 가족이나 데려와야지. 뭔 장난을 그렇게 해!'

야단을 쳤다. 그제야 죽은 체 하기로 한 사람을 자세히 보니 과연 그 사람은 숨이 끊어지고 있었다. 그제야 겁을 내고 가족을 데려왔다. 진 좌수는

"가슴을 때려 버리니 간이 떨어져 버리지 않았나" 하며 침을 놓아 떨어진 간을 잠시 이어 붙였다.

"가족이 왔으니 할 말이 있거든 하시지."

진 좌수 말에, 죽었던 사람이 숨을 돌려 유언을 다하자 침을 빼어 버렸다 한다.

하루는 진 좌수가 나들이 갔다 오는데 동네 청년들이 그를 놀리려 했다. 저만큼 진 좌수가 보이자 한 청년이,

"너 여기 드러누워 있어. 진 좌수를 한 번 놀려보자."

그 말에 순진한 청년이 진 좌수가 가까이 온 것을 보고서 벌렁 드러누웠다. 진 좌수가 오자 청년들이 황급히 달려가서,

"저기 우리 친구가 다 죽어 갑니다. 빨리 와서 봐주십시오."

그 말에 진 좌수는 본 척 만 척하며,

"그놈은 죽었어. 누굴 놀리려는 거냐?"

섬에 사는 거인의 꿈

그대로 가 버렸다. 청년들은 우스워서 한참 깔깔 웃다가 보니 누운 청년이 영 일어나지 아니하는 것이었다. 이상하다 생각하며 가보니 그 청년은 이미 죽어 있었다. '누우라'는 바람에 그저 무턱대고 눕다가 뾰족한 돌멩이에 뒷머리를 부딪쳐 즉사해 버린 것이었다.

진 좌수는 일생 동안 돈 한 푼도 받지 않고 의술을 베풀어 수많은 인명을 구하였다. 살았을 때만이 아니라 죽은 후에도 병을 고쳐 주었다 한다.

어느 해의 일이었다. 정의에 사는 어떤 사람이 부친의 병이 위독하여 진 좌수를 찾아 집을 떠났다. 명월리의 성 남문 밖에 와 보니 어떤 노인이 백마를 타고 지나가고 있었다. 정의 사람은 노인에게 물었다.

"월계 진 좌수 댁은 어디로 갑니까?"

"내가 진 좌순데 어째서 찾으시오?"

그 사람은 부친의 병세를 말하고 방문을 부탁했다. 진 좌수는 이미 찾아올 줄 알았다면서 내 방에 있는 아무 책 틈에 방문을 적어 두었으니 그대로 약을 쓰라고 지시하고 그대로 가 버렸다. 진 좌수의 집에 가 보았더니 이상한 일이 벌어져 있었다. 진 좌수가 방금 죽었다는 것이다. 염습을 해 놓고 상주들이 곡을 하고 있었다. 이 정의 손님은 우선 조문을 하고 자초지종을 이야기하였다. 방에 들어가 그 책 틈을 찾아보니 과연 약 방문을 쓴 종이가 끼워져 있었다고 한다.

진 좌수는 죽어서 저승으로 떠나면서 이미 찾아올 손님을 알고 약 방문을 만들어 놓고 떠난 것이다. 이 정의 고을 손님이 본 백마는 진 좌수가 살았을 때 항상 타는 말이었다. 진 좌수의 집 외양간엔 남문 밖에서 본 그 말과 똑같은 백마가 매어져 있었다 한다.

하늘이 준 의술을 하늘이 내려준 대로 썼던 의인, 그러나 이상하게도 이 진 좌수에 대한 사람들의 관심은 많지 않았다. 그의 의술은 신의 경지에 이르렀다. 그러나 그것을 아무렇게나 쓰지 않았다. 임금이 큰 벼슬을 내리겠다고 해도 사양했다. 그리고 고향으로 돌아와서 어려운 사람, 병든 사람들을 고쳐주었다. 오늘날 의사에게도 큰 본이 될 사람이다. 이렇게 허준에 버금가는 의원을 제주에서 만날 수 있었다. 사람들의 꿈이 담겨져 있는 허준 모티브의 변형이 아닐까?

이 좌수座首의 생애

무남밭 이 좌수라는 사람이 중문리 무남밭이라는 동네에 살았다. 그는 고부高阜 이씨로 이름은 은성이요 조선조 숙종 때의 사람이다. 그는 대정현 좌수를 지냈기 때문에 '무남밭 이 좌수'라 불려졌다.

그는 팔척장신이며 풍채가 위엄 있었다. 특히 눈이 부리부리하게 빛나서 마치 호랑이 눈 같았다. 이 좌수는 항상 눈을 반쯤 감고 다녔다. 만일 눈을 치켜뜨면 지나는 개와 닭이 다 쓰러져 죽고 나는 새도 그 눈빛에 놀라서 떨어졌다고 한다. 한 번은 사또와 만나는 자리에서 이 좌수가 눈을 거의 감은 채로 엎드려 인사를 드렸다. 목사는 눈을 감고 절하는 그가 이상하다고 생각해서 한마디 던졌다.

"이 좌수는 어째서 눈을 감소?"

"예, 어찌 어른 앞에서 두 눈을 뜰 수가 있겠습니까?"

"괜찮소. 눈을 뜨시오."

사또가 눈을 뜨라고 권하므로 이 좌수가 눈을 치켜떴다. 목사가 그 눈 기운에 뒤로 자빠지면서,

"눈을 감게!"

소리를 지르면서 손을 내저었다.

당시 제주도에는 말을 기르는 목장이 열세 곳이 있었다. 국마 1천 필을 여기서 기르고 있었다. 각각 목장은 경계 지워 둘로 나눠서, 윗 목장을 상장 아랫 목장을 하장이라 했다. 한 해에는 상장에 말을 방목하고, 이듬해

에는 하장에 말을 방목하고, 이렇게 두 곳에서 번갈아가면서 말을 방목해서 키웠다. 그래서 상장에 말을 놓아먹일 때에는, 하장은 그 주변 부락 가난한 사람들에게 농사를 짓도록 무상으로 빌려 주고, 그 대신 정한 세곡을 받았다. 그 세곡이 좀 심해서 만일 흉작인 해에는 세곡을 바치다 보면 남는 것이 없을 때도 있었다. 더구나 만일 상장의 풀이 시원치 않으면 하장에 곡식을 갈고 있어도 목사의 명령으로 경계 돌담을 헐어서 하장의 곡식을 말이 먹도록 되어 있었다. 그렇게 되면 백성들의 처지는 참담하기 그지없게 되었다.

당시에는 관원들의 횡포가 심했다. 현명한 목사가 와서 목장 사정을 잘 살펴서 단속하면 괜찮았다. 그러나 목사가 목장에 관심을 갖지 않는 줄 알면, 그 아래 관원들이 목사를 속여 마음대로 목장 일을 통해 백성을 괴롭혔다. 관원들은 곡식이 익어가는 8월경에 심술을 피웠다. 하장의 곡식이 익어 가면 관원들은 때를 기다렸다가 목사를 속였다.

"금년에는 상장이 가물어서 국마가 굶어 죽게 되었습니다."

이렇게 거짓으로 보고하였다.

"허! 거 어찌할꼬?"

국마가 제대로 먹지 못하여 살찌지 않으면 목사로서는 큰일이었다.

"하장을 헐어서 농사지은 곡식이라도 먹여야 국마를 살리겠습니다."

이렇게 되면 목사는 하장을 헐어 국마를 먹이라고 영을 내렸다. 그 명령은 각 현감을 거쳐 이방에게 하달되었다. 그러면 백성들은 곡식을 해 먹기 위해서 어쩔 수 없이 돈을 모아다 뇌물을 바쳐야 했다.

무남밭 이 좌수가 대정현 이방으로 있을 때도 이렇게 하장의 문을 열라는 영을 받았다. 대정현감은 대정현 관할 7, 8 소장의 하장을 헐라는 지시를 받고 한탄했다. 지금 상장의 국마가 번들번들하게 살이 찌고 있는데 이런 지시가 내려진 것이다. 그러나 목사에게 감히 형편을 말할 수 없었다. 현감은 이 좌수에게 지시했다. 이 좌수는 영을 받았는데, 하장은 열 생각조차 안 하는 것이었다.

현감은 이 좌수를 다시 불렀다.

"어찌 이 좌수는 하장을 헐지 않소?"

"예, 하장을 헐려고 가 보았더니 팔순 노인이 어귀에 앉아 어머니야, 아버지야 울고 있습니다. 팔순 노인이 무슨 어머니와 아버지가 있겠습니까? 어찌 우느냐 물었더니 이 곡식을 국마를 먹여 버리면 우리는 다 살 수 없으니 어찌 울지 않을 수 있느냐고 하였습니다."

현감은 공문서를 내보이며 이렇게 명령이 내렸는데 어찌하겠느냐고 했다. 이 좌수는 공문서를 받아 보더니 박박 찢어서 불에 넣어 버렸다.

"아니 어떻게 하려고?"

현감이 놀라는 것이었다.

"염려 마십시오. 제가 대신 가서 죽겠습니다."

이 좌수는 당당하게 대답하였다.

이 좌수는 사정을 말하려고 목사 앞에 들어가 엎드려서 눈을 감았다 떴다 하였다. 호랑이 눈 같은 이좌수의 눈에 놀라 자빠졌던 목사는 정신을 차리고 일어나 앉아 말을 이었다.

"음, 하장의 담을 헐어 국마를 먹이느냐?"

"사또님은 제주 백성은 생각지 아니하고 국마만 살리려 오셨습니까?"

이 좌수가 정중하게 말했다.

"그거 무슨 말인고?"

"사또께서 목장에 가 보십시오. 국마도 먹을 것이 많아서 번들번들 살이 찌고 있습니다. 그런데 담을 헐어 하장의 곡식을 먹이라 하니 이럴 수가 있습니까?"

그제야 목사는 이 좌수의 손을 잡으며 자세히 들으려 했다. 이 좌수는 마장의 실정을 사실대로 말했다. 사정을 알게 된 목사는 제주목 이방 이하 그와 공모한 관원들을 잡아들여 하옥시켰다. 그리고 목사는 이 좌수를 치하하고 앞으로 백성들의 억울한 사정을 고해 달라고 부탁했다.

그 소문이 목안에 퍼졌다. 많은 아전배들이 잡혀가자 그들과 한통속인 목안 사람들이 대정에서 온 이 좌수를 그대로 두지 않으려고 별렀다.

제주 성안 건달들이 아전배들의 사주를 받고 이 좌수를 기다리고 있었다.

이 좌수가 일을 마치고 관아를 나오자 관덕정 주변에 포진해 있던 건달들이 몽둥이를 들고 그를 에워쌌다.

"이놈들!"

이 좌수는 고함을 지르며 눈을 치켜떴다. 건달들이 놀라 자빠졌다. 이 좌수는 유유히 말을 타서 성안을 빠져왔다.

이 좌수는 서른여덟 젊은 나이로 세상을 떠났다. 병에는 장사가 없는 법이어서 오래 앓아누웠다. 누워서 가만히 생각하니 자신이 죽을 날을 알게 되었다.

그날이 돌아왔다. 이 좌수는 방에 누운 채 주먹으로 난간마루를 탁 치면서,

"이놈들 거기 좀 서 있거라. 내 모친께 불효자식 이별합니다 하고 인사를 드리고 가겠다."

그 말에 난간 귀틀이 딱 부러졌다. 그러자 그를 데리러 온 저승 차사들도 멈칫하여 마당으로 들어오지 못했다. 이 좌수는 일어나 의관을 정제하고는 모친 방으로 갔다.

"불효자식이 세상을 먼저 이별하겠습니다."

인사를 드리고 제 방으로 들어왔다.

"날 눕혀라."

섬에 사는 거인의 꿈

그를 눕히니 조용히 잠들어 버렸다.

이 좌수의 무덤은 죽은 후 약 70년 만에 이장을 했다. 영웅은 60년 동안 시체가 안 썩는다는 말이 있다. 이 좌수의 시체는 70년이 되어도 조금도 상하지 않고 그대로 있었다. 대접만 한 눈은 그대로 떠 있고, 신체는 원상 그대로 있었다.

제주사람들은 이 좌수를 그들의 이상적인 인물로 만들었다. 제주 사람들은 이처럼 사리가 분명하고 관리의 윤리를 지키는 인물을 기다렸고, 그에게 초인적인 모습을 더했다. 이 이야기를 통해서 왕조시대 제주의 실정과 백성을 수탈하는 관의 횡포를 짐작할 수 있다. 이 좌수가 혼자서 비정상이 정상적으로 나타나는 관의 횡포에 맞섰다. 그의 이러한 도덕성은 특이한 신체 여건과 결합되어 제주사람들에게 영웅의 모습으로 남게 만들었다.

슬픈 이야기는 아름다운 예술을 낳는다

제주 한라산의 아름다운 경관 중에 산의 서남쪽 허리에 자리 잡은 영실靈室은 이름처럼 신비로운 절경이다. 험준한 단애로 사방이 둘러있고, 그 위로 기기묘묘한 형상으로 기암괴석이 하늘로 향해서 비원하는 자세로 솟아있다. 그 바위들 모양은 한 번 보면 나한羅漢* 같기도 하고, 다시 보면 500명의 장군 같기도 해서 '오백나한' 또는 '오백장군'이라 부른다. 나한과 장군은 얼마나 다른 모습인가? 제주 사람들은 왜 이렇게 서로 어울릴 수 없는 두 이름을 붙였던가?

그러한 이름으로 부르게 된 사연이 있다.

옛날 홀로된 한 어머니가 아들 500형제를 데리고 살고 있었다. 식구는 많은데다 마침 흉년이 들어서 끼니를 잇기가 어려웠다.

어느 날 어머니는 집에서 놀고 있는 아들들에게,

"어디 가서 양식을 구해 와야 죽이라도 끓여 먹고 살게 아니냐?"

아들들을 쌀을 구해오도록 밖으로 내보내었다. 그 말에 오백 형제가 모두 양식을 구하러 나갔다.

어머니는 집안에 있는 쌀을 다 털어 넣고 들에 있는 산나물을 뜯어다가 아들들이 돌아와 먹을 죽을 끓이기 시작했다. 큰 가마솥에다 불을 대고 솥전을 걸어 놓고 어머니는 가마솥 주변을 이리저리 돌아다니며 죽을

---

* 아라한阿羅漢, 소승 불교의 수행자 가운데서 가장 높은 경지에 오른 이. 온갖 번뇌를 끊고, 사제四諦의 이치를 바로 깨달아 세상 사람들의 존경을 받을 만한 공덕을 갖춘 성자를 이른다.

섬에 사는 거인의 꿈

저었다. 그러다가 그만 발을 잘못 디디어 죽 솥에 빠져 죽어버렸다.

오백 형제는 집으로 돌아왔다. 어머니는 없었으나, 아들들은 쑤어놓은 죽을 맛있게 먹었다. 죽이 이상하게 특별하게 맛이 좋았다. 맨 막내 동생이 죽을 먹으려고 솥을 젓다가 뼈를 찾아내었다.

"이게 뭐지? 무슨 뼈인가? 소뼈인가? 소를 잡아 죽을 쑤었는가? 그렇다면 쇠가죽이 있어야 할 텐데."

막내 동생은 이상하게 생각하고 죽을 더 젓다보니 다른 뼈들이 나왔고, 그것을 맞춰보니 사람 뼈였다.

막내 동생은 죽을 먹지 않고 혹시 어머니가 돌아올까 해서 밤이 되도록 기다렸다. 그러나 어머니는 돌아오지 않았다. 죽에 있는 사람 뼈는 어머니임에 틀림없다.

그러나 형들은 아무 생각 없이 죽을 맛있게 먹었다. 그들은 어머니가 빠져 죽어 그 살이 죽이 되었다는 것을 모르고 맛이 있다고만 했다.

막내 동생은 그러한 형들이 안타깝고 미웠다.

그는 집을 나왔다. 어머니가 너무 그립고, 가난하게 살면서 500이나 되는 형제들을 먹여 살린 어머니가 고맙고 그럴수록 마음이 애통하고 고통스러웠다. 그는 걷고 또 걸었다. 바닷가에 닿았다. 그곳이 지금 한경면 고산리 차귀섬이었다. 막내 아들은 섬 위에 올라가 어머니를 부르면서 울다가 바위가 되었다.

이 사실을 알게 된 형들도 어머니 살로 된 죽을 맛있다고 먹은 자신의 모습이 너무 부끄럽고, 어머니를 잃은 슬픔에 바위 위에 올라가 하늘을 우러러보며 울면서 탄식하다가 모두 굳어져서 바위가 되었다.

이것이 오백장군이다. 그런데 영실에는 499장군만 있고 맨 마지막 동생은 차귀도에 앉아서 끝없이 펼쳐진 바다를 보면서 어머니를 그리워하고 있다.

제주인의 비극적인 삶을 총체적으로 이야기하고 있다. 배고픔이 얼마나 처절한 것인가? 자식을 사랑하는 어머니 마음을 알기까지 아들은 너무 오랜 시간이 걸렸다. 제주사람들은 이 비극적인 이야기를 그대로 이야기할 수 없었다. 그래서 아들의 한이 세상을 초탈하는 지경에 이르러 나한이 되었고, 제주도를 살기 좋은 땅으로 만들 장군이 되었다고 생각했다. 어머니를 그리워하고 살아온 가난의 세월을 한탄하면서 울던 사내들이 어떻게 아름다운 바위로 변할 수 있었을까? 그리고 그 바위들을 '나한'으로 '장군'으로 이름을 붙인 제주사람들의 마음을 우리가 어떻게 이해할 수 있을까?

제주 여장사들

구좌읍 세화리 마을 문 만호萬戶 집안에서 새 며느리를 맞이했다.

며느리는 으레 물을 긷는 일을 한다. 제주에는 물이 귀하기 때문에 물 허벅(동이)을 대바구니에 넣고 등으로 짊어져서 물을 길어 나른다.

물을 길러 갈 때에는 동네 네거리를 지나게 된다. 마을 사람들은 심심하면 이 네거리로 나와서 이야기를 하면서 어울렸다.

하루는 물을 긷고 집으로 돌아오는데, 청년들 여남은이 모여서 끙끙대면서 힘을 쓰고 있었다. 뭔가 하고 곁눈으로 살펴보았다.

청년들은 한 아름이 됨직한 둥근 돌덩이를 놓고 서로 돌려가며 들고 있었다. 한 사람이 들려다가 못 들면 다른 사람이 들었다. 그러다 갑자기 모두가 환호성을 지르면서 손뼉을 쳤다. 문 만호 집 며느리는 일부러 천천히 걸으면서 벌어지는 그 광경을 살피고 있었다.

청년 중에 한 사람이 그 돌을 조금 들었다가 놓았다. 아무도 들 수 없는 돌을 그가 들었던 것이다. 그렇다고 높이 든 것도 아니었다. 겨우 땅에서 두어 뼘 높이로 들고서 곧 내려놓아버렸다.

"얼마나 무거웠으면 장정들이 못 들어서 끙끙거리는가?"

만호집 며느리는 그렇게 생각하면서 집으로 들어왔다.

만호집 며느리는 뒷날 아침은 다른 날보다 더 일찍 물을 길러 나갔다.

마을 네거리를 지나는데, 아무도 나와 있지 않았다. 어제 청년들이 모여 들었던 돌이 놓여 있었다. 별로 크지 않았다. 그제야 동네마다 이러한 돌들이 있다는 것을 알았다. 그녀의 친정 마을에도 '들음돌'이라는 것이 있었다. 마을 청년들은 그 돌을 들어서 힘자랑을 하였다. 그 마을에 얼마나 무거운 '들음돌'이 있느냐는 것은 그 마을의 힘의 기준이 되기도 한다는 말을 들은 적이 있다.

그래서 마을 사내들은 청년기에 들어서면 이 돌 들기 내기를 한다. 그러면서 힘을 기른다고 들었다.

만호집 며느리는 주위를 살펴보았다. 아무도 눈에 띄지 않았다.

그녀는 그 돌이 과연 얼마나 무거운지 한번 들고 싶었다. 그러나 참았다. 아침부터 빈 물허벅을 진 여자가 돌을 들고 있다는 것을 누가 보면 흉이 될 수도 있다. 그래서 참고서 물을 길러 갔다.

물을 길으면서도 그 돌 생각만 했다.

"얼마나 무겁기에 사내들이 끙끙대면서 들까? 겨우 한 뼘 정도 들고서 그 야단을 떨었을까? 아마 굉장히 무거운가 보다."

속으로만 자꾸 그 돌 생각을 하면서 물허벅을 지고 집으로 향했다. 그런데 그 네거리에 이르렀는데, 들음돌을 드는 곳에 사람이 보이지 않았다.

그녀는 주위를 몇 번이나 살폈다. 아무도 없었다. 그녀는 물허벅을 진 채 돌 가까이 다가갔다.

그리고 다시 주위를 한번 돌아보았다. 아무도 없었다. 그녀는 돌을 두 손으로 단단히 붙잡고 힘을 썼다. 어렵지 않게 그 돌은 들 수 있었다. 그 돌을 들고 몇 걸음 옮겨놓았다. 별로 무겁지 않았다.

그런데 어디선가 인기척이 들렸다. 그녀는 얼른 남이 볼까 그 돌을 옆 밭으로 내던져 버렸다. 그리고 집으로 들어왔다.

마을에서는 소동이 벌어졌다. 이런 괴변이 있을 수 없었다. 누가 그 돌을 치워버렸을까? 한밤중에 이웃 마을 청년들이 몰려들어 치워버렸는가? 주위를 찾아봐도 돌은 보이지 않았다. 만호집 며느리가 그 돌을 옆

섬에 사는 거인의 꿈

밭으로 내던지자 그것이 움푹 땅속으로 들어가 버렸기 때문에 찾는 사람들 눈에 띄지 않았던 것이다.

마을에서는 며칠을 찾아보았으나 허탕을 쳤다.

문 만호도 들음돌이 없어진 것을 괴이하다고 생각했다. 정말 다른 마을에서 가져다가 숨겼다면 이것은 마을로서는 큰 창피이다. 그런데 며느리 눈치가 이상했다. 마을 사람들이 돌 때문에 야단을 떨고 시아버지까지고 걱정을 하는 것을 본 그녀는 속으로 고소했다. 사내들도 별수가 없군. 그런데 문 만호는 그러한 며느리의 속마음을 눈치 챘다.

저녁을 먹고서 물을 길러가는 며느리를 문 만호가 뒤따라갔다. 네거리를 못 미쳐 며느리를 불러 세웠다.

"며느리야, 그 들음돌 어디에다 숨겨 놓았니?"

다 알고 있다는 투로 넘겨짚어 물었다. 며느리를 얼굴이 발갛게 되더니 고개를 숙였다.

"제가 그 돌이 얼마나 무거운가 알아보려고 한번 들었는데 별로 무겁지 않아서 들고 오다가 옆 밭으로 던져 버렸습니다."

문 만호는 가슴이 뛰었다. 이거 보통 힘이 아니구나. 누가 알면 일이 벌어질 것이다.

"허허! 큰일을 저질렀구나. 지금 그 말 아무에게도 해서는 안 된다. 자칫하면 우리 집안이 멸문을 당한다."

문 만호는 겨드랑이에 날개가 돋은 사내는 역적이 된다는 말을 들었고, 조상 묘를 잘 써서 장사로 태어난 자손도 제대로 제 목숨을 부지하여 살지 못했다는 소문도 들어 알고 있다. 그런데 여자가 이렇게 힘이 세어서 무엇에 쓸 것인가? 잘못하면 역적의 누명을 쓸 수도 있다.

"오늘 밤에 아무도 모르게 그 돌을 들어다가 제자리에 놓도록 해라."

문 만호는 여러 말을 하지 않았다.

뒷날 마을 사람들은 다시 해괴한 사건이 벌어졌다고 야단을 떨었다.

"들음돌에 발이 돋았나 날개가 돋았나. 이제 다시 제자리로 돌아왔으니…."

아침에 물을 길러 가던 만호집 며느리는 마을 청년들이 야단을 떠는 그 표정을 보면서 속으로 웃음이 터졌다.

"그 힘을 갖고서도 사내라고. 훗훗."

그러다가 다음 순간 시아버님의 굳은 표정이 떠올랐다.

어젯밤에 들음돌을 제자리로 옮겨놓은 후에 시아버지로부터 다시 한 번 당부를 받았다.

"절대 어디 가서도 힘자랑을 해서는 안 된다. 여자는 약한 모습을 보여야 사랑을 받느니라. 우리 집안일을 할 때에도 남 하는 것만큼만 해라."

그 목소리가 생각나서 며느리는 입술을 다물었다.

약한 모습을 보여야 여자는 사랑을 받는다.

제주에도 여장사의 이야기는 많다. 오 찰방의 누이도 그렇고, 남원읍 태흥리 경주 김댁 며느리도 들음돌을 쉽게 들었다. 심돌 강씨 할망, 시흥리 현씨 남매 중에 누이는 동생보다 힘이 센 장사였다. 그런데 이들은 별로 힘을 쓰지 않고 살았다. 그래서 이러한 이야기를 만들었을 것이다. 남자도 힘이 세면 화가 뒤따르던 시대였으니, 여자이니까 힘을 숨기고 살아가는 것이 현명한 일인지도 모른다. 문만호가 며느리에게 신신당부했듯이 며느리도 자기 힘을 숨기고 한평생을 살았다. 그것은 제주사람으로서는 현명한 일이었다.

여자의 독한 사랑

애월읍 광령리 지경 한 동네에 매고라는 여인이 남편과 둘이서 사이좋게 살았다. 매고는 너무 예뻤고, 살림도 잘하였고, 마음씨도 고왔다. 특별히 남편을 위하는 마음이 남달랐다. 남편이 사냥을 좋아해서 부부는 함께 사냥을 다니기도 했다.

그 동네에 포수꾼이 살았다. 그는 홀몸으로 한라산에 들어서 맹수를 잡아서 그것으로 생활하는 산포수였다. 그는 산포수답게 체격이 건장하고 힘도 장사였다. 이 사내는 매고의 남편과 친하게 지내었다. 둘 다 사냥을 즐기는 편이서 서로가 친구가 되었다.

서로가 사이좋게 사는데, 포수는 아름다운 매고에게 마음을 뺏기고 말았다. 남의 부인이 되었으나 그를 사모하는 마음은 날이 갈수록 더해 갔다. 어느 때부터인가, 매고 남편이 죽으면 매고를 차지하려는 마음을 갖게 되었다. 아직도 젊고 더구나 건강한 그 남편이 죽기를 바란다는 것은 말도 안 된다. 그러면 어떻게 할 것인가? 매고에게 마음을 고백하여 이혼하고 자기와 살도록 사정해 볼까? 그것도 될 일이 아니다. 매고는 그 남편을 무척 사랑하고 있다. 그렇다면 방법은 딱 하나가 있다. 남편을 죽이는 일이다.

어느 초가을, 마침 사냥하기 좋은 날씨였다.

"형님, 오늘 저하고 같이 사냥을 가십시다. 노루들이 많이 몰려 사는 곳을 내가 압니다."

평소에도 포수는 서너 살이 아래여서 매고 남편을 형님으로 대해왔다.

"날씨도 좋으니 같이 다녀오세요. 큰 노루나 한 마리 잡고 와요."

매고는 남편과 포수가 함께 사냥 가기를 권했다.

둘은 맛있게 차려준 점심을 갖고 사냥을 나갔다.

포수는 한라산 구석구석 모르는 곳이 없었다.

그런데 오전 내내 돌아다녀도 사냥감을 찾지 못했다.

"오늘, 이상하네요. 그러지 말고 형님이 산속으로 더 깊숙이 들어가 산 짐승들을 몰아서 내려오면 제가 숨어 있다가 쏘지요."

여러 사람이 함께 사냥을 갔을 때에 흔히 쓰는 사냥 방법이었다.

매고 남편은 산속으로 더 들어가서는 소리를 지르면서 숨어 있는 짐승들을 깨워 움직이게 했다. 몇 마리 노루들이 놀라서 뛰어나왔다. 매고 남편은 그들을 몰고 아래로 내려갔다.

그때였다.

숨어 있던 포수가 달려가던 노루를 쏘았다. 노루가 픽 쓰러졌다. 매고 남편은 화살을 맞고 달려가다가 픽 쓰러진 노루를 잡았다. 그 순간이었다. 연거푸 화살이 날아왔다. 매고 남편이 피를 흘리면서 쓰러졌다.

포수는 죽은 매고 남편을 그냥 두고 노루만 짊어지고 천천히 내려왔다. 해가 져서 주변이 어둑컴컴해서야 그는 매고네 집으로 들어갔다. 매고는 노루를 매고 들어오는 포수를 보고는 반가워했다. 남편이 같이 들어오는 줄 알았다.

"형수님, 이 일을 어쩌지요? 형님이 짐승들을 몰려고 산속으로 깊이 들어갔는데, 아무리 기다려도 돌아오지 않았습니다. 길을 잃었는가 해서 내가 저물도록 찾아봤으나, 찾지 못하고 이렇게 나만 돌아왔습니다."

"산에서 살아온 것이 몇 년이라 길을 잃겠어요. 기다리면 올 테지요."

매고는 대수롭지 않게 생각했다. 건강하고 산길에 익숙한 남편이 어디 깊숙한 곳으로 들어갔다가 길을 잃어 잠시 헤매고 있을 것이라고 생각했다.

그러나 뒷날도 또 뒷날도 남편은 돌아오지 않았다.

"형수님 면목이 없습니다. 제가 오늘도 사냥을 나가서 온종일 찾아보았습니다."

빈손으로 돌아온 포수는 매고에게 미안하다면서 걱정했다. 매고는 그의 말이 모두 진심이라고 믿었다.

일 년이 지나도 남편은 돌아오지 않았다. 그동안 포수는 매고를 잘 돌봐주었다. 남편이 살아 있을 때에도 친절했고, 남편과 형 아우 하는 사이로 지냈는데, 남편이 행방불명이 된 지금에도 여전히 돌봐주는 것이 고마웠다.

그렇게 두 해가 지났다.

어느 날 사냥에서 돌아온 포수는 매고 집으로 직접 들어왔다.

"형수님, 이제 형님이 행방불명이 되어서 두 해가 지났습니다. 제가 어떻게 혼자 사는 형수님을 그냥 둘 수 있습니까? 우리가 이제 부부로 살아가기로 하십시다."

포수는 온 마음을 다해서 사랑을 고백하였다.

"총각이 처녀에게 장가를 가야 하는데, 늙은 내게 뭘 보겠다고…."

매고는 포수의 사랑을 받아줬다.

둘은 새로 살림을 차렸다. 포수는 더 열심히 사냥을 했고, 틈틈이 밭을 갈아 농사도 지었다. 살림도 풍족했다.

자식도 해 걸러 나왔다. 아들 아홉 형제를 낳았다. 집도 크게 두 채나 더 지어서 아홉이나 되는 아들들과 같이 행복하게 살았다.

이제 이들의 나이도 쉰을 넘기고 있었다. 둘이 만나 부부가 된 지도 20년이 되었다.

어느 날 비가 주룩주룩 내리는 오후였다. 포수는 툇마루에서 매고의 무릎을 베고 누워 머리에 이를 잡아달라고 했다. 매고는 어린아이처럼 응석을 부리는 남편이 좋아서 머리에 이를 잡아주고 있었다. 비는 그칠 줄 모르고 내렸다. 처마에서 내리는 빗물이 툇마루 아래에 고여 부글부글 소리가 났다. 그때 포수가 피식하고 웃었다.

매고는 웃는 남편이 귀여웠다.

"왜 웃어요. 늙은 아내가 머리에 이 잡아주는 것이 우스워요?"

"아니, 그런 사정이 있어서."

매고는 호기심이 일었다.

"무슨 사정인데?"

"여보 우리가 새 살림을 차린 지 몇 년이 되었지?"

"스무 해가 넘었지요."

"난 그 전부터 당신을 사랑한 거 모르지."

"총각이 유부녀를 사랑했어요. 미련하게."

"당신 나 좋아하지?"

"안 좋아하면?"

"내 모든 잘못도 용서하지?"

"당신이 무슨 잘못을 저질렀다고? 그런 위인이나 되는가? 원."

그 말에 포수는 20년 전에 사냥을 함께 갔다가 매고의 전 남편을 죽인 사실을 토로해 버렸다.

"다 당신을 죽도록 사랑했기 때문이야."

"그래요. 그런데 그분은 죽어서도 무덤도 없이 백골이 들에서 울고 있겠네. 여보, 그곳을 기억하고 있지. 우리 그 유골이라도 수습해서 장사를 치러줘야 하지 않을까?"

"그렇군. 당신이 용서해주지 않을 줄 알고 내가 숨겨두는 바람에. 그 형

섬에 사는 거인의 꿈

님에게 미안하고 죄송하여서."

남편은 자기 잘못을 뉘우쳤다.

뒷날 부부는 그곳을 찾아갔다. 다행히 하얀 유골이 사람 형체대로 남아 있었다.

매고는 그 유골을 수습하고 내려왔다.

다음 날 장례를 치러주기로 했다.

그 밤중에 매고는 그 수습한 유골을 들고 관가로 가서 남편인 포수를 고발했다. 포수는 그날 밤에 포박되어 하옥되었다.

이른 새벽에 매고는 집으로 돌아와서 아직도 아이들이 자고 있는 안채 문을 다 밖으로 잠그고는 집에 불을 질렀다. 포수와의 사이에 난 아홉 아들을 모두 불태워 죽였다. 그녀는 채마밭에 무덤을 만들고 문을 내어서 전 남편의 유골을 품에 안고 들어가 스스로 굶어죽었다.

지독한 제주 여자의 모습을 이 '매고 무덤'에서 충격적으로 만나게 된다. 겉으로는 부드러운 것 같으면서도 세상의 도리에 벗어나는 것을 용납하지 않는 그 독한 마음에 소름이 끼칠 정도이다. 보통 이야기라면, 아마 스스로 자결하는 것으로 끝날 것이다. 그런데 아홉이나 되는 자식도 죄의 씨앗이니 남겨둘 수 없다는 것을, 그리고 사랑은 20년이 지나도 변하지 않는다는 것이 이 지독한 사랑의 실상이다. 지독한 사랑은 이렇게 비극적이어야 하는가?

제4부

장사들은 왜 불운했을까?

오 찰방察訪의 기개와 좌절

오 찰방은 대정고을에서 태어나 한때 제주에서 이름을 날리던 장사였다.

그의 아버지는 부인이 임신을 하자 튼튼한 자식을 얻으려고 소 열두 마리를 잡아 먹였다. 그런데 부인은 딸을 낳았다.

부인이 다시 임신하였다. 오 찰방 아버지는 다시 소를 잡아 부인에게 먹였다. 이번에는 아홉 마리를 잡아 먹였다. 그래서 기다리던 아들을 낳았다. 아버지는 열두 마리를 잡아 먹일 걸 그랬다고 약간 후회했다. 그 아들이 후에 찰방 벼슬을 하게 되었다.

오 찰방은 어릴 때부터 몸집이 크고 성격도 쾌활했다. 소를 아홉 마리나 먹고 태어났으니 힘이 셀 수밖에 없었다. 고을에서 씨름판이 벌어지면 그를 당할 자가 없었다. 제주 삼읍 장사들이 씨름대회가 열린다는 소식을 들었다. 그는 제주 목 성안으로 들어가 제주 각처에서 모여든 장사들과 씨름을 겨루었다. 그를 당할 자가 없었다. 오 찰방은 장사가 되어 큰 황소를 타고 집으로 돌아왔다. 사람들이 대정 고을에서 제주 천하장사가 태어났다고 모두 나와 환영을 했다.

그의 누님도 나와 동생을 환영해 주었다.

"누님, 제주 성안 장사라는 사람들도 별수 없습디다. 나와 붙는 놈마다 죽은 삭정이처럼 쓰러졌어요."

누님은 동생의 자랑에 빙긋이 웃기만 했다.

그 다음 해 단오에도 제주 3읍 씨름대회가 제주 성안에서 열리게 되었다. 오 찰방은 이번에도 출전하겠다고 누님에게 말했다.

그날이 다가왔다.

"나도 동생을 응원하려고 하니 같이 가자."

누이도 따라나섰다.

제주 관덕정 앞 너른 마당에서 씨름판이 벌어졌다. 혼자서 넷을 연거푸 이긴 사람이 결승에 나가도록 되어 있다. 오 찰방도 결승에 나갔다. 모두 네 사람이었다. 이 네 사람이 서로 겨루게 되었다. 준결승에서 3판 2승제로 이긴 자끼리 결승에서 맞붙어 5판 3승을 해서 이기면 천하장사가 되었다.

오 찰방은 준결승에서 두 번 모두 이겨서 세 판까지 가지 않고 결승에 오르게 되었다.

결승에서 만난 장사는 낯이 설었다. 그러나 오 찰방은 자신이 있었다. 5판 3승이지만, 3판 3승으로 이길 자신이 있었다.

첫 판에 오 찰방은 긴장했다. 상대는 몸집은 그다지 크지 않는데, 살바를 잡으니 느낌이 이상했다. 무슨 강철덩이를 잡은 듯했다. 상대도 준결승에서 2판을 계속 이겨 결승에 진출한 장사였다.

첫판은 어처구니없게 오 찰방이 지고 말았다. 둘째 판도 역시 찰방은 당해내지 못했다. 너무나 화가 치밀어서 찰방은 온 힘을 다해서 세 번째 판을 붙었다. 이번에는 오 찰방이 이겼다. 다음판도 오 찰방이 이겼다. 오 찰방은 자신이 생겼다. 연속 두 판을 이겼으니 자신이 생겼다. 상대의 기색을 은근히 살펴보았다. 이미 기가 죽어있는 듯했다.

맨 마지막 다섯째 판이 되었다. 그런데 이게 웬일인가? 상대의 살바를 잡고 잠시 자세를 취하려는데 갑자기 몸이 공중으로 붕 뜨는 것 같더니 펄떡 땅에 내동댕이쳐졌다. 주위에서 함성이 터졌다. 씨름을 한 것이 아니

섬에 사는 거인의 꿈

었다. 마치 어른이 어린아이를 들었다가 내려놓는 것이었다.

오 찰방은 한참 동안 일어나지 못했다. 부끄러워서 상대를 바로 볼 수 없었다. 그런데 오 찰방이 벌떡 자리에서 일어난 것이다. 스스로 일어난 것이 아니라, 씨름에 이긴 상대가 오 찰방의 오른팔을 잡고 당기자 그 힘에 일어난 것이다.

"우와, 우와!"

모여든 성안 사람들이 소리를 지르면서 박수를 쳤다.

새로 태어난 장사는 여유 있게 사람들을 바라보더니, 오 찰방의 등을 툭툭 두드려주면서 뭐라고 말했다.

"힘을 내게. 장사는 질 때도 있는 거요."

오 찰방은 화가 치밀었다. 이 제주에서 자기를 이길 자가 있다는 것부터 받아들여지지 않았다.

"이놈, 다음에 보자!"

그는 분을 머금고 자리에서 일어나 제 자리로 돌아왔다.

"그 대정 놈, 오늘도 장사가 되었다면 성안 청년들이 가만 두지 않으려고 했는데, 운을 탔는데, 대정 놈이 성안에 와서 너무 으스댄단 말이야. 천하가 모두 제 것처럼."

"그런데 오늘 천하장사가 된 그 청년은 누구야?"

"글쎄? 씨름판에서 못 보던 얼굴이던데."

"아주 사람이 되어먹었어. 아마 힘으로는 5판까지 안 갈 수도 있었는데, 상대를 생각해서 두 판은 져 준 것 같아. 아니 그 천하에 힘자랑하는 오가 놈을 홀쩍 들었다가 내팽개치듯 하는 걸 보면, 힘이 얼마나 센지 알다가도 모르지."

"그렇기는 하군."

"어쨌거나, 그 친구 이제는 사람이 좀 되었겠지?"

청년들이 주고받는 말을 듣던 찰방은 가슴이 울렁거리면서 숨이 가빴다. 자신이 완전히 그놈에게 어린아이 취급을 당했다는 것을 알게 되었다.

오 찰방은 집으로 돌아와 자리를 펴고 누워버렸다. 화가 치밀었다. 그 성안 청년들 말을 들으면 오히려 다행인 것도 같은데, 상대가 자기를 어린애 취급을 한 것은 틀림없었다.

"한번 씨름판에서 졌다고 자리 펴고 누우면 어떻게 되는 거야. 넌 제주에서만 장사가 되면 그만이야. 정말 천하장사가 되어야지. 미련한 자식."

누이가 방으로 들어와서는 동생을 꾸짖었다.

"어서 일어나 산방산이라도 오르내리면서 힘을 길러야지. 누워 있으면 다음 추석 씨름판에서는 저절로 천하장사가 돌아온다고 하더냐?"

그렇게 말하면서 누워있는 동생의 등을 밀었다. 그 바람에 동생의 몸이 벽으로 굴러가 부딪쳤다. 오 찰방이 깜짝 놀라 일어났다. 누님의 힘이 대단하다는 것을 알았다.

밖으로 나온 동생은 댓돌 위에 벗어놓은 신을 찾아 신으려 하는데 신이 없었다. 아무리 찾아봐서 없었다.

"여기에 신이 있네. 이거 동생 것 아닌가?"

누이가 서까래 밑을 가리켰다. 거기에 가죽신이 끼어 있었다.

오 찰방은 그 신을 빼내려고 아무리 힘을 써도 안 되었다.

"누가 이 신을 여기에 끼워 넣었지?"

그렇게 말하면서 생각해보니, 힘 센 사람이 아니면 할 수 없는 짓이었다.

그때 누이가 다가오면서 빙긋이 웃었다.

"누님이 제 신을 저기에…."

오 찰방은 누이의 모습을 보니, 온 몸에 소름이 돋았다. 누님의 짓이

구나.

"이 신을 찾는 거야. 힘이 세다면서 이것도 못 꺼내!"

누이는 한 손으로 서까래를 들어 올리더니 신을 빼내었다.

오 찰방은 말문이 막혀버렸다.

"누님이었지?"

"뭘?"

"성안 씨름판에서…."

"왜 누님이 져주지 않았다는 거야?"

오 찰방은 얼굴이 화끈거렸다. 신을 신고 밖으로 뛰어나갔다. 분이 치밀었다. 누이가 나를 갖고 놀았다. 그런데 누이는 어떻게 해서 그렇게 힘이 세지? 그런데 그 순간 그날 씨름판을 나올 때에 성안 청년들이 주고받던 말이 떠올랐다.

"누님이 나를 보호해 주었구나. 그리고 내가 너무 잘난 체했나?"

오 찰방은 누님은 힘이 장사일 뿐만 아니라. 지혜도 남다르다는 것을 알았다.

오 찰방은 하는 짓이 남과 달랐다. 걸음도 빠르고 매일 아침 산방산을 오르내리는 것이 마치 노루처럼 빠르고 거침이 없었다.

어느 날 그 부친이 책망할 일이 있어 오 찰방을 때리려고 했더니, 그가 나막신을 신은 채 달아났다. 그 아버지는 짚신을 신고 뒤쫓았다. 나막신을 신은 놈이 도망치면 얼마나 가랴 하고 쫓았다.

그런데 그 놈이 보이지 않았다. 어느 새 산방산을 오르고 있었다.

"나막신 신은 놈이 그 바위산을 오르다니?"

산기슭에 도착한 그 부친이 산 중턱을 올려다보았다. 아들이 부리나케 산 정상을 향해 뛰어오르고 있었다. 그 부친도 화가 나서 뒤쫓아 올라갔다. 아들은 산방산 상봉에 칼바위라는 데까지 올라가서는 올라오는 아버지를 내려다보고 있었다. 바위들이 마치 칼처럼 솟아있는 낭떠러지였다.

"이제는 이놈이 더 이상 올라가지 못하겠구나."

생각하고 올라갔다. 그런데 다시 올려다보니 아들이 안 보였다. 혹시 아래로 떨어졌는가 해서 내려다보았다. 산기슭에서 아들이 위를 쳐다보면서 웃고 있었다.

"아니, 이놈이 귀신인가? 아니면 날개 달린 독수리인가?"

그렇게 생각하니 덜컥 겁이 났다.

"이놈이 집안을 망하게 할 놈이 아닌지?"

아버지는 정신이 몽롱해지면서 온 몸이 후둘후둘 떨렸다.

그날 밤이었다.

산방산을 오르내려서인지 아들은 깊은 잠에 빠져 있었다. 아버지가 아들의 옷을 벗겨 보았다. 양쪽 겨드랑이에 날개가 돋아 있었다.

아버지는 눈앞이 뽀얗게 아무것도 안 보였다. 그리고 정신을 차리니 겁이 났다. 그 바람에 아들이 잠에서 깨어났다. 그는 자기 몸이 벗겨진 것을 보고 아버지 앞에 꿇어 엎드렸다.

"소자가 숨겼습니다. 목숨만 살려주십시오."

겨드랑이에 날개가 돋은 자식은 그 부모들이 죽여야 하고, 그렇지 않으면 관가에 알려야 한다. 숨겨두었다가는 부모도 역적으로 몰려 집안이 모두 풍비박산이 된다. 겨드랑이에 날개가 돋은 자는 나중에 역적이 될 인물이므로 그를 집안에 두는 것은 집안이 반역하는 것이기 때문이다.

"알았다. 네 잘못이 아니다. 이 애비가 잘못했다."

아버지는 힘센 아들은 낳기 위해서 아내가 임신했을 때에 소 아홉 마리나 잡아 먹인 일을 후회하고 있었다.

아버지는 오 찰방의 식구들을 다 모아서 사실을 알렸다.

섬에 사는 거인의 꿈

"이 일은 죽을 때까지 모른 척하고 있어야 한다. 그리고 너도 네 자신을 숨기고 살아라. 이제부터 씨름판에 나다니지 말고 자중자애 하여라. 제 힘에 눌려 제가 멸망을 당하게 되는 것이 이 세상사이다."

그 후부터 오 찰방은 몸가짐을 신중히 하면서 글을 열심히 읽었다. 그러나 글은 머리에 들어오지 않았다.

오 찰방은 제주를 떠나 한양으로 올라갔다. 넓은 데 가서 살아야 더 넓은 세상을 볼 수 있다고 생각했다.

여비를 두둑이 마련하여 한양으로 올라왔다.

때 마침 서울에서는 호조의 호적 궤에 도둑이 자주 들어 중요한 문서와 돈을 잃어버리는 일이 종종 일어나던 때였다. 오 찰방은 우연히 길을 가다가 "이 도둑을 잡는 자에게는 천금상과 만호를 봉하겠다."는 방을 보았다. 오 찰방은 내가 이 도둑을 못 잡겠냐고 자신이 생겼다. 들리는 소문에 의하면 아무도 그 도둑을 잡으려 하지 않는다는 것이다. 도둑은 힘이 장사인데다가 무술이 뛰어나서 함부로 대적하다가는 목숨이 남아나지 못하기 때문이다.

오 찰방은 어영대장에게 가서 그 도둑을 자기가 꼭 잡을 테니 도와달라고 했다.

"뭘 도와주면 되겠나?"

"예 좋은 말 한 필과 좋은 검 한 자루면 충분합니다."

오 찰방은 말을 빌려 타고 칼을 차고는 도둑을 찾아 나섰다.

며칠 후 도둑을 찾아냈다.

오 찰방은 말에 채찍을 놓아 도둑을 쫓았다. 도둑은 소를 탔는데 소의 두 뿔에다 시퍼런 칼을 묶고 또 두 손에 시퍼런 칼을 쥐고 달리는 것이다. 만만한 상대가 아니었다. 앞으로 덤비려 하면 쇠뿔의 칼이 무섭고 뒤로 잡으려 하면 손에 든 칼이 무서운 판이다. 그래도 오 찰방은 용기를 내어 뒤를 바짝 쫓아갔다. 도둑은 이제까지 자기를 잡으려는 놈과 몇 번 싸웠지만 이처럼 용감히 덤비는 놈은 처음이었다. 만만하게 볼 위인이 아닌 것 같았다. 그런데 며칠 전에 본 점괘가 생각났다.

제주에 사는 오 아무개에게 죽게 되어 있었다.

혹시 이놈이 그놈인가 하여 큰 소리로 뒤쫓아 오는 장수에게 물었다.

"네가 제주에 사는 오 아무개냐?"

"그렇다. 어서 순순히 칼을 내려놓고 포박을 받아라."

도둑은 자기 명이 다한 것을 알았다.

결국 도둑은 오 찰방에게 잡히고 말았다.

오 찰방은 도둑의 목을 잘라 말꼬리에 매달고 장안으로 들어갔다. 장안에서는 제주 놈이 무서운 도둑을 잡아 온다고 야단들이었다. 오 찰방은 궁중으로 말을 몰아 들어가려 했다.

"이놈, 제주 놈이 말을 탄 채로 어딜 들어오려고 하느냐!"

수비대원으로부터 호통을 들었다.

오 찰방은 담력이 모자라서 되돌아서 얼른 말에서 내려서 걸어 들어갔다.

전하께 들어가 도둑의 모가지를 바쳤다. 전하는 상을 주기는커녕 이놈을 얼른 옥에 가두라고 명하였다. 이렇게 무서운 도둑을 잡는 것을 보니 그대로 두었다가는 역적을 도모할 우려가 있다고 생각했기 때문이다. 임금은 오 찰방을 하옥시킨 후에 형조로 하여금 심문을 하도록 영을 내렸다.

조사를 해보니, 역적이 될 만한 위인이 아니라는 것이 판명되었다.

"서울 놈 같았으면 사형을 시킬 것인데 제주 놈이니 큰일은 못할 것이다. 너에게 자그마한 벼슬을 줄 테니 어서 내려가거라."

그리고 찰방 벼슬을 내어 주었다고 한다.

오 찰방은 불만이 많았다. 천금에 만호를 주겠다는 약속은 다 거짓이었다.

한편 조정에서 이 사람에게 애초에 방에서 약속한 대로 만호를 내리지 않는 것은, 오 찰방이 너무 비범한 인물이었기 때문이다. 권력을 누리게 되면 반역을 할 인물이라고 경계했다. 오 찰방도 죽을 때까지 겨드랑이에 날개가 달렸다는 것을 숨기고 살았다.

섬에서는 영웅이었지만, 그는 섬사람이었기에 자신의 힘과 기능을 발휘할 수 없었다. 이것은 제주사람들의 존재성이다. 항상 중심부 세력에 의해 억압을 받고 살아왔던 제주사람들의 모습을 '오 찰방설화'에서 다시 확인할 수 있다.

반면에 이 설화에서 초인적인 능력을 가진 누이와 동생의 관계가 육지부 설화와 대비된다. 육지부 설화에서는 초인적인 남매가 한 집안에 살게 되면서 서로 갈등을 일으켜 그 집안이 몰락하게 되는 '오뉘힘내기설화'가 있다. 그런데 오 찰방 남매는 서로 싸우지 않고, 더 힘센 누님이 동생의 위기를 면하도록 도와준다. 이렇게 남매는 서로 적대관계가 아니고 화해의 관계를 이룬다는 것이 제주설화의 한 특징이기도 하다.

초인으로 살기를 거부한 홍업선洪業善

홍업선은 조선조 후기에 애월면 신엄리에서 태어났다. 어릴 적부터 풍채가 보통 사람보다 컸고, 또한 힘도 장사였다. 집안은 살림이 넉넉하지 못하여, 그의 부친은 짚신을 삼아 아들에게 팔아 오도록 해서 살림에 보태었다. 아들 업선은 아버지가 삼은 짚신을 제주 목안 시장에 가져가서 팔았다.

그런데 아버지는 목안 나들이를 하는 아들의 행동에서 이상한 점을 발견하게 되었다. 처음에는 몰랐지만 너무 빨리 목안 출입을 하는 것이었다. 신엄에서 목안까지는 40리가 되어서 아이 걸음으로는 한 나절이나 걸린다. 하루는 일부러 새 짚신을 신기고 목안에 가서 짚신을 팔아 오라고 했다. 그리고는 아들이 돌아오는 시간을 유심히 가늠해 보았다.

"지금쯤이면 목안에 도착했을 테지."

이렇게 생각하고 있는데, 아들이 짚신을 다 팔고 올레로 들어서고 있었다. 아버지는 이상하다고 생각하면서도 일부러 모른 체하였다. 그런데 다시 이상한 일이 나타났다. 아들이 방 안으로 들어갔는데, 신고 갔던 짚신을 보았다. 새 짚신에는 흙이 별로 묻어 있지 않았고, 닳지도 않았다. 먼 길을 다녀왔으면 짚신은 거의 거덜이 났을 텐데 말짱했다.

아버지는 그날부터 아들의 행동을 유심히 살폈다.

아버지는 아내에게 술을 독하게 빚어 놓도록 했다. 술을 아홉 번을 고아 내어 굉장히 독하게 만들었다.

섬에 사는 거인의 꿈

그날도 업선이는 목안에 가서 짚신을 팔고 왔다. 아버지는 아들에게 수고했다면서 독주를 마시게 했다. 업선은 술 마실 나이는 아니지만 어른 말을 거역할 수 없어서 술을 몇 모금 마셨다. 그리고 곧 취해 잠이 들었다.

아버지는 가만히 아들의 옷을 벗기고 몸을 살펴보았다. 그런데 이게 웬일인가? 아들의 겨드랑이에는 명주가 휘휘 감겨져 있었다. 그 명주를 푸니 날개가 나왔다. 아버지는 겁이 났다. 만일 이것이 관아에 알려지면 역적으로 몰릴 것이요, 삼족이 멸할 게 분명하다. 아버지는 얼른 가위를 가져다 날개를 잘라 버렸다. 아들이 잠을 깨고 일어났다. 날개가 없어진 것을 알고 눈물을 흘렸다. 그러나 부모가 한 일이라 감히 원망하지 못했다.

그 후 업선은 자기가 당한 일을 누구에게도 말하지 않고 보통사람처럼 살았다. 여전히 체격도 출중했고, 힘도 장사여서 누구도 당하지 못했다. 홍업선의 묘는 지금 제주시 외도리 위쪽 사만이라는 곳에 있고 매년 묘제를 지낸다. 현재 그의 9대손들이 살아 있다.

▰◉

날개 돋은 비상한 인물이 현실에 적응해서 살았던 이야기는 본토에서는 찾아볼 수 없다. 왕조에 대한 반역의 불가능을 알았기에 보통 사람으로 살아야 했던 그는 비겁자인가, 아니면 지혜로운 사람인가? 제주사람들의 삶의 한 방식은? 날개 달린 홍업선이 실제 인물임을 강조하는 설화 향유자들의 의도도 특별하다. 날개 달린 아기장수 모티브는 제주 설화에서는 다양하게 변이된다.

날개 돋은 밀양密陽 박씨朴氏

조선조 말에 외도 마을에 밀양 박씨 부부가 살고 있었다. 나이가 마흔이 가깝도록 슬하에 자식이 없어 매일 안타까운 세월을 보내고 있었다.

부인은 자식을 얻기 위해서 온갖 정성을 다 드렸다. 새벽마다 집안 뒤뜰에서 하늘님께 기원을 드렸고, 용한 점쟁이를 찾아가기도 했고, 절이나 성황당에 가서 정성들여 빌기도 했다.

그렇게 치성을 드린 탓인지, 마흔이 넘어서 부인이 임신을 했다. 집안의 기쁨은 이루 말할 수 없었다.

열 삭 만에 해산을 했는데 아들이었다. 아이는 보통 아이보다 훨씬 몸이 컸다. 삼승할망이 아이를 받아 내어 목욕을 시키다 보니 아이 겨드랑이에 병아리 날개만큼 날개가 돋아 있었다. 삼승할망은 순간 놀랐으나 말이 번지면 위험한 일이므로 모른 척하고 가 버렸다.

아이는 날로 무럭무럭 자라났다. 날개도 커서 몇 달이 지나니 마치 까마귀 날개만큼 커졌다. 부모의 걱정도 아기가 자랄수록 더 커졌다. 날개 돋친 아기가 태어난 것을 관가에서 알면 역적이 될 아이라 해서 죽여버릴 것이 분명하다. 아이는 서너 달이 채 못 되었는데 제 발로 바깥을 뛰어 다녔다.

어느 날 아이는 어머니가 없는 틈에 혼자 밖으로 뛰어 나갔다. 어머니는 가만히 아이 뒤를 밟아 가 보았다. 아이는 그 마을에 있는 '나라소'라는 큰 못에 가서 날개를 벌리고 날아다녔다. 못 동쪽에서 서쪽으로, 남쪽에서 북쪽으로 마음대로 날아다녔다. 아마 날기를 시험하는 것 같았다.

부인은 너무 황당한 일이어서 남편에게 알렸다. 그날 저녁, 아기 아버지는 곤히 잠든 아들의 옷을 벗기고는 얼른 인두를 달궈다가 그 날개를 지져 버렸다.

그렇게 날개가 없어진 아이는 그래도 잘 자랐다. 날지는 못했으나 체격도 훤칠하고 힘도 세었다. 다행히 성격이 온순하고 남달리 총명해서 부모는 안심했다. 그래서 동네에서는 장차 큰 인물이 될 것이라고 기대를 가졌다.

그런데 날개를 지져 버린 자국이 아물지 못하고 조금씩 아프기 시작했다. 여러 가지 약을 써 보았지만 효험이 없어 결국 스물아홉 살에 세상을 떠나고 말았다. 지금 그 무덤은 외도 1동에 있는데, 그 자손들이 벌초하러 갈 때마다 이 조상의 일을 이야기하며 아쉬워한다.

사람들은 특별히 뛰어난 인물의 요절을 아쉬워하면서 그의 비범함을 과장하여 이야기한다. 주인공은 영웅적인 자질과 초월적 기질을 타고 났다. 그런데 요절했다. 그래서 고통스럽게 살아가는 사람들의 좌절된 꿈을 대신하게 된다. 제주의 아기장수 모티브의 설화는 이렇게 날개를 제거한 이후에도 죽지 않고 '장수'가 아닌 '장사'로 한평생을 살아간다. 그런데 이 이야기는 좀 더 색다르게 주인공이 요절함으로 향유자들의 안타까움을 더하게 만들었다. 소멸의 미학이 주는 힘인가?

고성목과 산방덕의 사랑

옛날 산방산 아랫마을 화순리에 고성목이라는 사람이 살았다. 그즈음 산방산 주위 일대는 온통 숲이었고, 숲속에는 산돼지들이 살던 시절이 었다. 고성목은 원래 천민이었는데, 부지런하고 생각이 트여서 부자가 되었다.

그는 상당한 재산가가 되었다. 그의 집 뒤에는 종들이 사는 집이 따로 있었고, 또 그를 지켜주는 자객들도 주위에 집을 마련해서 살도록 했다. 그의 위세는 관가에서도 어쩌지 못했다. 재력이 많고, 그를 지켜주는 종 들과 무술을 쓰는 사람까지 뒀으니, 대정현청 관리들이 오히려 그에게 도 움을 받는 처지였다.

이때 화순리에는 산방덕이란 아름다운 여인이 살았다. 고성목은 그 여 자를 첩으로 삼았다. 이 마을에서는 물맛이 좋다하여 '곤물'이라 부르는 샘물이 있다. 고성목은 이 곤물이 있는 데에 큰 과원을 만들고 거기에다 첩 산방덕을 살도록 했다. 그래서 고성목은 자기 집 큰 터에서 첩의 집까 지 나들이를 했다.

장마철이 되면 비가 와서 첩의 집 출입이 불편했다. 고성목은 본래 날 렵해서 사냥에도 뛰어났다. 그는 산돼지를 수백 마리 잡아다가 그 가죽 으로 첩의 집까지 장막을 쳐 놓았다.

고성목이가 이처럼 호화스럽게 산다는 소문이 제주 목사 귀에 들어갔 다. 목사는 대정현감을 시키지 않고 직접 관원을 은밀히 보내어 고성목이 사는 형편을 조사했다.

우선 집터가 문제였다. 집이 앉은 자리는 금계포란형金鷄抱卵形이었다. 이런 집터에 사니 부자가 될 수밖에 없다. 그뿐만이 아니라, 앞으로 위험한 인물이 될지도 모를 일이었다. 또 그의 첩 산방덕은 보통 미녀가 아니었다.

목사는 보고를 받고서 이 고성목의 기세를 꺾어 놓을 방안을 생각했다. 우선 그 첩이 탐났다. 주제에 나도 못 차지한 미녀를 첩으로 삼고 살다니, 괘씸한 일이었다. 그래서 우선 어려운 문제를 내놓아서 이놈의 기개를 꺾어놓기로 했다. 첫 과제는, '목사가 순력하게 되겠으니 담배씨 석 자두께로 길을 메워 보수하라'는 것이었다. 고성목은 하루 저녁에 이를 해내었다. 보고를 받은 목사는 놀랐다. 그래서 이번에는 '순력할 때 관원들이 쓸 갓과 망갓을 급히 만들어 씌우라'고 했다. 이것도 하루 저녁에 해놓는 것이었다. 말하는 대로 척척 해내는 것을 보고 정말 무서운 놈임을 알았다. 이놈을 그냥 둘 수 없었다. 종들과 자객들을 뒤서 나중에 관아를 습격해서 난을 일으키려고 모의했다는 구실로 고성목을 잡아들였다. 제주 대정 관내 여러 진에서 군사들을 동원하여 그를 잡아들였다.

이렇게 되자 산방덕은 자기도 곧 잡혀가게 될 신세임을 알았다. 그래서 '나 산방덕은 산방산이 내 고향이다'라고 말하고는 새가 되더니 푸드득 날아 산방굴사로 들어가 버렸다. 산방덕은 원래 사람이 아니라 산방산에 사는 신이었다. 그는 고성목이 보통 사람이 아니어서 그를 도와주려고 첩으로 들어갔는데, 되어가는 형세로는 그가 견뎌내기 어려울 것 같으니 산방산으로 들어와 버린 것이다.

관가에서는 고성목을 심문했다. 그러나 자신이 역적질을 했다고 실토하지 않았다. 관아에서도 역적모의를 했다는 증거는 찾을 수 없었다. 더구나 목사가 탐내던 산방덕도 사라졌으니 그를 더 이상 취조할 필요도 없었다. 그렇다고 그대로 방면할 수도 없어서, 백성이 곤궁하게 사는데 너무 호화롭게 사는 것을 죄목으로 하여, 갖고 있는 재산의 반을 관가에 넘기도록 했다. 고성목은 석방이 되었으나, 산방덕이 사라진 것을 알고는 살 의욕을 잃어버렸다. 오래 견디지 못하고 그의 집안이 모두 몰락해 버렸다.

뛰어난 인물들을 용납할 수 없었던 시대에 살았던 한 인물의 비극적인 이야기이다. 사람은 누구나 재물과 권력과 색에 대한 욕망을 갖는다. 이 척박한 땅에도 그런 인물이 살았다고 설화 향유자들이 다소 과장스럽게 말한다. 그 의도는 무엇일까? 고성목의 영웅적인 모습에 대한 부러움일까, 아니면 그의 비극에 대한 안타까움일까? 이 제주섬에서 고성목은 대륙적인 기질을 갖고 살았다. 더구나 근본이 천민인 신분으로서는 양반 관리에 대해 야유하듯이 그렇게 살고 싶었을 것이다.

그런데 산방덕 그 미녀 신이 그에게 기대한 것은 무엇이었을까? 그것은 제주사람들이 은밀히 꿈꾸어온 것과 다르지 않을 것이다. 그러나 그 꿈도 피워보지 못하고 소멸되어 버렸다.

가시오름 강당장

가시오름에 강당장이라는 부자가 살고 있었다. 부근 일대의 밭이 모두 그의 밭이어서 남의 밭을 밟으며 걷는 일이 없었다. 그는 고래 등 같은 기와집이 수십 채가 있었고, 종들을 부리면서 황소가 1백 필이나 되어 그를 따를 자가 없었다. 강당장은 제가 하고 싶은 일이면 무엇이든지 안 되는 일이 없었다. 그래서 부러울 것 없이 살았다. 그런데 단 하나 안타까운 일이 있다. 승마용 말 1백 필을 가져 봤으면 하였으나 그렇게 쉽게 되지가 않았다. 그래서 항상 하는 소리가 '황소 1백 필은 쉬워도 말 1백 필은 어렵네'라고 탄식했다.

강당장이 이렇게 부자가 된 것은 열심히 일했기 때문이지만 한편으로 지독한 구두쇠라는 말을 들을 정도로 절약하여 살았기 때문이다. 그는 손톱에 묻은 물도 남에게 공짜로 주지 않으려는 위인으로 소문이 나 있었다. 거지에게 쌀 한 줌, 밥 한 숟갈 주는 것조차 아까워했다. 그래도 부자로서 체면을 차리기 위해 거지들을 그냥 돌려보낼 수는 없어서 생각하다가 기발한 생각이 떠올랐다. 그는 마당에 물허벅을 놓아두고 그 속에 좁쌀을 반쯤 넣어 두었다. 거지가 오면 강당장은 대청에 앉아서 소릴를 질렀다.

"저 물허벅 속에 있는 좁쌀을 마음대로 쥐어 내어 가져 가라."

물허벅은 부리가 좁으니까 손가락을 펴면 손이 수월하게 들어가지만 좁쌀을 집고 꺼내려고 하면 주먹이 걸려 나오지 않게 되어 있었다. 그래서 거지는 좁쌀을 쥐었다가도 결국 꺼내지 못하여 빈손으로 돌아가게 마련이다. 강당장은 이 광경을 보며 자기의 기발한 생각에 흐뭇해 하였다.

어느 날 육지에서 어떤 스님이 시주를 얻으러 왔다. 강당장은 거지들에게 하듯이, 대청에서 벗들과 한담하다가, 늘 하던 대로 말했다.

"그 물허벅 속에 좁쌀이 있으니 마음대로 쥐어 가시오."

중은 손을 허벅 속에 집어넣어 좁쌀을 쥐어 내려 했지만 주먹을 쥐니 꺼내지 못하고 빈손만 빼 내었다. 몇 번 되풀이해 봐도 꺼낼 도리가 없었다. 중은 몹시 고약하게 생각하고 있는데, 강당장이 친구들과 하는 말이 들려왔다.

"부룽이 1백 필은 쉬워도 말 1백 필은 어렵네."

중은 고맙다는 인사를 하고 빈손으로 돌아섰다. 중은 이런 인색한 부자의 기세를 꺾어 주어야겠다고 생각하며 동네를 나오다 범상하지 않는 묏자리가 눈에 들어왔다.

"이 묘를 어느 댁에서 썼는가요?"

그는 지나는 노인에게 물었다.

"아니, 그 묘가 강당장네 어르신 모신 자리라는 것도 모르시오."

노인의 말에 스님은 좋은 생각이 떠올랐다.

스님은 한동안 그 묘 근처에서 서서 지나가는 사람들에게 들으라는 듯이 중얼거렸다.

"참 묏자리가 좋긴 좋아서 부자는 나겠다마는 정자릴 못 잡았구나. 부룽이 백 필은 해도 타는 말 백 필은 어렵겠다. 허 참, 아깝구나."

중얼거리면서 아쉬워하는 척했다.

그 말은 곧 강당장의 귀에 들어갔다. 말을 들은 강당장은 종들을 풀어 그 스님을 찾아 들으라 했다.

"이제 나를 찾느라고 소동을 벌일 테지."

스님은 미리 짐작하고 이 집 저 집으로 어슬렁거리면 시주를 받고 있었다.

그에게 강당집 종이 나타나서 곧 집으로 가자고 사정했다.

스님은 강당장 앞에 불려갔다.

"소승 찾으셨습니까?"

"어서 오르시오. 내가 친구들과 한담을 하느라 실수를 했소이다. 어서 올라 앉으시오."

강당장의 태도가 확 바뀌어졌다. 그래도 스님은 사양을 했다.

"소승은 여기가 좋습니다."

"스님은 지리를 잘 아시는가요?"

강당장의 말투가 공손해졌다.

"소승이 뭘 알겠습니까?"

"들으니 아까 우리 선산을 보고 타는 말 백 필은 어렵겠다고 했다는데 그게 사실입니까?"

"예 소승의 눈엔 그리 뵈옵니다."

강당장은 지리에 능한 스님을 만나서 다행이라고 하면서 타는 말 1백 필을 칠 수 있는 묏자리를 구해 달라고 부탁했다. 스님은 못이기는 척하고 묏자리를 정해 주었다. 강당장은 타는 말 1백 필은 문제없다는 말에 곧 그곳으로 이장했다.

그 후 강당장네 집에는 별별 흉사가 일어났다. 집안 형제들끼리 불화도 끊이지 않았다. 날로 가세는 기울어지더니 결국 망하게 되었다.

제주 민요인 맷돌노래와 방아노래에는 강당장 집이 망해 가는 것을 표현한 구절이 있다.

가시오름 강당장 집에 흉사 재화 들자고 하니

털 뜯어 놓은 닭이 꽉꽉 울고,

가죽을 벗겨 놓은 개가 왕왕 짖고,

불로 그을어 놓은 돼지가 달음질 하고,

앉혀 놓은 솥이 걸음을 걷는다.

한 집안이 망하려면 사람이 도저히 생각할 수 없는 별별 일이 닥친다. 그래서 인생사는 허무하다는 것인가, 기묘하다는 것인가? 제주사람들에게 묏자리는 길흉화복의 통로가 된다. 이 설화는 부자의 탐욕의 실상과 그것이 낳은 비극을 풍수설화를 통해 잘 드러내고 있다. 더구나 강당장의 몰락에 대한 제주사람들의 생각이 민요를 통해서 인색한 부자의 부도덕에 대한 야유처럼, 세상의 불가사의함을 운명적으로 받아들이는 체념, 아니면 그러한 세상살이를 다 알고 있다는 달관이 보인다. 설화를 향유하는 제주사람들의 세상에 대한 안목은 참 놀랍다. 그것은 대중의 지혜 또는 힘이라고 할까!

섬에 사는 거인의 꿈

심돌 부대각

심돌마을에 부대각이라는 장사가 있었다. 그의 아들도 또한 힘이 세어서 부주사라 불렸다. 부대각은 보통 문으로는 출입을 할 수 없을 정도로 몸집이 컸고 풍채도 보통사람보다 특출했다.

그는 동네 어귀에 살았다. 아침에 일어나서 집 앞 길가에 있는 큰 팽나무 밑에 나와 '어험' 하고 기침을 하면, 심돌 위아래 동네 집집에서 그 소리를 듣고 모두들 일어났다. 그 만큼 음성도 컸었다. 부대각은 심심하면 거리로 나와 모여 있는 사람들에게,

"우리 돼지 추렴이나 하주" 하면,

그 또래 벗들이 다 따라왔다. 추렴은 몇이서 돈을 모아 돼지를 사서 잡아 돈을 낸 사람들끼리 고기를 나누어 갖는다. 그러나 부대각이 끼면 나눠서 갖는 것이 아니라, 그 자리에서 다 먹어치운다. 벗들은 손해를 보는 것이다. 반 이상은 부대각이 먹었다. 이처럼 식사량도 컸다.

부대각은 육지 장사를 자주 다녔다. 미역을 싣고 가서 팔고 쌀을 사왔다.

어느 해 강경 장판에서 사건이 일어났다. 그는 어딜 가도 당당하게 처신했다. 강경 장판에서도 좀 거만하게 설치고 다녔다. 힘이 세니 무서운 데가 없어 그럴 법도 한 일이다. 강경 젊은이들은 부대각이 제주 섬에서 왔다는 것을 알았다.

"제주 섬놈이 주제에 거만을 떠는군!"

모두들 그를 괘씸하게 생각했다. 그래서 언젠가 기회를 봐서 단단히 혼을 내주려고 벼르고 있었다.

하루는 그가 객사에 있는데, 청년들 여남은 명이 방망이를 들고 몰려들었다. 겁이 난 것은 객사 주인이었다.

"부 선달, 얼른 몸을 좀 피하시오. 위험합니다."

주인은 강경 장판의 젊은이들의 힘과 심술을 잘 알고 있었다.

"사람이 한번 나면 죽는 법, 그들이 꼭 나를 죽이고 싶다면 소원대로 하게 내버려두시오."

부대각은 눈도 깜빡하지 않았다. 이 광경을 보고 그 아들 부주사가 문 밖으로 나갔다. 아들은 이때 열아홉으로 장사를 배우려 아버지를 딸라 다니고 있었다.

"이번만 제 부친을 좀 봐 주십시오. 다시는 거만한 짓을 안 하시도록 제가 잘 말씀드리겠습니다."

아들은 대문 밖에서 청년들에게 사정을 했다. 부대각은 방 안에서 밖의 사정을 살피다가 아들이 사정하는 말소리를 들었다. 아들이 너무 비겁하게 보였다.

부대각은 화가 버럭 치밀었다.

"못난 자식하곤. 그까짓 놈들에게 빌면서 목숨은 살아서 뭘 할 거야!"

문을 열고 밖을 내다보면서 아들을 꾸짖었다. 그때 청년들이 우르르 마당으로 들어와서 문 밖에 버티어 섰다.

"나를 때려죽이고 싶거든 집 바깥으로 끄집어내어서 죽여라. 집 안에서 죽으면 주인에게 폐가 되지 않겠느냐!"

부대각의 말에 청년 대여섯이 집안으로 들어오더니 양쪽으로 갈려서 부대각의 팔을 잡아끌었다. 부대각은 등을 벽에 딱 붙이고 끄떡도 하지 않았다. 청년들은 한참 동안 온 힘을 내어 끌어내려 하였으나 부대각은

섬에 사는 거인의 꿈

옴짝도 하지 않았다.

"야, 그만 두어라."

마당에서 이 광경을 보던 한 청년이 만류했다. 청년들은 뒤로 물러섰다.

"노형 우리가 너무 무례했소. 이해해 주시오."

청년이 앞으로 나서서 부대각에게 미안하다고 말했다. 상대가 보통이 아니라는 것을 알았다. 모여 있던 청년들이 슬금슬금 뒷걸음질을 하여 도망쳐 버렸다.

그 일이 있고 난 다음에 부대각은 그곳 청년들과 친해졌다. 그리고 장사하기도 수월해졌다. 그들은 부대각이 갖고 간 물건을 잘 팔아주었다.

물건을 좋은 값에 다 팔고 쌀을 사서 싣고 오던 길이었다. 해적을 만난 것이다. 해적들을 만나면 물건을 다 빼앗기고 잘못하면 목숨까지 잃게 되는 경우가 종종 있었다. 그들은 부 대각 배에 가까이 다가왔다. 사공들은 사정을 알고는 얼굴이 새파랗게 질려 버렸다. 부대각은 짐짓 모른 체하였다.

"목숨이 아깝거든 그 쌀을 다 우리 배로 옮겨 실어라."

해적의 선장이 당당하게 말했다.

부대각은 벌떡 일어났다. 배 닻줄을 잡아 두 손으로 두어 발 길이로 끊더니, 그것을 허리띠처럼 묶었다.

"자, 내가 쌀을 넘길 테니 잘 받아보시오."

그렇게 고함을 치고는 쌀이 가득 찬 가마니를 양손에 잡고서 해적 배를 향해 휙휙 던졌다. 쌀가마가 떨어지는 바람에 배가 출렁거렸다. 어떤 쌀가마니는 해적들의 얼굴을 맞혔다. 그제야 해적들은 부대각을 제대로 알아봤다.

"제발 목숨만 살려 주십시오. 우리가 잘못 봤습니다."

선장이 나서서 빌었다.

"그러면 너희가 남에게 빼앗은 그 쌀가마를 모두 이 배에 실어라!"

해적들은 목숨을 부지할 수 있었던 것을 다행으로 생각하고 부지런히 쌀가마니를 옮겨 실었다.

"그리고 앞으로 제주 배들을 상대해서 행패를 부리면 용서하지 않을 테니 그리 알아라."

부대각은 단단히 당부하고, 그들 배의 물건까지 빼앗아 싣고 돌아왔다.

그 이후에 제주 사람들은 마음 놓고 육지와 무역을 할 수 있었다. 해적을 만나서 시비를 걸어오면,

"이 배는 심돌 부대각이 선주인데…" 하면 수적들도 미안하다면서 건드리지 않았다.

✄ ⓜ

장사의 영웅담, 육지 사람들에게 당하면서 살아왔던 제주 사람들의 처지를 카타르시스할 수 있는 이야기이다. 이처럼 부대각 설화의 모티브는 제주 장사 설화 여러 이야기에 공통적으로 나타난다. 초월적인 힘과 지혜, 용기, 그것으로 제주사람들의 기개를 육지나 중심부 세력과 대비해서 이야기로 만들어내었다. 이 작은 섬에 힘센 사람들의 이야기가 많은 이유는 무엇인가? 설화향유자들의 창작 의도는 독자들의 이야기 욕구를 충족시키려 한다. 부대각의 이야기를 하고 듣는 것은 잠시나마 섬사람으로서의 약함과 억울함을 잊게 한다.

섬에 사는 거인의 꿈

닥밭 정운디

정운디는 사계리 마을 이씨 댁 종이었다. 닥밭(밭 이름)에 살았기 때문에 사람들은 그를 '닥밭 정운디'라 불렀다. 그는 몸집이 컸고 힘도 장사였다.

어느 날 주인이 그에게 산에 가서 절구방아를 만들 나무를 베어오라고 했다. 그 당시 산방산 주변은 온통 깊은 숲이어서 오래된 나무들이 많았다.

정운디는 나막신을 신은 채 연장을 챙겨 가지고 산방산으로 올라갔다. 그런데 저녁때가 되니 방아를 만들어 그것을 마치 갓을 쓰듯 머리에 이고 나막신을 신은 채 내려왔다. 그가 방아를 쓰고 대문으로 들어서자 집안사람들은 귀신이 들어오는가 모두들 놀랐다. 그는 쓰고 온 절구방아를 갓을 벗듯이 훌렁 벗어 마당 가운데로 던졌다. 방아가 제대로 놓여졌다. 그제야 집안사람들은 정운디를 알아봤다.

"네가 만들었느냐?"

주인은 어디 가서 도둑질을 해서 가져온 줄 알았다.

"제가 오늘 올라가서 굴묵의나무(느티나무)를 베어서 만들었습니다. 내려 오셔서 한번 보십시오. 쓸 만한가요?"

주인이 마당으로 내려와서 방아를 살펴보았다. 마르지 않는 생나무로 만들어서 나무향이 그대로 풍겼다. 손으로 만져보았는데 나뭇결이 곱고 흠 잡을 데 없이 제대로 된 방아였다.

"네가 사람이냐 귀신이냐?"

주인은 정운디가 힘도 세고 솜씨도 뛰어나서 칭찬 겸 놀라워서 한마디 했다.

"어르신네는 귀신을 종으로 데리고 있습니까?"

정운디는 주인 앞에서 농담도 서슴없이 했다.

"그래 네 놈은 사람인데 귀신처럼 일하는구나. 내가 복을 받았다."

주인은 정운디를 칭찬했다. 그 말에 정운디는 주인 앞에 넙죽 엎드렸다.

"알아주셔서 감사합니다."

주인은 예의도 바른 그가 마음에 들었다.

그 마을에 '학곳'이라는 데가 있는데, 거기에 열 사람이 목도를 메어도 들지 못할 큰 바위가 있다. 이 바위는 정운디가 옆구리에 끼고 와서 던진 바위라 한다.

그때 마을에서 마소들에게 물을 먹이기 위해 큰 못을 파게 되었다. 마을 사람들이 모여들어 못은 만들어놓았는데, 못가에 팡돌을 옮겨다 놓지 못했다. 마을 외곽에서 팡돌로 쓸 만한 바위를 찾아놓기는 했는데, 이것을 옮길 수가 없었다. 마을 장정 스무남은 명이 달려들어 옮기려 해도 허사였다. 그 소식을 들은 정운디가 그 바위 같은 돌을 들어다가 연못가에 갖다 놓았다.

그는 씨름도 잘했다. 힘도 세었지만 기술도 남달랐다. 씨름판이 벌어졌다 하면 그를 당해 낼 사람이 없었다. 이때 대정에서 힘이 세다고 소문 난 오 찰방이 있었다. 오 찰방은 그 어머니가 임신했을 때 소 아홉 마리를 잡아먹고 낳았다 하고 겨드랑이에 날개가 돋았다고 은밀히 소문이 난 장사였다.

그는 정운디와 자주 씨름을 했지만 한 번도 이겨 보지 못했다. 오 찰방은 이 지방에서는 이름 있는 집안의 자녀였고, 정운디는 천한 종이었으니 서로 씨름을 한다는 것도 있을 수 없는 일이었다. 그런데 오 찰방은 꼭 정운디하고 씨름을 해서 이기고 싶었다. 종인 정운디가 한번쯤은 져줄 것도 같은데 전혀 그렇지 않았다. 씨름을 하면 노상 오 찰방이 졌다. 오 찰방으로서는 자존심이 뭉개져서 화가 났다. 종놈과 씨름하여 이겨 보지 못하니 창피하기도 했다. 그럴수록 씨름을 자주 했다. 한 번만이라도 정운디를 이겨 봤으면, 오 찰방은 항상 이렇게 벼르고 있었다.

어느 날 오 찰방은 들판에 다니다가 정운디가 무거운 짐을 지고 쭈그려 앉아 있는 것을 발견했다. 가만히 보니 그는 변을 누고 있는 중이었다. 등에 진 짐은 재목으로 쓸 통나무인데 대단한 분량이었다. 자기로서는 엄두도 못 낼 정도였다. 실은 주인이 집을 지으려고 재목을 베도록 그를 산으로 올려 보낸 것이다. 정운디는 한나절 동안에 삼간 집을 지을 재목을 모두 베어 다듬어놓고서 그것을 한 짐에 지고 내려오는 길이었다. 마침 대변이 보고 싶어서 짐을 부려놓고 일을 볼까 하다가, 귀찮아서 나무를 진 채 변을 보고 있었다.

오 찰방은 순간 좋은 생각이 떠올랐다.

"이제 이놈을 뒤로 누르면 꼼짝없이 나자빠질 테지."

그렇게 생각하고는 뒤로 달려들어 정운디가 지고 있는 짐을 잡아 눌렀다. 그런데 웬걸. 정운디는 끄덕도 하지 않고 여전히 끙끙대면서 변만 보는 것이었다. 이번에는 오 찰방이 짐 위에 올라가서 잡아 눌렀다. 정운디는 대변을 다 보고 우뚝 일어섰다. 그 바람에 오 찰방은 뒤로 굴러 떨어지고 말았다.

집에 돌아온 오 찰방은 화가 치밀고 부끄러워서 그만 자리에 눕고 말았다. 오 찰방 부친이 아들의 심정을 알았다. 저 놈을 그냥 뒤서는 병이 날 것 같았다. 부친은 남에게 지기 싫어하는 아들의 마음을 잘 알고 있었다.

오 찰방 부친은 아들이 측은했다. 저놈을 배었을 때 소를 몇 마리만 더 잡아 먹였어도 저러지는 않았을 텐데 후회되기도 했다. 그래서 아들의 소원을 한번 풀어 주고 싶었다.

며칠 후에 오 찰방 부친은 아들 모르게 쌀 몇 섬을 정운디에게 실어 보냈다. 그리고 찾아가서는

"내 아들 소원이니 씨름판에서 한 번만 져주게. 병이 나게 생겼으니 애비가 그냥 두고 볼 수 없네."

오 찰방 부친은 체면도 없이 남의 집 종에게 사정을 하였다. 배는 크고 살림이 궁한 정운디로서는 쌀을 보자 생각이 달라졌다. 그렇게 해주기로 약속을 했다. 그래서 그해 단오 씨름판에서는 오 찰방이 정운디를 이겼다. 처음이고 마지막이었다.

이 무렵에 한림읍 명월리와 애월읍 어음리 사이에 '움부리'라는 큰 굴에 도둑떼가 살고 있었다. 그 수는 70명이 넘었다. 사람들은 이들을 두려워했다. 관가에서 나졸들을 풀어놓아 잡으려 해도 되지 않았다.

이때, 모슬포진 조방장이 수원에 있는 집에 쌀을 보내야 할 일이 생겼다. 수원으로 가는 데는 이 도둑굴을 지나야 했다. 웬만한 사람을 시켜 보냈다가는 쌀을 뺏기기 쉽다. 조방장은 관원들의 의견을 좇아 정운디와 같이 보내기로 했다. 정운디는 쾌히 승낙하고 쌀섬을 혼자 지고 길을 떠났다. 움부리 굴에 당도해 보니 도둑떼들은 소를 훔쳐다 잡아 놓고 푸짐하게 먹는 중이었다. 정운디는 굴 입구에 짐을 부려 놓고 "담뱃불 좀 빌자" 하며 들어갔다. 의외의 손님에 도둑놈들은 머뭇머뭇했다. 정운디는 담뱃대를 가지고 불을 붙이는 척하며 굴속의 장작불을 이리 찍 저리 찍 헤쳐 놓았다. 굴에 불똥들이 튕기면서 사방으로 번져갔다. 도둑들은 그제야 우르르 달려들었다. 정운디는 얼른 바깥으로 나와서 굴 입구에

서 있는 굵은 나무를 뿌리째 쑥 뽑아 들고는 동서로 펑펑 내둘렀다. 굴 밖으로 쫓아 나오던 도둑놈들이 한 놈씩 두 놈씩 나무에 얻어맞아 저만큼씩 나가 자빠졌다. 그래서 정운디는 이 70명 도둑떼를 모조리 잡았다.

ㄱ⋒

섬에 어울리지 않는 장사이다. 이들이 조정에 나가 벼슬을 하였다면 나라가 좀 더 튼튼해졌을 것이다. 이렇게 힘이 장사이고 능력도 있는 사내가 왜 남의 집 종노릇하며 일생을 보내야 할까? 제주 사람으로서는 어울리지 않는 부조화된 인물이어서 다소 희극적이다. 왜 이들의 이야기를 제주 사람들은 좋아할까? 정운디 유형의 인물을 소재로 한 이야기는 많다. 초인적인 사람들이 이야기의 주인공이 된다. 그러면서도 그는 종의 신분에서 벗어나지 못한다. 초인적이었기에 불행했다는 것이 이러한 이야기의 중심 구조이다.

두 장사의 비극

대정 지방에 새샘이란 사람이 있었다. 몸집이 보통 사람의 두세 배나 크고 힘도 장사였다. 그는 천민 출신으로 이집 저집 돌아다니며 종노릇을 하고 살았으나 배가 고파 견딜 수 없었다. 새샘이는 결국 도둑이 되었다.

그 당시 제주 목안과 대정 지방을 오가는 윗한길이 있었다. 두 고을의 경계가 되는 윗한길목에 '넙은팡'이라는 곳이 있는데, 여기에 큰 굴이 있다. 새샘이는 이 굴에서 살았다. 이 길을 거쳐 운반하는 곡식을 빼앗아 먹었다. 그 지역에 방목해서 키우는 소들도 마음 놓고 잡아먹었다. 그래서 민간의 피해는 말이 아니었다.

드디어 목사에게 진정이 들어갔다. 그러나 워낙 힘이 세어서 관가에서도 그를 쉽게 잡지 못했다. 목사는 대정고을 현감에게 새샘이를 잡도록 영을 내렸다. 대정 현감은 걱정이 태산 같았다. 목사도 잡지 못하는 도둑놈을 대정 현감이 어떻게 잡을 수 있단 말인가? 그래도 백성에게 큰 해를 끼치는 도둑을 그대로 두고만 볼 수 없었다.

대정 현감은 관내에 힘센 사람을 찾았다. 정운디가 추천되어 올라왔다. 현감은 곧 정운디를 불러 들였다.

"네가 대정에서 제일 기운이 세다 하니 새샘일 잡을 수 있겠느냐?"

"남들은 나보고 힘이 세다고 합니다만 새샘이는 못 이깁니다."

정운디는 새샘이를 잡아들이는 일이 쉽지 않다는 것을 알고 있었다.

"그래도 네가 대정현 관내에 살 뿐 아니라 대정현에서 제일 기운이 세

섬에 사는 거인의 꿈

다 하니 어떻게 하였던 간에 잡아야 한다. 그가 민간인들에게 끼친 해악이 크다. 그 도둑놈을 그냥 둘 수는 없지 않느냐?"

현감은 그를 잡아야 하는 이유를 설명했다. 정운디는 자신이 없었으나 도둑을 그냥 두고 당할 수만은 없는 일이었다. 더구나 현감이 한낱 종놈에게 부탁을 하는 것을 보면 매우 다급한 일 같았다.

"예, 그러면 큰 수소 세 마리 하고, 백미 다섯 섬만 주십시오. 그러면 제가 그것을 먹고 힘을 길렀다가 한 번 해 보겠습니다."

현감은 그 청을 거절할 수 없었다. 그래서 곧 큰 수소 세 마리와 백미 다섯 섬을 그 집으로 보냈다.

그날부터 정운디는 쌀밥에 쇠고기로 힘을 돋우었다. 쌀과 고기가 거의 다 떨어져 가니 그는 다시 현감을 찾아갔다.

"보내주신 그것으로는 모자라니 두 살짜리 수소 한 마리와 쌀 열 말만 더 보내 주십시오. 그것을 먹고 기운을 더 차려서 해 보겠습니다."

현감은 그의 말대로 소와 쌀을 보내었다.

정운디는 그것을 다 먹고 나서 다시 현감을 찾아갔다.

"씸배 열다섯 장하고 대정 고을에서 힘이 센 사나이 서른 명만 보내주십시오."

현감은 정운디의 요구대로 다 보내주었다.

정운디는 사내들을 거느리고 새샘이가 살고 있는 굴 가까이 이르렀다. 그는 주위 사정을 살피고 나서 사나이들에게 지시했다.

"내 먼저 들어가겠는데 너희들은 여기서 기다리다가 무슨 야단 소리가 나거든 한꺼번에 들어오라."

정운디는 태연히 굴로 들어가면서 소리를 질렀다.

"형님, 나 왔수다."

그리고서 새샘이의 앞에 가서 너부죽이 큰절을 했다.

"뭣 하러 왔어?"

새샘이는 퉁명스럽게 말했다. 갑자기 나타난 정운디가 수상했다.

"아무리 열심히 살아봐도 배 하나 채우지 못해서 늘 배 고프니 할 수 없이 형님에게 와서 심부름이나 하려고 왔습니다."

"멍청한 자식, 벌써 오라고 했는데, 왜 이제야 왔느냐?"

새샘이는 정운디의 모습이 불쌍했다. 얼마나 살기가 어려우면 내 앞에 엎드려 큰절까지 하겠는가?

"이왕 자네 형편이 그리 되었으니 어쩔 수 없다. 나랑 여기서 같이 살아 보자."

그제야 정운디는 몸을 일으켜 바로 앉았다.

"여기서 살 만합니까?"

정운디는 굴 안을 두루 살폈다. 소를 잡았는지, 한편에 소다리며 머리며 갈비가 수북이 쌓여 있었다.

"형님, 배가 고프니 뭐 요기할 거 없습니까?"

새샘이는 구석의 소다리를 하나를 집어 주었다. 정운디는 순식간에 그 소다리를 날째로 뼈다귀까지 아삭아삭 다 씹어 먹었다. 새샘이는 다시 다리 하나를 던져 주었다.

"성님 칼 없습니까?"

"뭘 하려구?"

"시장해서 뼈를 그냥 씹어 먹었더니 입아귀가 아파 뼈를 깎아서 먹겠습니다."

"못 생긴 자식, 뼈를 깎아?"

미련스럽다고 생각하면서 칼을 내어 주었다. 정운디는 뼈를 깎는 척하다가 와지끈 칼을 꺾어 버렸다. 칼을 없애 버렸던 것이다.

"아이고 그만 칼이 꺾어져 버렸습니다."

섬에 사는 거인의 꿈

"아니, 멍청이 같은 자식, 그 칼이 어떤 칼이라고 꺾어 놓았느냐?"

정운디는 새샘이의 호통에 미안한 척 하고는 소다리를 쥐고 뜯었다.

새샘이가 굴 안 벽에 비스듬히 기대어서 열심히 쇠고기를 먹는 정운디를 물끄러미 쳐다보았다. 배가 얼마나 고팠으면 날고기를 저렇게 맛있게 먹을까? 몸집이 저렇게 크고 일도 잘하는데 제 하나 배 채우지 못하고 살아가는 정운디가 불쌍하였다.

그때였다. 정운디가 뜯고 있던 소다리로 새샘이의 오른쪽 팔을 후려 갈겼다. 팔이 뚝하고 꺾였다.

"하, 이자식, 날 잡으러 왔구나!"

새샘이는 눈을 부릅뜨고 달려들었다. 왼쪽 팔로 정운디 얼굴을 후려치면서 발로 걷어찼다. 정운디 몸이 한쪽 벽에 툭 부딪치고 다른 쪽 벽에 툭 부딪치곤 했다. 이때 야단 소리를 듣고 대기해 있던 사나이들이 몰려들었다. 새샘이는 그 많은 사나이들과 상대할 수 없었다. 정운디는 씸배로 새샘이를 꽁꽁 묶고 대정현으로 갔다.

"새샘이를 잡아 왔습니다."

현감은 새샘이를 하옥시켰다. 정운디는 하옥하는 것을 보자 큰일 나겠다고 생각했다. 감옥은 그에게 문제가 되지 않았다.

"새샘일 바로 죽이지 않을 거면 저를 먼저 죽여주십시오."

정운디는 새샘이를 바로 처형하도록 요구했다. 그러나 현감은 '사람을 처형하는 것을 함부로 할 수 없다. 목사에게 보고하고 하명이 내려야 한다'고 말했다.

"이젠 나는 죽었구나!"

정운디는 걱정하면서 집으로 돌아왔다.

오늘 밤에 일이 일어날 것을 알고는 긴 칼을 준비하여 시퍼렇게 갈아놓았다. 잠을 자지 않고 기다렸다. 새샘이가 옥문을 부수고 이리로 올 것이라고 짐작했다.

밤이 깊어 가자 정운디는 칼을 옆에 두고 마당 옆에 있는 외양간에서 기다렸다.

한밤중이 되었다.

"정운디 이놈, 어디 있느냐?"

고함을 지르면서 새샘이가 마당으로 들어서는데,

"제가 형님을 그냥 둘 수 없습니다. 용서해 주십시오."

정운디가 장검으로 새샘이의 왼쪽 팔을 쳤다. 팔이 뚝 떨어졌다.

"아, 할 수 없구나. 내 운이 다 되었다."

새샘이는 순순히 정운디에게 몸을 맡겼다.

사람들은 살아남기 위해 때때로 비굴해야 한다. 같은 처지인데도 살기 위해서는 정운디처럼 살아야 한다. 남의 일 같지 않다. 이 장사들의 배신의 안타까움은 제주사람들의 삶의 아픈 실상이기도 하다. 새샘이나 정운디나 작은 섬에 어울리지 않는 인물들이다. 이들이 만약 대륙에 태어났다면 영웅의 모습으로 이야기의 주인공이 되었을 것이다. 작은 섬에 사는 거인의 모습을 여기에서도 만날 수 있다.

세상은 그의 식욕을 다 채워주지 못했다

조선조 중기쯤에 현재 서귀포시 중문동에 '무우남밭 이 좌수'네 집에 '막산이'라는 종이 살았다. 체구가 크고 아주 힘이 장사였으며 일도 잘했다. 한 끼에 50인이 먹을 만큼 먹었고, 일도 50인 몫을 다했다. 그는 배가 너무 커서 항상 허기를 채우지 못하고 살았다. 그래서 밤마다 동네 집에 들어 도둑질하지 않는 날이 없었다.

이 좌수네 집의 제삿날이었다.

'오늘은 제삿날이니 이놈이 밖으로 나돌아 다니지 못하겠지.'

"막산아!"

주인은 제사를 모시기 위해 시간을 기다리면서 계속 막산이를 불렀다.

"예."

막산이는 주인이 부를 때마다 "예", "예" 대답했다.

'오늘은 잠자지 않고 지키고 있으니 도둑질을 못 나가는구나.'

주인은 이렇게 생각하며 계속 불렀다.

제를 지낼 시간이 되었다. 주인은 제를 지내노라고 잠시 부르지 못했다. 제가 끝나자,

"막산아!"

그를 찾았다.

"예."

막산이는 어김없이 대답했다. 주인은 '오늘 저녁은 아무 데도 돌아다니

지 못했군' 생각했다.

날이 밝자 한 집에서 막산이가 간밤에 도둑질을 해 갔다고 주인을 찾아왔다. 주인은 "간밤만은 집에 제사가 있어 잠을 아니 자고 지켰으니 도둑질할 리가 없다"고 말했다. 그래도 틀림없이 도둑질을 해 갔다고 우겨대는 것이었다. 주인은 막산이를 불렀다.

"너 어제 저녁 도적질을 어느 시간에 했느냐?"

"예, 배고프고 할 일 없이 기다리다가 잠깐 다녀 왔수다."

막산이는 부끄러운지 머리만 북북 긁었다.

이 좌수네 집 뒤에는 '큰머들왓'이라는 넓은 그의 밭이 있다. 이 밭은 약 1정보쯤 되었는데 조를 갈았다. 가을이 되어 조를 다 베어 놓았는데 밤중에 빗방울이 뚝뚝 떨어지기 시작했다.

"막산아 빗방울이 떨어지는 것을 보니, 날이 안 좋을 것 같다. 저 밭에 베어놓은 조를 어떻게 하면 되겠느냐?"

물어도 별수가 없을 줄 알면서 주인은 안타까워 물었다.

"그거 이엉 덮었으니 괜찮을 듯합니다."

"뭐라고? 언제 이엉을 덮었냐?"

"비가 올 것 같아서 묶어둔 낟가리로 가리었습니다."

주인은 어처구니없었다. 그 새 그 많은 조를 혼자 묶어서 운반해다가 낟가리를 만들었다니 믿어지지 않았다.

이튿날 나가 보니 과연 조 낟가리가 있는데, 집 뒤에 있는 팽나무에는 조 묶음이 주렁주렁 과일이 달리듯 매달려 있지 않은가. 이 좌수네 집과 큰머들왓은 약 1백 미터쯤 떨어져 있고 그 중간에 큰 팽나무가 서 있다. 막산이는 비가 올 것 같으니 조를 묶으면서 그 팽나무를 넘겨 울타리 안으로 획획 던졌는데, 그 중에 몇 묶음이 나뭇가지에 걸려 있었다.

주인은 식량이 큰 막산이를 어떻든 먹여 살려보려 했지만 너무 배가 커

서 힘겨웠다. 어느 해엔가

"너를 먹이지 못할 테니 다른 데로 가라" 하고 집을 내보냈다.

그 당시 이름난 부자로 안덕면 창천리 배염바리 강씨 집이 있었다. 막산이는 이 배염바리 강씨 집 종으로 들어갔다. 강씨 집에서는 새 종을 데려 온 김에 군산 앞 고느레굴이라는 곳에 논을 만들려고 했다. 강씨네 밭 옆으로 물이 좔좔 흐르고 있었다.

"막산아, 너 저 군산 앞에 가서 논을 만들어라."

주인은 작업을 지시했다.

"예."

"그것 모두 하려고 하면 300놈은 들여서 할 거여. 저 마을에 가서 하루 50명씩 일꾼을 빌라."

주인의 말에 막산이는 마을로 나가 일꾼을 빌었다. 잠시 후에 돌아온 막산이는 일꾼 50사람을 빌었다고 하는 것이었다. 주인은 50사람 먹을 점심을 차려서 막산이에게 보내었다. 막산이는 그 점심을 혼자 다 먹어치웠다. 주인이 한낮쯤 되자 일꾼들이 일하는 것을 보려고 밭에 가보았다. 그런데 이게 웬 변고인가? 일꾼은 하나도 안 보이고 막산이 혼자 낮잠만 자고 있었다. 주인은 하도 기가 막혀 입이 열려지지 않았다. 못 본 체하고 그냥 집으로 돌아와 버렸다. 조금 있다가 군산 쪽을 바라보니 이상한 것이 보였다. 군산 앞이 먼지로 뽀얗고 가만히 보니 솔개가 하늘에 휘휘 날고 있는 것이다.

"저게 무슨 일인가?"

주인은 틀림없이 변고가 일어났다고 생각했다. 저녁때가 되니 막산이가 들어왔다.

"오늘 일 어떻게 되었느냐?"

주인은 빤히 알면서도 한번 물어봤다.

"예, 다 하였수다."

"다 했어?"

주인은 '낮에 가서 뻔히 봤는데 괘씸하다' 생각하고 날이 밝자 곧 밭으로 가 보았다. 과연 논을 다 만들어 놓고 있었다. 당시는 나무삽을 쓰던 때였다. 막산이는 50사람 먹을 밥을 혼자 다 먹고 난 후에 그 논을 혼자서 다 만들어 놓은 것이었다. 나무삽으로 흙을 파 던지는데 먼지가 하늘을 뒤덮고 계속 파 던지는 돌멩이가 하늘을 날아 솔개가 나는 것처럼 보였던 것이다.

주인은 그제야 '이놈 무서운 놈이구나'고 생각했다. 새로 만든 그 논에서 벼가 한 70석은 족히 났다. 한번은 술을 빚으려고 차좁쌀로 오맥이떡을 해놓았다. 좁쌀 닷 말어치 떡이다. 이것을 안 막산이가 얼른 부엌에 들어갔다 오더니 그만 떡이 하나도 없어졌다. 어느새 그 떡을 다 먹어 버린 것이다. 하다하다 배염바리 강 집에서도 먹여 살릴 수가 없어 막산이는 쫓겨나는 신세가 되었다. 어쩔 수 없이 막산이는 사람들이 잘 다니는 교통의 요새지에 숨어서 강도짓도 하면서 살았다. 결국 배를 다 채우지 못하여 굶어 죽었다고 전해 내려온다.

배고픈 장사, 이것은 제주사람들의 삶의 상황이며 존재성을 설명해 준다. 제주는 한 대식가의 욕망을 채워줄 수 없어서 결국 죽음에 이르게 하였다. 이런 이야기는 제주사람들에게 많은 생각을 갖게 한다. 그래서 향유자들은 이야기를 하면서 한숨을 토해낸다. 대식가의 갈망은 제주인의 갈망이었다. 이 사람의 죽음에서 닫힌 사회 사람들의 삶의 전형을 본다.

토산兎山 마을 당팟당장

조선 말기였다. 표선면 토산리 마을 광산 김댁에 당팟당장이라는 사람이 살았다. 그는 키가 육 척 장신이고 체격도 보통 사람의 두 배나 되었다. 식사량도 커서 막걸리는 한꺼번에 한 허벅을 먹어도 모자랐고, 식사로 한 끼에 쌀 한 말을 먹었다. 이러니 힘이 장사였다. 그는 농사를 지으면서 한편 목수 일도 했는데 심술이 고약했다.

그는 늙으신 부모를 위해 관을 미리 준비해 놓았다가 돌아가시자 손수 짠 그 관에 입관하여 장사를 지냈다. 동네 어른들은 이러는 그를 보고 야단을 했다. 멀쩡하게 살아 있는 부모의 관을 미리 마련하는 것은 제 부모 죽기를 기다리는 것이니 고약하다고 했다.

집안에 상을 당하면 관을 짜준 목수에겐 삼년상을 치를 때마다 돼지 뒷다리 하나와 떡을 한 채롱 해드리고, 묏자리를 봐 준 지관에게 역시 돼지 앞다리 하나와 떡을 한 채롱 가져가게 되어 있다. 이것을 '공정 서른다'고 했다. 동네 사람들은 당팟당장이 인색해서 제 손으로 관을 만들었다며, 그를 상종하지 말자고 의논했다.

그 집에 큰일이 일어나도 동네에서 일체 도와주지 말기로 결정했다. 그 후 얼마 가지 않아서 당팟당장은 집을 짓게 되었다. 집을 짓게 되면 동네에서 사흘 동안 일을 도와주었다. 첫째 날은 마소들을 몰고 나가 산의 나무를 날라다 주고, 이틀째는 흙칠을 해주고, 사흘째는 울타리 담장을 쌓아 주는 일이다. 당팟당장은 한라산에 올라가서 재목을 베어 놓고서 동네로 내려와서 운반할 소를 빌려 달라고 했다. 그러나 이미 약속한 일이어서 아무도 소를 빌려 주지 않았다. 당팟당장은 심술이 났다. 홀로 산에 올라가더니 베어놓은 재목들을 한 짐에 짊어지고 동네로 내려왔다. 동네 길은 좁았다. 당팟당장은 동네 길로 들어서는 이리저리 몸을 돌리면서 지고 있는 재목으로 밭담 울타리를 다 허물어버렸다.

그리고 소를 빌려 주지 않는 사람 집에 들어가 툇마루를 턱 밟고 올라섰다. 마루는 한 뼘 두께쯤 되는 가시나무 판자로 되어 있는데, 이 마루가 우지끈 부러져 버렸다. 이것을 본 동네는 야단이 났다. 밭담이 모두 허물어져 버렸고, 집의 마루가 망가져 버렸으니, 그대로 둘 수 없었다. 마을 사람들이 다시 모여 의논을 했다.

"아무리 미워도 집을 짓는데 도와주어야 하겠네."

노인들이 앞장서 당팟당장에게 내려진 벌을 거두기로 했다. 마을 사람들이 모두 그의 집짓는 것을 도와주었다.

묏자리 다툼으로 집안과 집안 끼리 싸움이 종종 벌어졌다. 이런 때에 당팟당장은 단단히 한 몫을 했다 한다.

동네 사람이 세상을 떠나서 장례를 치르게 되었다. 예전대로 운구를 해서 정해놓은 묏자리로 모셔서 광중을 파고 있었다. 마침 그 옆에는 다른 동네 사람의 묘가 있었는데 그 동네 사람들이 우르르 몰려왔다.

"우리 조상의 묘소 맥상에 장사할 수 없다."

묘를 쓰지 못하도록 항의했다. 싸움이 벌어졌다.

그래도 억지로 장례 일을 진행해 가니 저쪽 동네 사람들은 파놓은 광중에 드러누워 일을 못하게 했다. 싸움이 일어날 순간이었다. 난처해진 상주가 당팟당장과 의논했다.

"장례를 치르게 해 줘야지 어찌할 것입니까?"

상주가 사정을 했다.

"걱정 마시게."

당팟당장은 막걸리를 동이째 들이마시고서 방해하는 사람들 앞으로 나섰다.

"왜 남의 집 대사를 그르치려 해."

눈을 부라리며 호통을 쳤다.

"이 자식 봐라."

저편에서 탄탄한 사내가 달려들었다.

순간 당팟당장은 달려오는 놈의 다리를 잡고 내다 던졌다. 다른 사내가 달려들었다. 이번에는 그 옆에 있는 소나무를 뿌리째 홱 뽑아내어 덤벼드는 놈들을 후려 갈겼다. 싸움을 하려던 상대들이 모두 도망쳐 버렸다.

어느 해엔 당팟당장이 나무 방아를 만들려고 한라산에 가 몇 아름 되는 나무를 베어내어 방아를 파고 있었다. 이때 산감이 나타났다. 산감은 그를 체포하겠다고 달려들었다. 당팟당장은 가운데를 반쯤 파 놓은 방아를 홱 들어 머리에 툭 썼다. 마침 비가 부슬부슬 오고 있었다. 당팟당장은 그 무거운 방아를 쓴 채 두어 발자국 앞으로 나서며,

"비 맞지 아니하겠거든 이리로 오게."

산감은 겁을 먹고 도망가 버렸다.

초인적인 힘을 가진 사람의 심술이 오히려 친근하게 느껴진다. 제주설화 중에 장사이면서도 비극적으로 인생을 마감하지 않는 특별한 이야기이다. 그의 심술이 오히려 그의 생명력을 드러내 보인다. 그것은 도덕적

기준으로 한 인간을 평가하던 일상적인 이야기와는 다르다. 제주설화의 리얼리티이다. 세상에서는 마음이 나쁜 사람, 도덕적으로 문제가 되는 사람이라고 몰락하지 않는다. 이것이 인생살이이다. 당팟당장의 이야기에서 그런 점을 읽게 된다.

강 별장姜別將의 비극

안덕면 감산리 마을에 강 별장이라는 장사가 살았다. 집안이 부자여서 한 아름이 되는 둥근 기둥을 세워 기와집을 짓고, 집 처마 네 귀퉁이에 풍경을 달아 여유 있게 살았다. 그는 힘도 장사이고 고집이 세고 욕심이 많아서 주변 사람들에게 별로 신망을 얻지 못하였다.

어느 날 스님이 강 별장네 집에 시주를 받으러 왔다. 욕심이 많은 강 별장은 중에게 쌀을 주는 것이 아까워서 종을 시켜서 두엄을 한 삽 떠 주었다. 스님은 그래도 고맙다면서 두엄을 받아갔다.

스님이 다녀간 며칠 후에 이상한 소문이 강 별장 귀에 들렸다. 강 별장네 선조의 묘가 있는 병산并山의 봉우리를 깎아 내리면 강 별장네 집안이 지금보다 훨씬 발복할 것이라는 것이었다. 강 별장은 그 말의 출처를 캐어 보았다. 시주를 받으러 왔던 그 스님이 발설했음을 알았다. 욕심이 많은 강 별장은 그 스님을 만나고 싶었다.

수소문 끝에 스님을 집으로 초청해서 떠도는 사실을 자세히 물어보았다. 스님의 이야기는 그럴듯했다. 강 별장네 선묘의 지형은 개(犬) 형국이라는 것이다. 그것은 그 묘가 있는 병산 때문이다. 병산은 두 산이 나란히 있는데, 그 봉우리가 하나는 높고 하나는 얕으니 이게 좋지 않다는 것이다. 그러니 높은 봉우리를 다른 얕은 봉우리와 같게 깎아 내린다면 집안이 크게 발복할 것인데 아깝게 되었다는 것이다.

스님을 보내놓고 강 별장은 곰곰이 생각했다. 내가 그 산봉우리를 조금 깎아 내리는 것은 문제가 아니다. 집안이 더욱 흥한다면야 그 산을 전부라도 파 넘기겠다. 강 별장은 그 스님이 왜 그런 말을 하였는지 마음을 쓰지 못했다. 시주를 받으러 왔다가 박대당하고 그 분풀이를 하려는 줄은 꿈에도 생각하지 못했다.

강 별장은 이튿날부터 이웃 마을 사람들까지 동원하여 일을 시작했다. 마을 사람들은 산봉우리를 깎아낸다는 말에 고개를 갸우뚱거렸다. 산은 하늘이 내린 것인데, 어떻게 사람이 깎아내릴 수 있단 말인가? 하기야 돈을 들이면 다 될 수 있다.

마을 장정은 물론이요, 이웃마을 장정들까지 동원해서 산봉우리를 깎아내리기 시작했다. 매일 작업을 해서 온통 그 주위는 뿌연 흙먼지가 하늘을 가렸다. 그런데 이상한 일이 벌어졌다. 산봉우리를 깎아내리니 산에서 붉은 피가 흘러나왔다. 마침 큰 비가 쏟아지니 피는 빗물에 섞여 산 밑으로 흘러내렸다 한다. 마을에 온통 피빗물이 흘러왔다.

이제 병산 두 봉우리는 거의 높이가 비슷하게 되었다. 그런데 강 별장이 산봉우리를 깎아내려서 핏물이 마을로 흘러내린다는 소문이 관가에까지 들어갔다.

제주목에서는 대정 현감을 통해 조사해서 보고하라고 지시했다. 대정현에서 직접 가서 보니, 큰일이었다. 사실대로 보고했다. 제주목에서는 이 일을 예사로 보지 않아서 조정에 보고했다. 산의 임자는 개인이 아니라, 바로 나라였다. 나라의 땅을 개인이 마음대로 훼손하고 있다. 이것은 임금의 영을 어기는 일이다. 역적의 징조라고 생각했다.

조정에서는 제주목으로 하여금 관원을 보내어 강 별장을 잡아 오도록 했다. 관원이 와서 보니 강 별장은 둥근 기둥의 기와집을 짓고 네 귀에 풍경을 달고 살고 있었다. 둥근 기둥은 궁정에 쓰는 기둥이니 역적을 도모하고 있음이 틀림없다고 판단했다.

　　　　　　　　　　　　　　섬에 사는 거인의 꿈

강 별장은 제주목에 잡혀 와서 매일 고문을 당했다. 역적모의한 사실을 말하라고 추궁당했다. 강 별장은 그런 일이 없다고 했다. 형방에서는 삽을 벌겋게 달구어 강 별장의 엉덩이를 지글지글 지져 대었다.

"삽이 식었다. 다시 달구어라!"

강 별장은 호기를 부리면서 취조관을 야유했다.

관원들이 강 별장의 아들을 잡아다가 심문하겠다고 했다. 마음이 약한 큰아들로서는 이 지독한 취조를 감당하기 어려울 것이다.

큰아들이 잡혀왔다. 강 별장과 아들이 번갈아가면서 국문을 받았다. 그런데 누구도 실토하지 않았다.

"네 애비가 이미 다 자복을 했다. 네가 고통받는 것을 차마 그냥 두고 볼 수 없어서 다 실토하고 말았다. 너는 네 애비가 고통당하는 것을 왜 모른 척하느냐?"

아들을 달래었다. 큰아들은 아버지가 실토했다는 말을 듣고는 거짓으로 실토하고 말았다. 그런데 막상 실토할 말이 없었다. 취조관이 묻는 대로 '예', '예'만 되풀이했다.

그 실토한 것을 근거로 하여 아들의 목숨은 살려주었다. 그리고 강 별장네 재산은 다 몰수했고, 식구들은 관노가 되었다. 그리고 강 별장은 무인도로 실어다 던져 버렸다. 강 별장은 홀로 무인도에서 흙을 주워 먹다가 끝내 굶어 죽었다 한다.

좌절한 장사 이야기. 초인적인 능력을 가진 자를 용납하지 않는 닫힌 사회, 자기 욕망을 쫓아 비상하려다가 좌절한 제주 사람들의 모습이다.

현길언은 이 설화를 소재로「용마의 꿈」이라는 단편 소설을 썼다. 산방덕의 이야기도 이와 비슷하다. 그런데 여기에서 특이한 것은 강 별장의 탐욕이다. 그것은 부도덕하지만, 작은 섬에서 그러한 탐욕을 부릴 수 있는 인물을 설화가 만들었다는 것은 흥미롭다.

기획을 하고 나서

제주설화가 세계 사람들의 이야기가 되기 위해서

제주도는 작은 섬인데도 구비문학 자원이 많다. 더구나 그 양식도 다양하다. 창세신화에서부터 민담에 이르기까지 갖가지 유형의 설화가 나름의 독특한 구조적 특성을 지니고 전해왔다. 설화만이 아니다. 민요도 많고 속담도 많다. 이렇게 제주는 구비전승의 보고이다.

지금까지는 여러 선학先學들이 이 귀중한 자료들을 채록 정리하여 학술연구 자료로 활용하였다. 그러한 연구로 구비문학의 이론을 확립하였고, 제주 역사와 문화를 이해하는 통로를 찾기도 했다. 그런데 이러한 설화들은 그것을 창작하고 향유했던 제주사람들의 의식과 꿈과 삶의 양식을 담고 있는 인문학적 자원으로서 가치를 지니고 있다. 그래서 그 옛날 이 이야기를 만들었던 조상들의 후예들과 다른 지역의 사람들도 즐겨 읽을거리로 재정리할 필요를 절감하게 되었다.

그래서 설화의 각 양식의 기본 구조와 미학을 살리면서 즐겁게 읽을 수 있도록 현대 문체와 어법에 맞게 정리하기로 했다. 우선 많은 제주설화의 실상을 독자들에게 소개하기 위해 양식적 특성에 따라 4부로 나누고, 그 대표성을 지닌 설화 중에 플롯이 정연하며 이야기의 문예적인 요건을 갖춘 작품들을 선정했다. 이 작업이 끝난 후 이 설화가 채록 정리된 원전을 참고로 원 설화의 서사성을 훼손하지 않도록 현대화했다.

이러한 작업을 하면서 제주사람들의 설화의식의 소중함을 새삼스럽게 확인했다. 우주만상에 대한 사유며, 역사의 처음과 그 흐름에 대한 생각, 섬사람의 존재론적인 문제, 개인의 삶의 정황에 따르는 철학적이면서도 생활적인 안목이 면면히 나타나 있었다. 제주사람들은 작은 섬에 갇혀 살면서도 의식은 우주로 향했고, 역사를 횡단하였고, 지금 살고 있는 생활 현장을 외면하지 않고 치열하게 때로는 무력한 듯이 대응하며 살아왔음을 감지하면서 눈물겨웠다.

겨울의 차디찬 북서풍처럼 거친 상황에서, 여름 가뭄으로 뜨거워진 돌짝밭에서 밭김을 매어가면서, 몰아친 돌풍으로 태우의 부러진 돛대를 부여잡고 한라산을 바라보면서 생명줄을 이어온 모진 삶에서도, 그들은 체질적으로 이야기꾼이었다. 이야기를 통해서 기박(奇薄)한 삶을 정직하게 되돌아볼 수 있었고, 그 고통스러운 현실을 이길 수 있었던 지혜를 얻을 수 있었고, 불확실한 미래에 대한 신념을 가질 수 있었다. 그래서 제주사람들이 만든 이야기는 제주의 역사이면서 제주사람들의 응축된 정신이었고, 배고프고 목마른 삶을 축여주는 제주 해안가 샘에서 퍼온 반 그릇의 냉수였다.

우리가 어찌 그 동짓달 긴긴 밤에 고픈 배를 달래면서 이야기를 나누던 그 마음을 알겠는가? 우리가 언제면 아들의 겨드랑이에서 장수가 될 날개를 자르는 애비의 독한 마음을 이해할 수 있을 것인가? 아직도 아프게 살아왔던 조상들의 그 현실을 외면하고 화려한 이념의 깃발을 부러워하는 철부지 후손들이, 언제면 이 제주의 이야기를 제대로 읽을 수 있을까?

이 책은 그러한 마음으로 만들었다. 섣부른 전통을 이야기하려는 것도 아니고, 상업주의를 표방해서 그 흔한 문화컨텐츠의 재료를 모아보려는 얄팍한 기대로 시작한 것도 아니다. 제주사람들이 한 필의 명주가 모자

섬에 사는 거인의 꿈

라 섬으로 남아 있을 수밖에 없었던 그 안타까움을 안고, 그 모자란 한 필의 명주를 짜면서 살아왔는가를 생각하기를 기대할 뿐이다.

이 작업을 계기로 제주설화가 한국의 독자들에게 즐겁게 읽혀지기를 기대한다. 그리고 세계에 제주도가 구비문학의 보고임을 알리는 계기가 되면서, 제주를 찾는 세계 사람들이 이 이야기를 읽고 제주를 바로 알고 인간과 역사를 이해할 수 있기를 기대한다. 더 욕심을 갖는다면 세계 각 국의 언어로 번역 보급되고, 또한 이 설화를 근간으로 많은 문학작품과 문화상품이 만들어질 것도 기대해 본다.

이 작업을 할 수 있도록 지원해준 제주특별자치도와 이러한 작업을 가 능하게 해준 선학들, 특히 현용준 선생님, 돌아가신 김영돈 선생님, 진성 기 선생님, 그 후에 이분들을 이어 제주 구비문학의 한 영역을 이루려 노 력해온 여러분께 감사한다. 이 글을 엮음에 있어서 다음과 같은 자료집에 의지했음을 밝힌다.

이 글을 쓰는 데 원전 구비문학 자료로 이용한 문헌은 다음과 같다.

진성기 편, 『南國의 巫歌』, 제주민속문화연구소, 1968.

현용준·김영돈, 『韓國口碑文學大系』(9-1), 韓國精神文化硏究院, 1980.

＿＿＿＿＿＿, 『韓國口碑文學大系』(9-2), 韓國精神文化硏究院, 1981.

＿＿＿＿＿＿, 『韓國口碑文學大系』(9-3), 韓國精神文化硏究院, 1983.

김영돈·현용준·현길언, 『濟州說話集成(1)』, 濟州大耽羅文化硏究所, 1985.

현용준, 『濟州巫俗資料事典』, 신구문화사, 1980.

＿＿＿, 『제주도 神話』, 서문당, 1977.

＿＿＿, 『濟州島傳說』, 서문당, 1977.

2014년 12월

본질과현상 기획팀

濟州說話

섬에 사는 거인의 꿈

초판 1쇄 인쇄   2014년 12월 17일
초판 1쇄 발행   2014년 12월 24일

지은이   본질과현상 기획팀
펴낸이   지현구
펴낸곳   태학사
등 록   제406-2006-00008호
주 소   경기도 파주시 광인사길 223
전 화   (031)955-7580~2(마케팅부) · 955-7585~90(편집부)
전 송   (031)955-0910
전자우편   thaehak4@chol.com
홈페이지   www.thaehaksa.com

값은 뒤표지에 있습니다.
ISBN 978-89-5966-669-0   03810

이 도서의 국립중앙도서관 출판시도서목록(CIP)은 서지정보유통지원시스템 홈페이지
(http://seoji.nl.gp.kr)와 국가자료공동목록시스템(http://www.nl.go.kr/kolisnet)
에서 이용하실 수 있습니다.(CIP제어번호: 2014036606)